# 古典詩歌研究彙刊

## 第二九輯

龔鵬程　主編

## 第 11 冊

### 唐詩對越南李陳漢詩的影響研究（上）

阮　福　心　著

國家圖書館出版品預行編目資料

唐詩對越南李陳漢詩的影響研究（上）／阮福心 著 -- 初版
-- 新北市：花木蘭文化事業有限公司，2021〔民110〕
序 4+ 目 2+172 面；17×24 公分
（古典詩歌研究彙刊 第二九輯；第 11 冊）
ISBN 978-986-518-329-5（精裝）
1. 漢詩文 2. 越南
820.91                                    110000267

ISBN-978-986-518-329-5

9 789865 183295

古典詩歌研究彙刊
第二九輯　第十一冊
　　　　　　　　　　　ISBN：978-986-518-329-5

唐詩對越南李陳漢詩的影響研究(上)

作　　者　阮福心
主　　編　龔鵬程
總 編 輯　杜潔祥
副總編輯　楊嘉樂
編　　輯　許郁翎、張雅淋　美術編輯　陳逸婷
出　　版　花木蘭文化事業有限公司
發 行 人　高小娟
聯絡地址　235 新北市中和區中安街七二號十三樓
　　　　　電話：02-2923-1455／傳真：02-2923-1452
網　　址　http://www.huamulan.tw 信箱 service@huamulans.com
印　　刷　普羅文化出版廣告事業
初　　版　2021 年 3 月
全書字數　275231 字
定　　價　第二九輯共 12 冊（精裝）新台幣 25,000 元　　版權所有・請勿翻印

# 唐詩對越南李陳漢詩的影響研究(上)

阮福心 著

## 作者簡介

阮福心（Nguyen Phuoc Tam, Tra Vinh University）

籍貫越南廣治。中國上海師範大學中國語文學博士，台灣元智大學中國語文學系碩士，越南順化師範大學中文系學士。著作有《越南漢詩對唐詩的接受研究——以李陳漢詩為中心》、《越南陳朝佛教「入世精神」之思想研究》、《現代漢語介詞短語的語義及其句法功能》等；譯著有《智慧的鑰匙》、《佛學與世學》、《實用佛學》等；另在重要學術刊物發表論文十餘篇。現任越南國立茶榮大學外國語學院中文系主任。

## 提　　要

越南位於印度支那半島，為與中國山水相連之重要南方鄰國，相互之間保持著長期的文化交流關係。據史載，西元前 11 世紀左右的周成王時代，中越兩地民族交往關係就已形成。約自西元前 3 世紀晚期至 10 世紀前期，越南作為中國封建王朝直接治下的郡縣，兩地間的文化交往關係日益緊密。在長達 1000 餘年的北屬歷史時期，包括文學藝術領域在內的越南文化受到中國文化的廣泛而深刻的影響。而唐朝（618 ～ 907）詩歌作為一種燦爛輝煌的文化，對越南漢詩產生了極大的影響，其中顯而易見的是越南李陳漢詩發展過程中深受唐詩的影響。

李陳漢詩代表著綿延近五個世紀的越南漢詩的重要發展歷程，即從 10 世紀初至 15 世紀前半時期。這一時期，越南官員和文人皆尚深愛中國古典詩歌，其中最突出的是崇拜唐詩。唐詩之美，嘗被越南著名文學家吳時仕（1726 ～ 1780）聯想為絕美的西施，其對唐詩之仰慕可見一斑。本論著對李陳漢詩中的諸典型詩例加以剖析，運用對比等手法，以證明這些影響的具體表現，其中主要有李陳漢詩對唐詩體裁的接受，李陳漢詩對唐詩詞句意的化用及借用，以及李陳文人對唐詩人的推崇等幾個方面。在接受唐詩巨大影響的同時，李陳漢詩在詩歌功用及內容表述以及表達方式等方面亦有變新改造，形成獨有特質，使得漢詩成為越南古代文學的重要組成部分。

本書為國家社會科學基金重大項目「東亞漢詩史（多卷本）」（批准號：19ZDA295）中期成果，上海師範大學中國語言文學創新團隊成果

# 序

嚴明

在東南亞國家中，越南受中國文化的影響最深。越南古稱交阯，後又稱安南，在兩千多年的歷史過程中全面吸收了中國的文化和制度，其社會發展是與中國息息相關的。西元前 214 年，秦始皇發士卒戍守五嶺以南，設立南海、桂林、象郡，便將今越南的北部和中部地區納入了象郡管理的範圍，開始了越南史上的「郡縣時期」。至秦末中原板蕩，守將趙佗自立為南越王，建都番禺（今廣州），推行「南北交歡」、「和集百越」的政策，設立交阯、九真二郡。漢武帝平南粵，滅南越國，又將其地劃分為九郡，其中的交阯、九真、日南三郡，均在今越南國境內。東漢初年，光武帝派伏波將軍平定南越二征起義，及至隋唐，又在越南設立安南都護府，下設十州，如同中國一樣實行租庸調和兩稅法，施行唐律，又建學校，以科舉考試選拔人才，一切建制皆依漢朝。之後一直到唐五代末，南越地區都是中土朝廷任命地方長官，史稱「郡縣時期」。宋太祖開寶元年（968），交阯人丁部領在群雄競爭中勝出，統一安南，建立大瞿越國，結束了延續千年的郡縣時期。從此安南國脫離了中國統轄而獨立，但是一直向中國稱臣朝貢，史稱「藩屬時期」。直到清德宗光緒十一年（1885），中法簽訂「天津條約」，安南成為法國的保護國，中國和安南結束了近千年的藩屬國關係。安南成為法國保護國之後，形式上還是獨立的阮朝，但實際上受控於法國，民間反法情緒強烈。二次大戰中日本軍隊佔領安南，至 1945 年日本戰敗

退出，接著阮朝末代皇帝保大帝退位，越南進入了新的時代。

安南從宋朝統轄中脫出而獨立建國後，一如既往與中原朝廷和睦相處，仍然遵循中國的典章制度。安南國的官制悉如中土，中央設六部、六寺、六科及御史臺、翰林院、東閣、國子監、國史院、府尹、宮師府、同天監、太醫院、秘書監、中書監、華文監等機構，地方行政為路、府、州、縣數級，官品與冠服飾物皆仿唐宋之制。李朝頒佈的刑書及陳朝確定的刑律皆以《唐律疏義》為準，後黎朝聖宗頒佈的《洪德法典》繼往開來、更加完備。安南歷代王朝，均以倡導儒學為安邦治國之本，李朝興建文廟，陳朝創辦國學院傳習「四書五經」，黎朝以《四書大全》為科舉考試內容，阮朝刻印儒家經典頒行全國。漢字和漢語在越南長期通行，從秦朝實施郡縣制開始，便有大批中原移民和漢族官吏逐年進入越南，長期的文化交流導和官方書面語為漢語，使得歷代越南語中吸收了大量的漢語辭彙。據語言學家調查，現代越南語中，漢語借詞仍超過50%。自秦漢以來的兩千年中，漢字一直是越南官方正式通行文字，稱為「儒字」。越南漢詩就是在這樣的歷史文化背景下逐步產生和發展的。

越南漢詩的產生和發展的歷史悠久，在延綿千年的郡縣制時期，中原漢人南遷不斷，漢文化與本土文化逐漸相融，而安南朝廷及社會上層皆使用漢語，漢詩自然成為高雅貴重的象徵，本土漢詩創作也隨之逐漸興起。但是越南漢詩的繁盛還是在進入了藩屬時期之後才出現，尤其是具有越南本土文化特色的漢詩創作，是在藩屬時期的後期才大量產生的，這一發展趨勢，與中國周邊的朝鮮、日本等東亞漢詩發展總趨勢是一致的。漢文詩歌是越南古代文學的重要組成部分。古代越南漢文詩歌的誕生標誌著越南民族文學的開端。在將近1000年的發展歷史中，越南古代文學創作中數量最多、成就最高的首推詩歌。它見證和表現著越南古代文學的進步歷程。從10至12世紀的佛門禪宗詩歌發展到13世紀以後的多種詩歌題材。這時期越南詩歌創作從內容到形式都呈現出多樣化局面。

　　縱觀越南歷史，中國文化對越南的國家體制、意識形態、倫理道德、文化教育和文學藝術的構建和發展做出了不可磨滅的貢獻。尤其是作為古代越南的正式書面用語的漢字，在越南長期使用過程中始終處於獨尊地位，它與越南人日常所講的口語是脫節的。這影響到了越南漢文學在小說、話本等通俗文學方面以及說唱文學的發展，產生了較大的局限性。這也使得越南漢文學的發展，主要集中在書面語表達力很強的詩、賦等韻文體中。而在越南韻文體中，漢詩又佔據了絕對的優勢。漢詩寫作是在越南漢文學各種體裁中，越南詩人掌握得最為精到、運用最為嫻熟的一種體裁。在越南文學史上，各種文體的發展並不平衡。而漢詩是越南漢文學中發展最強勢、最昌盛的一種體裁。可以說，同中國一樣，越南也堪稱「詩的國度」。後黎朝大臣吳時任《星槎紀行序》曰：「我越以文獻立國，詩胎於李，盛於陳，大發揚於皇黎洪德間，一部《全越詩》，古體不讓漢、晉；今體不讓唐、宋、元、明。戛玉敲金，真可稱詩國。」越南漢詩人能夠發此宏論，並非空穴來風，越南漢詩的長期興盛，自有其產生的特定時代背景與文化土壤。而越南漢詩「胎於李，盛於陳」的這一重要階段，經阮福心博士此論著的詳盡論述，已被清晰呈現，條理分明。

　　福心博士是越南學者，在越南順化師範大學中文本科畢業後，又經過兩岸大學的培養獲得文學碩士和博士，年輕有為，思辨敏捷，刻苦用功，成果出色，成為研究中越詩歌關係的後起之秀，現任越南國立茶榮大學外國語學院中文系主任。作為指導過他的博士生導師，我深感欣慰，也衷心感謝臺灣花木蘭文化事業有限公司高小娟社長及楊佳樂主任，出版專輯，惠澤士林，讓阮福心這部受到海內外專家好評的學術著作得以刊印問世。本人期盼學術後浪推前浪，與福心合作精進，高質量地完成國家社科基金重大項目《東亞漢詩史》。是為序。

嚴明

2020 年 8 月 20 日於滬上汪洋齋

**目**

**次**

# 第一章　緒　論

　　本文緒論分為五節：第一節　研究意義：探討唐詩的魅力和價值，並從跨國文學角度研究越南李陳漢詩將會有何意義；第二節　研究回顧：介紹有關資料以及討論學界對這一課題的研究情況；第三節　研究範疇：說明著重研究哪些方面進行研究，以及以哪些文獻資料為中心；第四節　研究方法：提出本文所採用的方法；第五節　論文創新點：闡明本文研究問題與前人研究成果有何區別。

## 第一節　研究意義

　　越南〔註1〕是與中國山水相連的重要南方鄰邦，兩國人民有著悠

---

〔註1〕聖嚴《越南佛教史略》一文中說：「秦始皇時代，河內稱為象郡；漢武帝時代，河內稱為交趾郡；西晉時代，越南稱為交州；唐代的越南，設立安南都護府」（見張曼濤主編：《東南亞佛教研究‧現代佛教學術叢刊》，臺北：大乘文化出版社，1978年，第271頁；于在照在《越南文學與中國文學之比較研究》一書中注：「在內屬中國期間，越南先後被稱為：交趾、交州和安南等；在獨立後，國號為大瞿越、大越和越南等」（見于在照：《越南文學與中國文學之比較研究》，廣州：世界圖書出版廣東有限公司，2014年，第1頁）；而陳仲金在《越南史略》詳細記載：「越南國號在鴻龐氏（西元前2879～258年？）名為文郎（Văn Lang）→在蜀氏安陽王（西元前257～207年）改名為甌貉（Âu Lạc）→秦代（西元前246～206年？）定名為象郡（Tượng Quận）→漢代後（西元前202年、西元後220年）將象郡之地分為三郡為交趾

久的文化交流歷史。因與地理上的鄰近和特殊的歷史環境，在東南亞各國中，越南是最早深受中國文化、文學影響的國家，這種影响早已紮根於越南社會生活各個方面，而長期流行的越南漢詩正是這種影響的最明顯的表現。原越南教育部部長、原越南文學院院長、作家、文學評論家鄧臺梅教授（Đặng Thai Mai, 1902～1984）在《越南文學與中國文學有著悠久而密切的聯繫》一文中曾寫道：「在借用中國的各種文體中，詩歌是一種特殊的發展。咱們古代詩人用漢文創作了許多歌詞，並賦詩，包括古風詩、唐律詩、五言、七言等。」〔註2〕越南翻譯家、語言學家、文化研究家潘玉（Phan Ngọc, 1925～2020）認為：「可以說越南受中國全方位的影響，不但包括語言、文學、藝術、宗教等方面，就連政治、經濟、技術等方面亦皆有中國的深刻印記。」〔註3〕越南文學理論批評家陳庭史（Trần Đình Sử, 1940～）對越南中代漢文學提出了一些確定的評價，說：「越南人幾乎已將全部中國文學體裁伴隨不同的規模和沿革搬運越南移植。先是史學和行政的各種文體，然後是詩、賦和傳奇、小說等各種文體。」〔註4〕

---

（Giao Chỉ）、九真（Cửu Chân）和日南（Nhật Nam）→東漢代，憲帝將交趾改成交州（Giao Châu）→唐代（618～907）又起安南都護府（An Nam Đô Hộ Phủ）之名。丁代（968年～980年）掃平十二使君之後，成立一個自主國家，改國號為大瞿越（Đại Cồ Việt）→李朝李聖宗改名為大越（Đại Việt）→李英宗代，中國宋代方公認為安南國（An Nam）→嘉隆帝（Gia Long）代統一南北（1802）起名為越南（Việt Nam），此處指的「南」為安南（An Nam）、「越」為越常（Việt Thường）→明命帝（Minh Mạng）又改名為大南（Đại Nam）。（參閱〔越〕陳仲金：《越南史略》，河內：文化通訊出版社，1999年，第15頁（Trần Trọng Kim (1999), *Việt Nam sử lược*, Nxb. Văn hóa - Thông tin, tr.15）。

〔註2〕 Đặng Thai Mai (2002), *Trên đường nghiên cứu và giảng dạy tác phẩm văn chương*, Nxb. Giáo dục, tr.164）.

〔註3〕 〔越〕潘玉：《越南與中國之間的文化對話》，《古今雜誌》，2005年第227～228期（Phan Ngọc, *Đối thoại văn hóa giữa Việt Nam và Trung Quốc*, Tạp chí *Xưa và Nay*, 2005, số 227～228）。

〔註4〕 〔越〕陳庭史：《越南中代文學詩法》，河內：國家大學出版社，2005年，第95頁（Trần Đình Sử (2005), *Thi pháp văn học Trung đại Việt Nam*, Nxb. Đại học Quốc gia, tr.95）。

　　提到對越南影響最大的中國古代文學樣式，就不能不提到唐詩，
正如中國學者蔣紹愚在《唐詩語言研究》一書中所說的那樣：「要瞭解
中國的文化，要瞭解中華民族的思想和情操，都不能不讀唐詩。」〔註
5〕眾所周知，唐朝時期在政治、經濟、文化等各個方面，皆發展到了
極為繁盛的程度，正如默多克（Murdoch）所說：「當時（即唐朝——
筆者注），中國顯然居世界各文明民族之首；是世界上最強大、最文明、
最愛進步及最好的統治之帝國。人類從未見過如此美麗的風俗、開化
的國家。」〔註6〕美國著名學者威爾・杜蘭特（Will Durant, 1885～1981）
認同亞瑟・威利（Arthur Waley）在《英百科辭典》中的判斷：「中國唐
朝是最偉大、最文明的國家。」〔註7〕唐詩正是其中最燦爛輝煌的成就
之一，達到了人類詩歌藝術的頂峰。越南著名文史學者吳時仕（Ngô Thì
Sĩ, 1726～1780）在《鸚言集・序》中有一個很形象的比喻：「鸚何可效
也！天下事未嘗無對：有美，不可以無醜；有巧，不可以無拙；有韻，不
可以無俗；有西施之鸚而媚，便不可無東施之效其鸚。李、杜、元、白、
劉、柳、歐、蘇諸家〔註8〕之西施，乃其氣凌煙霞，色奪錦繡，飄然不
啻仙風神語，故慕而效焉，而有不知其為工與拙也。或然曰：『胡承旨
胡宗鷥嘗一效矣，子又效之不更拙乎？』吾固知其拙也。然風雅廢，而
詩亡；李、杜、元、白、劉、柳、歐、蘇沒，而詩亂。」〔註9〕唐詩最
早於何時傳入越南尚難確定，但可以確切地說，在越南文學的各種體
裁中，唐詩的影響最具悠久歷史且影响最為深刻，唐詩在越南古代詩

〔註5〕蔣紹愚：《唐詩語言研究》，北京：語文出版社，2008 年，第 2 頁。

〔註6〕威爾・杜蘭特著：《中國文明史》，阮獻黎譯，胡志明：胡志明市師範
　　　　大學資訊中心，1990 年，第 125 頁（Will Durant, Nguyễn Hiến Lê dịch
　　　　(1990), *Lịch sử văn minh Trung Quốc*, Nxb. Trung tâm Thông tin Đại học
　　　　sư Phạm TP. Hồ Chí Minh, tr.125）。

〔註7〕威爾・杜蘭特著：《中國文明史》，阮獻黎譯，胡志明：胡志明市師範
　　　　大學資訊中心，1990 年，第 125 頁。

〔註8〕杜甫、李白、元稹、白居易、劉禹錫、柳宗元、歐陽修和蘇軾。

〔註9〕〔越〕潘輝注著，史學院譯注：《歷朝憲章類志》（第二集），河內：教
　　　　育出版社，2007 年，第 483 頁（Phan Huy Chú, Viện Sử học dịch và chú
　　　　(2007), *Lịch triều hiến chương loại chí* (tập II), Nxb. Giáo dục, tr.483）。

壇有着長期的獨尊地位。

由於各種各樣的外部原因及其本身具有的藝術價值，唐詩不僅流行於本國（中國），而且還跨越國界，受到越南、日本、朝鮮等鄰近國家的歡迎，漢詩成為東亞各民族文學創作潮流中的重要一部分。從越南中代（10 世紀至 19 世紀）越南詩人用漢字喃字遵行中國唐朝詩歌格律，創作出了不少越南唐律詩的佳作，用漢文、喃文甚或國語來創作唐詩風味的詩作，都顯示出純熟的筆法，達到了相當高的水準，這樣的詩作成為越南文學中的重要組成部分。漢詩作為一種外來的詩體，具有如此大的吸引力，一直在越南存了一千餘年，甚而至今仍有越南詩人寫作漢語格律詩，有人對唐詩迷之不懈。

因此，從跨國文學角度下去研究唐詩對越南漢詩，尤其是對李朝漢文詩歌與陳朝漢文詩歌〔註 10〕的影響，是很有意義和價值的課題。這有助於我們瞭解中越兩地之間的文學關係、越南李陳漢詩發展歷史的整體面貌、唐詩對李陳漢詩深刻的影響（唐詩在越南的地位），有助於我們瞭解在接受唐詩巨大影響的同時，也觀察到李陳漢詩也有自己獨特的民族特色。此外，就筆者個人而言，從事唐詩對李陳漢詩的影響研究，讓筆者能夠更深入地瞭解唐詩「詩法」〔註 11〕，這對將來的在越南的漢語及中國文學教學機具裨益。

## 第二節　研究回顧

在全球化的背景下，特別是文化交流的過程中，從事越南文學與

---

〔註 10〕 以下簡稱「李陳漢詩」（參看本章第三節「研究範疇」，第 21 頁）。

〔註 11〕 一般指詩的創造法及其規律。王力《漢語詩律學‧序》（上）說：「當時我把『詩法』瞭解為『詩的語法』，包括詩的韻律在內……（然後）聽葉聖陶先生說『詩法』這個名稱不妥當。於是我改稱『中國詩律學』；在付印以前，又改稱『漢語詩律學』。這裏所謂詩律學，大致相當於英語的 versification 和俄語的 стихосложение。」（見王力：《漢語詩律學》（上），北京：中華書局，2015 年（2016 重印），第 1 頁）；詩律乃詩的格律（見夏征農主編：《上海辭書出版社》，1989 年版，第 444 頁）。

國別文學之間的關係研究，是近年來熱門研究話題，吸引了學界的廣泛關注。2015 年下半年，筆者進入上海師範大學研習，就開始對有關本課題的文獻工作進行系統的爬梳工作。經過對越南胡志明市綜合圖書館、承天順化省綜合圖書館、大書店、漢喃雜誌、越南網報以及中國上海圖書館、中國期刊網、國學網、中國知網等學術資源庫進行全面的搜索。搜集文獻的結果表明，雖然已經有了一些初步的研究論述，但未見有專書詳細地、系統地論述唐詩對越南李陳漢詩的影響。為了對學術史有個概括性的看法，在深入研究本論題之前，筆者對相關的中越作者專著、論文等進行回顧，主要分為兩部分，分別如下：

## 一、在中國的研究現狀

近幾年來，中國學術界特別是研究東亞文學的專家學者，對中越文學交流的研究越來越深入。其中有一些涉及唐詩對越南漢詩的影響的研究比較突出，茲將以下有關代表專著、論文表述如下：

《中國文學與越南李朝文學之研究》：原為釋德念（胡玄明，1937～2003）1978 年的博士論文，中國文學研究所國立政治大學，本論文由臺北金剛出版社於 1979 年出版。該書從地理因素到歷史問題，論述越南與中國在早期許多方面都有不可分割的密切關係。作者專門用了一章來闡述越南李朝文學與中國文學之間的關係，同時也細緻分析了越南漢詩稟受中國思想文化各方面的深刻影響。

《東亞漢詩研究》：為上海師範大學嚴明教授的著作，中國書籍出版社，2013 年。本書的漢詩研究主要圍繞著日本、韓國──朝鮮、越南等共三個東亞國家進行。書名雖然沒有明說「比較或對照」，但是觸及漢文化圈的東亞各國漢詩，則自然是多少都涉及其相互關係或比較視角。本書作者透過東亞各國漢詩的內容和形式，追溯悠久傳統關係、探索異同之處以及發現鄰邦各國漢詩的發展規律。本書共分八章，其中有兩章涉及越南漢詩，一章敘論越南中代（包括李、陳、後黎、阮朝等各代）漢詩，另一章敘論越南七律詩的淵源、越南七律體漢詩繁盛的

成因和近代詩風轉變中的七律體。

《越南文學與中國文學之比較研究》：于在照教授的著作；列入 2014 年度國家出版基金項目《東南亞研究》叢書之一，由世界圖書出版廣東有限公司 2014 年出版。本書作者從其博士論文《越南漢詩與中國古典詩歌之比較研究》（洛陽解放軍外語學院，2007 年），補充增加若干章節而成。書中敘論越中兩國文學關係，尤其在詩歌方面，認為越南漢字詩歌和喃字詩歌基本上皆是仿造中國古典詩歌，包括內容上和形式上。

除了以上論著之外，從 1980 年以來，東亞漢學研究界有一些論文涉及論述中越詩歌密切關係及其互相來往，現大致統計有論文三十餘篇，依時間順序分別簡介：

黃國安《唐詩對越南詩歌發展的影響》（《東南亞縱橫》1987 年第 1 期）：作者認為中國歷來被視為詩國，唐詩是中國古代詩歌中最為燦爛輝煌的一個階段，其不但廣泛地影響到之後宋、元、明、清等各個朝代，而且還影響到日本、韓國——朝鮮、越南等鄰近周邊各國，其中越南是影響最深的國家之一，而越南漢詩是特別突出的一方面。

王小盾、何千年《越南古代詩學述略》（《文學評論》2002 年第 5 期）：書中認為越南古代詩歌中最明顯的特點之一，是廣受中國詩論的影響，尤其是儒家經學詩論，講究詩歌理論、豐富的倫理學色彩，諸如詩言志、溫柔敦厚、興觀群怨、詩尊詞卑等詩學觀念。

李未醉、余羅玉《略論古代中越文學作品交流及其影響》（《鞍山師範學院學報》2004 年第 3 期）：根據中越兩國史料，作者認為從秦漢時期到隋唐時期，越南處在中國封建王朝的統治下，有不少中原文人學者官員帶著漢詩文來到安南，唐詩也包括在內。這些北方傳入的漢詩文深刻影響到了古代越南文學。具體表現在越南古代文學已經借用中國文學的內容、體裁、藝術手法等方面。當然古代越南詩人借用北方傳入的漢詩文時也有加以改造，如阮詮曾模仿唐代韓愈（768～824）詩文佳作，在安南文壇影響很大。

劉俊濤《唐詩中的越南銅柱》(《史志學刊》2009 年第 6 期)：作者統計，唐詩中涉及越南銅柱的吟詠詩有三十八首，其中杜甫（712～770）詩中有六次出現這個詞。這一具體物像的詩詠表明，唐代詩人與越南有著密切交往，而且是一種「海內存知己，天涯若比鄰」般的親密關係。

劉玉珺《越南使臣與中越文學交流》(《學術研究》2007 年第 1 期)：作者論述中越是山水相連、唇齒相依的鄰邦，有著政治、歷史、文化的悠久而密切關係，並有著長達一千餘年的宗藩關係。當時越南使臣逐年遠赴中華，進行求封、進貢、謝祭等重要外交活動。趁著外交之際，通常雙方使臣文士進行各種交流，而其中漢詩文交流是一項不可缺少的高雅活動。其交際、交流活動有贈答、唱和、請序、題詞、鑒賞、評點等方面，而這些漢詩文交流活動經常是雙向互動的。

劉玉珺、何洪濤《論越南古代流傳的歌詩》(《黃鐘（中國‧武漢音樂學院學報）》2011 年第 2 期)：作者認為，越南詩歌是由中國音樂文化傳統與越南本土文化兩個部分相結合而成的產物，迄今在越南仍然保存著許多中國古樂及漢詩文獻，還有大量的帶有本土特色的越南詩歌，其中可以陶娘歌為代表。作者還認為越南陶娘歌曲辭形式有多種多樣，但是主要是以六八體格律為主，一般按譜填詞，其中使用最多的還是唐詩樂譜。作者總結說：越南古代流傳的歌詩「是一塊亟待開墾的學術荒地。它們的表演方式、藝術形式、俗文化特性、音樂文本的藝術化存在，以及作為漢文化傳統的深刻反映，都將會給中國的歌詩研究提供新的參照、比較對象和更為廣闊的視野。」〔註12〕

李時人、劉廷乾《越南古代漢文詩敘論》(《上海師範大學報》2010年第 6 期)：文中對越南歷代漢文詩的發展進程——從前黎朝（980～1008）到阮朝（1802～1949）進行了扼要綜述。該文認為越南古代漢詩基本沿襲了中國古代詩歌，而其中最多的接受就是唐詩。對於越南古

---

〔註12〕劉玉珺、何洪濤：《論越南古代流傳的歌詩》，《黃鐘（中國‧武漢音樂學院學報）》，2011 年第 2 期，第 69 頁。

代詩歌的形成特點，從創造觀念來講，是承襲「中國的『言志緣情』傳統而有所變通」；從藝術形式上來講，是「深受『唐律』的影響」。當然，其亦形成了富有自己民族的一些特色。〔註13〕

陳日紅、劉國詳《越南漢詩與中國古典詩歌關係再探──以《總集》中的七首漢詩為例》（《湖北民族學院學報》2014 年第 6 期）：文章以《越南漢喃銘文拓片總集》中的七首漢詩為考察對象，對其詩歌格律、思想內容、文化語境等方面進行了分析，並從「非正史」的角度探討越南漢詩與中國古典詩歌的關係。文章認為在學習中國古典詩歌過程中，越南漢詩走偏了「民間傾向」。文中引了于在照教授的一些論點，表示不贊成。比如于教授認為：「越南詩人在創作漢詩時，詩歌的韻律是嚴格按照中國古典詩歌韻律的。」〔註14〕但是，陳劉兩位認為于的論斷「對於《總集》裏的民間漢詩並不適用。」〔註15〕他們通過若干首越南漢詩的分析，發現在越南漢詩中，有一些格律並未嚴格遵守唐詩之律。本文作者猜測導致觸犯唐詩格律的原因，或者有關漢詩水準，或者故意觸犯平仄規律以示特別。

張玉梅《論越南六八體、雙七六八體詩與漢詩的關係》（華中師範大學 2008 年碩士論文）：文章認為，越南自古受中國漢語的影響。越中語皆屬聲調語；每個字都是一個音節，每個音節包含聲母、韻母和聲調三因素。越南語言有了平（橫）、玄、問、跌、銳和重的六個聲調；其中平、玄為平聲，問、跌、銳、重為仄聲。依靠這種語音特點，越南古代詩人不難將越南民謠、俚歌和中國古典詩歌的音律格式結合起來，這樣就形成了越南民族獨特的六八體和雙七六八結構的詩體。

---

〔註13〕 李時人、劉廷乾：《越南古代漢文詩敘論》，《上海師範大學報》，2010 年第 6 期，第 75 頁。

〔註14〕 于在照：《越南文學與中國文學之比較研究》，廣州：世界圖書出版廣東有限公司，2014 年，第 57 頁；亦見于在照：《越南漢詩與中國古典詩歌之比較研究》，洛陽：解放軍外語學院博士學位論文 2007 年，第 54 頁。

〔註15〕 陳日紅、劉國詳：《越南漢詩與中國古典詩歌關係再探──以《總集》中的七首漢詩為例》，《湖北民族學院學報》，2014 年第 6 期，第 87 頁。

何千年《越南古典詩歌傳統的形成——莫前詩歌研究》（揚州大學 2003 年博士論文）：作者認為於西元 939 年獨立建國之後到近代時期，越南封建政權積極接受中國文化的成果。越南在這段時間一直以漢語文言為詩文創作的語言文字。越南古典文學始終保持著與中國古典文學之間的密切關係，不僅在語言形式方面，而且在審美內容方面也都是稟承著中國漢詩的傳統。作者認為越南古典詩歌創作是不重視本土創作的，這樣的觀念阻礙了越南國內民間詩歌的創作，使其難以長期流行。不僅如此，作者還認為因為越南古典詩歌創作形式嚴重依賴漢詩格律體，所以可以認為「越南漢詩史並未形成建設性的特色」。

范氏義雲《越南唐律詩題材研究》（吉林大學 2013 年博士論文）：文中認為越南歷代「唐律詩」題材是豐富多樣的，主要引進並吸收唐詩精華。作者並沒有著論述唐詩如何融入越南漢詩創作，而是指出越南「唐律詩」有了哪些題材，透過描寫自然景物、愛國愛民、人物友情、女人身份等題材和感興，顯示出越南詩人表達對祖國江山的熱愛、對人生世事的感悟等。

黎氏玄莊《唐詩翻譯與越南詩歌體裁之形成及發展》（華東師範大學 1014 年博士論文）：論文將唐詩在越南的傳播分為越南漢詩律、越南喃詩律、越南國語（拉丁字）詩律的三個時期，同時從這三個不同的時期去敘論其傳播、翻譯的基本特點，以及闡述唐詩對越南新詩體產生和發展的影響。

黎春開《越南漢文文獻中的中國地景——以阮攸漢詩集《北行雜錄》為分析場域》（新北市：《古典文獻與民俗藝術集刊》2013 年第二期）：文章從地理地勢、歷史問題、政治背景，追溯自西元前 214 年秦始皇在紅河流域設立象郡至越南獨立後長達一千餘年的時期，指出越南與中國一直有著非常密切的邦交關係，越南深受中國文化的影響。作者認為，越南漢文文獻中應該提到阮攸（1765～1820）出使期間（1813～1814）所撰寫的《北行雜錄》漢詩集。該詩集描寫了中國

由南至北的自然景色以及其歷史文化景觀，並對李白、杜甫、崔顥、
歐陽修等中國大詩人表示敬仰。

此外，還有一些與唐詩在越南的接受相關的重要論著，如黃國安、
楊萬秀、楊立冰、黃錚編撰的《中越關係史簡編》（南寧廣西人民出版
社，1986 年）、溫祖蔭《越南漢詩與中華文化》（《福建師範大學學報》
1989 年第 4 期）、賀聖達《越南古代漢語文學簡論》（《東南亞南亞研
究》1996 年第 2 期）、潘慧瓊《詩歌研究之「第三隻眼」——《越南漢
喃古籍的文獻學研究》評析》（《中國詩歌研究動態》2008 年第 1 期）、
毛翰《國祚如藤絡，南天理太平——越南歷代漢詩概說》（《安徽理工大
學學報》2009 年第 11 卷第 3 期）、《南國山河南帝居，截然定分在天書
——越南歷代漢詩概說》（《安徽理工大學學報》2009 年第 11 卷第 4
期）、衣冠唐制度，禮樂漢君臣——越南歷代漢詩概說（《安徽理工大學
學報》2010 年第 12 卷第 1 期）、《比屋歌師孔孟，累朝簪笏頌唐虞——
越南歷代漢詩概說》（《安徽理工大學學報》2010 年第 12 卷第 2 期）等
越南歷代漢詩概說系列、陳益源《越南漢籍文獻述論》（北京中華書局，
2011 年）、于在照《越南文學史》（廣州世界圖書出版廣東有限公司，
2014 年）、彭茜《朝貢關係與文學交流：清代越南來華使臣與廣西研究》
（廣西民族大學 2014 年碩士論文）、王澤鳳《越南漢詩流變述論》（上
海師範大學 2016 年碩士）等等。

由上可見，近年的研究主題基本指向於中國古代詩歌在越南的接
受，而關於唐詩影響越南李陳漢詩則關注甚少；在展開論述時，學者們
不太著重按照越南歷史朝代先後順序來進行探討。

## 二、在越南的研究現狀

關於唐詩對越南李陳漢詩的影響，越南漢學研究的一些著作中有
所涉及，茲簡介於下：

《見聞小錄》：編者為黎貴惇（Lê Quý Đôn, 1726～1784），輯錄成
書於 18 世紀。在新近出版的《推薦序》中，越南史學院評價本書在許

多方面皆有獨特價值，其中在文學方面上，本書保留了一些昔日詩文，古文學研究學界可以從此處找到不少可貴的資料〔註16〕。黎貴惇在《見聞小錄・篇章》中云：「本朝國李陳二代正當上國宋元間，風氣淳和，人才英偉，文章氣格不異中州，簡編傳記脫略靡詳樸，收拾金石遺文得數十篇，李辰之文駢偶絢麗尚類唐體。」〔註17〕作者雖沒有具體地分析宋元與李陳之間如何交流，但所揭示出的文獻已可清晰看出唐詩對李陳詩文的影響。從現存的文獻資料來看，這是越南文學史上關於唐詩對越南文學的影響的最早出現的對照觀點。

《雨中隨筆》：本書為由名士范庭琥（Phạm Đình Hổ, 1768～1839）編纂約於黎末阮初年間，筆錄許多事情發生於黎朝末和西山朝以及談論沿革、典例、風俗、科舉、醫學、學術、文章等諸多問題。關於文學，書中的《文體》條，作者評價：「陳文稍遜於李，然典雅葩豔，議論鋪敘，各擅所長，視之漢、唐諸名家之文，多得其形似。間有三數篇，雖雜諸漢、唐集中，不能辨也。」〔註18〕論及唐詩，作者《詩體》條，又提出一個比較視角：「李唐之興，詩有五言古體、五言近體、五言律、五言排律、五言絕句、七言古體、七言近體、七言律、七言排律、七言絕句、長短歌行，而其體則有省試、府試、應制、應教、書懷、即事、贈答、賦詠、次韻、聯句之類。詩家之體裁音律，至此始極其備，而取士之法，亦始以詩為重。……我國李詩古奧，陳詩精豔清遠，各極其長，殆猶中國之有漢、唐者也。」〔註19〕

〔註16〕 〔越〕黎貴惇著，范仲恬譯注：《見聞小錄》，河內：通訊文化出版社，2007 年，第 6 頁（Lê Quý Đôn, Phạm Trọng Điềm dịch và chú (2007), *Kiến văn tiểu lục*, Nxb. Văn hóa - Thông tin - Hà Nội, tr.6）。

〔註17〕 〔越〕黎貴惇著，范仲恬譯注：《見聞小錄》，河內：通訊文化出版社，2007 年，第 192 頁。

〔註18〕 〔越〕范廷琥撰：《雨中隨筆》，孫軼旻校點，引自孫遜、鄭克孟、陳益源主編：《越南漢文小說集成》（第十六冊），上海：上海古籍出版社，2010 年，第 237 頁。

〔註19〕 〔越〕范廷琥撰，孫軼旻校點：《雨中隨筆》，引自孫遜、鄭克孟、陳益源主編：《越南漢文小說集成》（第十六冊），上海：上海古籍出版社，

《歷朝憲章類志》：著名學者潘輝注（Phan Huy Chú, 1782～1840）
編纂於 1809 年至 1819 年之間，共有 19 卷，分為歷史學、政治經濟
學、地理學、刑律學、邦交軍事、歷史人物、文學等不同類志。這是
越南古籍寶庫中的一部重要書籍；是 19 世紀初越南科學成就的代表
性研究工程，也是越南歷史上第一部百科全書式的類書。在書中的
《文籍志》部分（卷 42～45），作者對越南歷代漢喃文學書籍——主
要是從李陳兩朝至十九世紀下半葉，做了簡明扼要的統計。在簡介作
家的作品之前或之後，作者提供出一些精彩的評價，譬如對陳聖宗
《陳聖宗詩集》（一卷）云：「皆有古唐風味」[註20]；對陳明宗《明
宗詩集》（一卷）云：「語氣雄渾壯浪，不遜盛唐」[註21]；對阮忠彥
《介軒詩集》（一卷）云：「大抵豪放清逸有杜陵氣格。北使詩作，如
《洞庭湖》、《岳陽樓》、《熊驛》（即《潭州熊湘驛》——筆者注）、《邕
州》」各律詩皆壯浪迴出。」[註22]又云：「名句甚多，不可殫述，絕
句尤妙，不遜盛唐。」[註23]如《初渡瀘水》（即《初渡瀘江》——
筆者注）、《夜泊金陵城》、《即事》、《春晝》、《安子江》等，「皆清雅
婉麗，有龍標（即王昌齡——筆者注）、供奉（即李白——筆者注）
風概」[註24]；對蔡順《呂塘遺集》（四卷）云：「詩多清雅可喜，有
晚唐風。」[註25]如《船中吟》、《清順城》、《送友》，「大抵纖麗穠柔

---

2010 年，第 246 頁。

[註20] 〔越〕潘輝注著，史學院譯注：《歷朝憲章類志》（第二集），河內：教育出版社，2007 年，第 406 頁。

[註21] 〔越〕潘輝注著，史學院譯注：《歷朝憲章類志》（第二集），河內：教育出版社，2007 年，第 411 頁。

[註22] 〔越〕潘輝注著，史學院譯注：《歷朝憲章類志》（第二集），河內：教育出版社，2007 年，第 418 頁。

[註23] 〔越〕潘輝注著，史學院譯注：《歷朝憲章類志》（第二集），河內：教育出版社，2007 年，第 421 頁。

[註24] 〔越〕潘輝注著，史學院譯注：《歷朝憲章類志》（第二集），河內：教育出版社，2007 年，第 421～423 頁。

[註25] 〔越〕潘輝注著，史學院譯注：《歷朝憲章類志》（第二集），河內：教育出版社，2007 年，第 451 頁。

亦稱名家」〔註 26〕；對阮夢荀《菊坡集》云：「詩百餘首皆七言近體」
〔註 27〕；對王師伯《岩溪詩集》（八卷）云：「詩當晚唐體……婉麗纖
濃，大抵溫、李風概」〔註 28〕；對阮天錫《仙山集》（四卷），斷定該
詩集是「專矩步唐音」〔註 29〕，這樣的例子還有很多。

　　近代以來越南學者也有唐詩對越南漢詩的影響研究，出現了新的
研究視角，其中主要著作有：

　　《越南文學史要》：文學研究家楊廣邯（Dương Quảng Hàm, 1898
～1946）在八月革命前用於學校中之教科書，1941 年首次出版，後來
多次再版。本書共有四十六章（不含導論部分），其中有數章涉及論述
越南文學受中國文學的影響。越南從公元 939 年至 19 世紀末，歷經
吳、丁、前黎、李、陳、胡、後黎、阮等朝，一直以儒字（漢文）作為
官方語言使用。古代越南崇尚中國的經學及詩文，但有一些士人由於
「自然本性」也用越南語發抒自己的思想感情。可在用國語創作之時，
越南文人尚未脫離中國文學的影響。除了個別領域，越南古代文體幾
乎都仿效中國文體〔註 30〕。第十三章的《吾國與中國的各種文體──
中國的詩法與吾國的音律》中云：「自從韓詮會套用中國唐律而作喃文
詩、賦，國音文則日趨發達。」〔註 31〕當講解唐律時，又云：「吾之喃
詩仿造中國詩規矩，而吾之聲音亦與中國之聲音相似（也是單音節也

〔註 26〕　〔越〕潘輝注著，史學院譯注：《歷朝憲章類志》（第二集），河內：教
　　　　　育出版社，2007 年，第 451～452 頁。
〔註 27〕　〔越〕潘輝注著，史學院譯注：《歷朝憲章類志》（第二集），河內：教
　　　　　育出版社，2007 年，第 455～456 頁。
〔註 28〕　〔越〕潘輝注著，史學院譯注：《歷朝憲章類志》（第二集），河內：教
　　　　　育出版社，2007 年，第 452 頁。
〔註 29〕　〔越〕潘輝注著，史學院譯注：《歷朝憲章類志》（第二集），河內：教
　　　　　育出版社，2007 年，第 452 頁。
〔註 30〕　〔越〕楊廣邯：《越南文學史要》，沙瀝：同塔綜合出版社，1993 年，
　　　　　第 17 頁（Dương Quảng Hàm (1993), Việt Nam văn học sử yếu, Nxb. Tổng
　　　　　hợp Đồng Tháp, tr.17）。
〔註 31〕　〔越〕楊廣邯：《越南文學史要》，沙瀝：同塔綜合出版社，1993 年，
　　　　　第 135 頁。

分為平聲和仄聲），故而吾之詩法即是中國之詩法，以及吾詩之格律亦
全模擬中國詩罷了。」〔註32〕

　　《中代文學的行程》：本書是由阮范雄（Nguyễn Phạm Hùng, 1958
～）在越南大學二十餘年研究教學過程中所積累的論文彙編成書，河
內國家大學出版社 2001 年出版。本書第一篇《中代時期越南文學中的
文體問題》中，作者確認越南漢文學的文體均接受中國文學的影響，越
南漢文學作品不僅是「經常地、連續地」接受，而且還是「主動」、「創
造」而「有選擇性」地接受。在詩歌方面，主要接受的是「古風、唐
律」。這種接受過程，往往伴隨著沿革，體現出民族性。其接受過程主
要發生於古文學的早期階段（10 世紀至 15 世紀），衰弱化於後期（16
世紀至 19 世紀）。喃字文學作品出世約於 13 世紀初。作者判斷越南早
期的喃字體詩，很可能依傍了中國詩體裁去創作，而漢文學創作最多
的是漢詩和賦兩種，其中主要是接受古風詩和唐律詩〔註33〕。

　　《越南中代文學詩法》：由陳廷史（Trần Đình Sử, 1940～）編纂，
首次出版於 1997 年。本書內容涉及越南漢文學的體裁、詩法、藝術特
徵等，並探索越南中代漢文學接受中國影響的主要原因。作者認為：
「中國人的中世紀漢文學體裁已經相當完備，這種體裁系統已經被越
南文學全面接受並得到了全面的呈現。」〔註34〕在該書第二章《抒情
詩體》的開頭，作者評說：「須要確定的第一點是由於歷史關係的特點，
越南中世代詩歌深受中國古典詩歌的影響，與中國古典詩歌同屬一個
類型。」〔註35〕又具體評說：「據《全越詩錄》，陳朝（包括胡、後陳在

---

〔註32〕〔越〕楊廣邯：《越南文學史要》，沙瀝：同塔綜合出版社，1993 年，
　　　　第 136 頁。

〔註33〕〔越〕阮范雄：《中代文學的行程》，河內：河內國家大學，2001 年，
　　　　第 18～23 頁（Nguyễn Phạm Hùng (2001), *Trên hành trình văn học trung
　　　　đại*. Nxb. Đại học Quốc gia Hà Nội, tr.18～23）。

〔註34〕〔越〕陳廷史：《越南中代文學詩法》，河內：國家大學出版社，2005
　　　　年，第 95 頁。

〔註35〕〔越〕陳廷史：《越南中代文學詩法》，河內：國家大學出版社，2005
　　　　年，第 145 頁。

內）共有 600 首（李朝只有 7 首）──近乎從無到有的非常之出現。
據《李陳詩文》（共三集），共 200 餘首絕句、300 餘首七律，其餘的分
為五絕、五律、長短句、樂府、古風、六言、四絕等諸體裁。這表明在
陳朝的兩個世紀中，越南詩歌基本上是沿襲唐宋詩體裁的潮流趨勢。」
〔註36〕作者同時也揭示，到 15～17 世紀左右，越南詩文發生了巨大的
變化，出現了阮廌、黎聖宗、阮秉兼等一批喃文作者，但這些喃詩多數
都是依照唐律來寫出的。

　　《越南文學中的詩歌體裁與詩歌形式的發展》：裴文元（Bùi Văn
Nguyên, 1918～2003）和何明德（Hà Minh Đức, 1935～）編纂，河內社
會科學出版社 1968 年出版。本書闡述越南韻文的發展和構成──從民
間詩歌到越南文壇上的正統詩歌。本書提出了越南詩歌（包括漢詩）形
式上的發展規律、詩歌語言中的繼承和創造要素，並介紹其每種詩歌
體裁中的形式結構和特徵，區分越南詩歌的創造性與仿效性、民族要
素與外來要素的意識。當提及越南詩歌的形成過程時，作者反問：「對
越南古代詩歌與中國古代詩歌之間之關係，誰敢說是沒有什麼密切關
係？」〔註37〕作者還認為：「導致越南詩歌能夠很好較為容易效仿中國
詩歌的突出點，在於兩種語言之間音節的相同，以及聲調的近似。這兩
種語言皆屬於單音節語言。」〔註38〕可見在漢詩形式方面，古代越南
詩人從模仿開始，而後過渡到逐漸地「越化」。

　　《越南中代文學中的若干文體、作家和作品考論》（第一、二集）：
這兩本書是裴維新（Bùi Duy Tân, 1932～2009）關於 10～17 世紀文學
作家、作品的論文集（在學術期刊、研討會等正式發表）。第一集由河

---

〔註36〕〔越〕陳廷史：《越南中代文學詩法》，河內：國家大學出版社，2005
年，第 146 頁。

〔註37〕〔越〕裴文元、何明德：《越南文學中的詩歌體裁與詩歌形式的發展》，
河內：河內社會科學出版社，1968 年，第 10 頁（Bùi Văn Nguyên, Hà
Minh Đức (1968), *Các thể thơ ca và sự phát triển của hình thức thơ ca trong
văn học Việt Nam*, Nxb. Khoa học xã hội Hà Nội, tr.10）。

〔註38〕〔越〕裴文元、何明德：《越南文學中的詩歌體裁與詩歌形式的發展》，
河內：河內社會科學出版社，1968 年，第 12 頁。

內教育出版社 1999 年出版；第二集由河內國家大學出版社 2001 年出版。本書將這一時期的越南文學分為兩個部分，一部分為漢語書面文學，另一部分為喃字書面文學。這兩個部分的詩文皆深受中國文學的影響。甚而在洪德時喃文詩中的詩體，也仍是唐律（式）喃文詩。越南作家在創作這種傳統詩體時，流行的是雜六言式〔註 39〕。越南中代文學中的這種接受可說是囊括文章觀念、審美觀念、文章體裁、詩法、文字等許多方面〔註 40〕；同時，在其接受過程中，越南歷朝歷代作家為符合於本土文化及其願望意志而逐漸「越化」，成為民族本色的一部分。

《從比較角度看越南文學與中國文學的關係》：本書是阮克飛（Nguyễn Khắc Phi, 1934〜）的關於越南文學與中國文學關係的之間的論文集（在科學期刊、雜誌、月刊、週刊等發表論文），由河內教育出版社 2001 年出版。本書並沒有對中越文學關係提出總體概括，而是通過個別漢詩文本的深入分析，涉及一些具體問題。重點在於論述越南詩篇受到中國古典詩歌的影響，其中分析涉及李皋、李白、杜甫、白居易等唐代大詩人〔註 41〕。

《唐詩面貌》：黎德念（Lê Đức Niệm, 1932〜2015）編纂，河內通訊文化出版社 1995 年出版。本書分為五章：第一章對唐代文學的簡介；第二、三、四章略陳李白、杜甫、白居易等三位唐代大詩人；第五章作者用共 51 頁，點過越南詩歌的經典分析——從 11 世紀李常傑（1019

---

〔註 39〕 〔越〕裴維新：《越南中代文學中的若干文體、作家和作品考論》（第一集），河內：教育出版社，1999 年，第 125 頁（Bùi Duy Tân (1999), *Khảo và luận một số thể loại – tác gia – tác phẩm văn học trung đại Việt Nam* (tập 1), Nxb. Giáo dục, tr.125）。

〔註 40〕 〔越〕裴維新：《越南中代文學中的若干文體、作家和作品考論》（第二集），河內：河內國家大學出版社，2001 年，第 131 頁（Bùi Duy Tân (2001), *Khảo và luận một số thể loại – tác gia – tác phẩm văn học trung đại Việt Nam* (tập 2), Nxb. Đại học Quốc gia Hà Nội, tr.131）。

〔註 41〕 〔越〕阮克飛：《從比較角度看越南文學與中國文學的關係》，河內：教育出版社，2001 年，第 101 頁（Nguyễn Khắc Phi (2001), *Mối quan hệ giữa văn học Việt Nam và văn học Trung Quốc qua cái nhìn so sánh*, Nxb. Giáo dục, tr.101）。

～1105）至 20 世紀胡志明（1890～1969），特別關注越南漢詩對中國古典詩歌的接受，其中就突出了唐詩的影響，也包括了因喜歡漢詩而愛屋及烏，轉而喜愛成喃字詩。

《唐詩在越南》：吳文富（Ngô Văn Phú, 1937～）編輯，河內作家會出版社 2001 年出版。本書分為五個部分：第一部對唐詩的簡介；第二部分闡述唐詩在越南，包括談到唐詩律在越南漢字詩中佔有重要地位、唐律式喃字詩，等等；第三部分作者引用越南學界對唐詩的評價；第四部分介紹唐詩的一些代表譯品；第五部分精選唐詩。最值得注意的是在第二部分中，作者特別給予共 49 頁，介紹唐代詩人賦詩送安南僧人的一些詩篇，並亦有涉及越南文人（包括僧人）的詩歌、偈頌（10～20 世紀）均受唐詩的影響。

《在文章作品研究與教學的行程上》：為由鄧臺梅（Đặng Thai Mai, 1902～2002）在期刊上發表過的許多研究篇章精選而來之著作（論文集），教育出版社 2002 年出版。其中，值得注意的有兩篇提及越南文學與中國文學的關係。一篇為《越南文學與中國文學間之悠久而密切的關係》（該篇在《文學研究》雜誌，1961 年第 7 期登載），另一篇為《在一個時代文學複看過程中的幾個心得》（該篇是於 1974 年 8 月在聯蘇莫斯科東方學院的演講，後來在《文學》雜誌，1979 年 6 月份重印）。這兩篇的內容皆認為越南文學與中國文學的關係是悠久而密切的，這種關係起源於西元前 3 世紀初，因而中國文學對越南文學無所不在的強大影響。

《越南文學歷史略考》（起始至 20 世紀末）：裴德靜（Bùi Đức Tịnh, 1923～2008）編纂，胡志明市文藝出版社 2005 年出版。本書原名為《從起始到 1945 年的越南文學史》，編印於 1967 年。據他所言，由於歷經民族的抗法（1945～1954）和抗美（1954～1975）這兩個歷史事件以及「有個社會主義文學」這個事件，所以後來本書已經修訂補充而成上書名。顧名思義，本書略述過文學的各個時期，不著重兩者對照接受的研究方向，但是在《古典文章》第四章，他認為從陳氏時代到 20 世紀

初的越南古典文章，在內容上表露了對中國文藝中思想、觀念等的接受，在形式上也深受中國文學的影響。當然越南中代文學受到中國古典文學的影響同時，也結合越南人民的藝術與語言，形成民族特色的文體〔註42〕，以古代越南「韓律」〔註43〕現象作為典型例論述。

《越南文學──10世紀至整個19世紀》：陳儒辰（Trần Nho Thìn, 1952～）編纂，越南教育出版社2012年出版。書中提出世界各民族文學之間具有互相接受和影響的關係，尤其是中國文學在越南的接受〔註44〕特別久遠深入。本書論述在越南中代文學前5個世紀中，其文學發展基本套用中國文學的體裁體系〔註45〕。之後越南漢文學仍沿用傳統，直至18世紀初期才有所改變。在此過程中，李陳僧人創作詩、偈、頌，固然深受唐詩格律的影響。而李白、杜甫、白居易等這些中國詩人，對越南中代詩人而言更為熟稔，也更受尊敬〔註46〕。

《越南古近代文學──從文化視角至藝術代碼》：為阮慧芝（Nguyễn Huệ Chi, 1938～）50年研究的論文集，越南教育出版社2013年出版。該書有許多篇章涉及越中兩國的文學關係，作者承認：「若沒有中國文學，則沒有像現存概範的越南古代文學。」〔註47〕這種文學

---

〔註42〕 〔越〕裴德靜：《越南文學歷史略考》（從起始到二十世紀末），胡志明：胡志明市文藝出版社，2005年，第77～91頁（Bùi Đức Tịnh (2005), *Lược khảo lịch sử văn học Việt Nam – từ khởi thủy đến cuối thế kỷ XX*, Nxb.Văn nghệ TP. Hồ Chí Minh, tr.77～91）。

〔註43〕 韓詮乃韓律之父。韓詮亦稱為阮詮，生卒年不詳。據說，他乃將唐詩格律運用喃詩中之初者，故後世稱唐律喃詩（喃字詩歌按照唐代詩歌的格律去作）為「韓律」。

〔註44〕 〔越〕陳儒辰：《越南文學──10世紀至整個19世紀》，河內：越南教育出版社，2012年，第276頁（Trần Nho Thìn (2012), *Văn học Việt Nam từ thế kỷ X đến hết thế kỷ XIX*, Nxb. Giáo dục Việt Nam, tr.276）。

〔註45〕 〔越〕陳儒辰：《越南文學──10世紀至整個19世紀》，河內：越南教育出版社，2012年，第147頁。

〔註46〕 〔越〕陳儒辰：《越南文學──10世紀至整個19世紀》，河內：越南教育出版社，2012年，第133頁。

〔註47〕 〔越〕阮慧芝：《越南古近代文學──從文化視角到藝術代碼》，河內：越南教育出版社，2013年，第997頁（Nguyễn Huệ Chi (2013), *Văn học cổ cận đại Việt Nam – Từ góc nhìn văn hóa đến các mã nghệ thuật*, Nxb.

經典的接受既是強逼性的，也是自願的、有選擇性的，還有「依樣畫葫蘆」的模仿，總之從文學體裁、主題類型、審美感觀以及受到佛道儒思想影響等方面，越南文學皆深受中國文學的影響。

《越南佛教史論》（共三集）：為由阮郎（Nguyễn Lang, 1926～）編纂，出版多次，分別是 1973 年、1977 年、1922 年、1994 年。今三集合印成一本，2000 年再版。本書對李陳兩朝僧人的行動與思想哲學加以探討解讀，其中或多或少涉及唐朝僧人禪語、詩、偈等對李陳禪語、詩、偈等的影響〔註48〕。

黎孟撻（Lê Mạnh Thát, 1944～）的越南佛教研究系列：包括《越南佛教歷史》（三集）、《越南佛教文學總集》（三集）、《陳太宗全集》、《陳仁宗全集》、《明珠香海全集》等等。筆者簡稱之為「越南佛教研究系列」。從史料的選引到分析論證方法、文本解碼等幾乎皆有較高的可信度及學術價值。此研究系列，涉及越南古代文學與中國古代文學的關係，尤其指出越南著名學者的一些傳抄錯誤之處。值得注意的是，本書附有一份較為完整的漢文及漢喃目錄，便於讀者瞭解越南漢籍文獻，以及與其他研究領域的對照比較。

有關越南佛教與漢文學關係的研究，越南學界出現了不少的研究論著，代表性的有：方榴（實名裴文波）《從比較文學至比較詩學》（河內文學——東西文化中心出版社，2002 年）、橋清桂《越南文學之進化》（西貢樺仙出版社，1969 年）、阮董芝《越南古文學史》（河內韓荃出版社，1942 年）、阮公理《李陳朝禪宗文學中的民族本色》（河內文化通訊出版社，1997 年）、黎智遠《越南中代文學的特徵》（胡志明文藝出版社，2001 年）、阮公理《李陳佛教文學——面貌與特點》（胡志明市國家大學出版社，2003 年）、段氏秋雲《越南禪詩在 11～14 世紀中

Giáo dục Việt Nam, tr.997）。
〔註48〕 〔越〕阮郎：《越南佛教史論》，河內：文學出版社，1992 年，第 189 頁（Nguyễn Lang (1992), *Việt Nam Phật giáo sử luận*, Nxb. Văn học - Hà Nội, tr.189）。

的若干藝術特徵考察》(胡志明師範大學 1994 年副博士論文)、黎氏清心《越南李陳禪詩與中國唐宋禪詩之比較研究》(胡志明市人文社會科學大學 2007 年博士論文)、段黎江《越南中代古文學意識》(胡志明市人文社會科學大學 2001 年博士論文)、陳李齋《竹林禪派作品中的文學價值》(胡志明市人文社會科學大學 2008 年博士論文)、鄧清黎《地區關係中之越南中代古文學研究》(《文學研究雜誌》1992 年第 1 期)、何文晉《越南佛教文學作品文本學問題》(《文學雜誌》1992 年第 4 期)、阮文校《中國文學在越南 20 世紀的關係與接受》(《漢喃雜誌》2000 年第 4 期)、陳義《從比較文學看漢喃遺產》(《漢喃雜誌》1998 年第 3 期)、劉文俸《歷史詩法與漢喃遺產比較》(《漢喃雜誌》1998 年第 3 期)、方榴《越南與中國間文化文學比較中的一些體驗》(《漢喃雜誌》1998 年第 3 期),等等。

從上述可以看出,從 18 世紀以來,越南學界已經提到了中國古代文學對越南中代文學的影響問題,然而這些論著主要集中探討某個朝代的個別作家作品,或僅籠統地敘論其關係,而針對唐詩對越南漢詩的影響尚未進行專門深入的解析,但要承認前輩學者的這些研究成果是非常寶貴的。此次筆者試圖通過唐詩的體裁、構造、語言等具體方面進行全面、系統的研究,也是從他們的那些啟發而來的。希望通過此次整理與研究,能使讀者看到其同異之處以及越南民族中代詩歌中的接受、改造等問題。

綜上所述,從初步搜集文獻,顯示長期以來,地域關係中的越南漢文詩歌研究狀況,取得了令人注目的成就。不過,由於不同的研究目的,學術界未專門研究唐詩對越南李陳漢詩的影響過程,尤其是在越南李陳兩朝順序影響研究角度下,仍然覺得不夠理想,乃至研究尚未具規模,不成系統;再則,對其影響問題,亦存在著多少不同的意見爭鳴,以陳劉兩位的上文學術觀點為例。因此,為對地域文學關係全面瞭解、對唐詩在越南李陳歷史時間順序上的生成和發展來源形成貫穿性的全景視角以及解決現存著不同的意見,繼續從事本課題研究,以補

充些過去研究論著的不足之處，筆者認為仍是十分必要的。

## 第三節　研究範疇

　　關於「李陳漢詩」之界定。首先要瞭解「李陳」一詞是何含義。依越南文學院《李陳詩文·前言》可知，李陳是以越南李、陳兩朝為代表的綿延近 500 年的整個歷史時期的總稱，包括吳氏自主政權（939 年～965 年）、丁朝（968 年～980 年）、前黎朝（980 年～1009 年）、李朝（1010 年～1225 年）、陳朝（1225 年～1400 年）和胡朝（1400 年～1407 年）六個朝代。〔註49〕與平均只有短短的數十年的其他朝代相比，李朝和陳朝存的年數均長達 200 年左右，並且它在許多方面取得了非常大的成就，因此被稱為越南民族歷史上發展的一個特殊時期。在這一時期，越南吳、丁、前黎、李、陳、胡等六朝的文人（僧士、儒士等）使用漢文創作的詩、偈、頌古等形式的文學作品被統稱為「越南李陳漢文詩歌」，簡稱「李陳漢詩」。

　　在文學作品方面，通過考察統計揭示，吳氏、丁朝、前黎朝和胡朝的詩歌總量稀少，比李朝和陳朝的詩歌總量要少得多。因此，筆者認為將之命名為「李陳漢詩」是妥當的。筆者還發現，雖然李朝延續了 215 年之久，但是通過考察表明李朝（包括吳氏、丁朝、前黎朝在內）的作品數量也不算多，共 136 首（篇），其中李朝詩文共有 126 首或篇（參看第三章第一節第三小標題），其中大部分都屬於佛教文學。而相比於李朝，陳朝雖然僅延續 175 年，但其作品總量比李朝的作品總量要多幾倍，其中詩歌總量共 710 餘首（參看第四章第一節第三小標題）。

　　正是因為現存的李朝詩文數量相對較少，並且主要是由僧人創作，因此當對該文學階段進行研究之時，許多中外學者都習慣上把李陳兩

---

〔註49〕參閱〔越〕文學院：《李陳詩文》（第一集），河內：社會科學出版社，1977 年，第 7 頁（Viện Văn học (1977), *Thơ văn Lý Trần* (tập 1), Nxb. Khoa học xã hội – Hà Nội, tr.7）。

朝文學合併在一起，作為一個特殊的文學階段來研究。但是，如果簡單地把李陳兩朝文學如此合一，那我們將很難看出這兩個朝代各自的文學發展沿革。因為筆者認為每個文學階段往往與它誕生的每一個朝代歷史背景有關，每個朝代都有自己的歷史特點，尤其是這兩個朝代存在的時間平均長達 200 年左右。因此，在本文研究中，筆者將李朝漢詩與陳朝漢詩區分開來，各為一章，分別進行研究。再者，這兩個朝代的詩歌以漢詩為主要表達方式，借用中華古典詩歌體裁，尤其是唐詩體裁。因而本論文的研究對象和研究範疇確定為圍繞越南漢文學中的古體詩（或稱古風詩或稱往體詩）和近體詩（或稱今體詩），從文本狀況、體裁、詞句、典故等各個方面進行切入，著重探究中國唐詩對越南李陳漢詩的影響。這樣的選題研究，有助於對中越古代詩歌的接受、革新和創造的過程及民族文化交流史進行深入考察；同時，也有助於呈現唐詩在越南李陳漢詩中的導引和流布，進而在越南人心境中所發揮的重要作用和所確立的重要地位。

關於引用資料以考察和探討的方面，本文主要以彭定求等編《全唐詩》（全 25 冊，北京：中華書局，1960〔2015 重印〕）、道原著，顧宏義譯注《景德傳燈錄譯注》（卷二、卷三、卷五，上海：上海書店出版社，2010）和越南文學院《李陳詩文》（三集，皆由河內社會科學出版出版）為依據。關於《李陳詩文》（三集），本套書所搜集的全部李陳詩文數量分為三大集，分別按照越南歷史時間順序排列，具體如下：第一集（出版 1977 年）——自吳權（939 年）至李朝（1225 年）；第二集（出版 1988）——自陳朝（1225 年）至陳裕宗代初（1341 年）；第三集（出版 1978）——自 1341 年間左右至 1418 年左右。

《李陳詩文》共有三集，由諸多越南教授、學者進行收集、辨析、整理，歷時將近 30 年編纂而成大型文獻叢書（從 1960 年開始入手至 1988 年才完成出版三大集）。此書先是由阮德雲和陶方平提出設想並開始工作，之後眾多研究者加入，由阮慧芝當主編。本書的審稿者為鄧臺梅、高春輝。本書編撰過程中列入了 27 餘部首次刊印面世的文獻資

料，包括越南漢詩選集、賦選集、散文選集、史部文獻、佛家文獻、石
碑銅鐘等。比如以下的這些文獻資料：

潘孚先《越音詩集》，社會科學圖書館，館藏號：A.1925；

楊德顏《精選諸家律詩》，社會科學圖書館，館藏號：A.2667；

黃德良《摘豔詩集》，河內博物館，館藏號：279；

黎貴惇《全越詩錄》，社會科學圖書館，館藏號：A.132；

陳太宗《課虛錄》，社會科學圖書館，館藏號：AB.268；

仁宗記錄，法螺刻版《上士語錄》，社會科學圖書館，館藏號：A.1932；

裴輝璧《皇越詩選》，社會科學圖書館，館藏號：A.608；

金山《禪苑集英》，本書編者是哪位，迄今為止還不停辯爭，近年
來，經過一套自己的研究一系列，越南學者黎孟撻推斷，其作者該是陳
朝竹林禪派的金山禪師執筆編纂而出，印行約於 1337 年。

另外還收納了眾多重要文獻，如《大越史記續編》（由黎仁宗下令
潘孚先編纂，完成於 1455 年。後來，陳朝黎文休藉之秉筆寫成《大越
史記》）、《大越史記全書》15 卷（由黎聖宗下令吳士連編纂。這部史冊
基於潘孚先和黎文休的史部基礎上，加上「參考北史、野史、傳志、諸
本及所傳授見聞，考校編集為之」。李濟川《越甸幽靈集》（大約於 1314
～1341 年間問世），陳世法《嶺南摭怪》（大約於李陳朝年間問世），等
等。

這套書對於李陳兩朝的文學作品進行了充分而全面的綜述，就李
陳詩歌研究而言，因其網羅了巨量的古籍文本，成為該歷史階段越南
漢詩研究的完備可靠的資料。

## 第四節　研究方法

本論文研究方法可以說是既宏觀概括又具體踏實的。這是因為，
一方面開拓瞭解唐詩在越南的起源——即唐詩來越南經歷各個時期的
行程開端點，另一方面需要深入瞭解越南漢詩的典型作者作品。透過
這些研究，概括每個特定歷史時期漢詩的發展歷程，探索越南漢詩創

作的規律和本質。筆者先搜集了越南李朝漢詩相關文獻，然後進行研讀、整理、分類等處理方法。

查閱李陳詩文，發現諸位漢詩創作中皆將文哲史因素渾然一體，密不可分。因此在本文的論述將盡力貫徹以下的研究方法：

一、歷史比較方法：採用此方法，針對指出從越中漢詩文交流歷史到李陳漢詩受唐詩的影響以及其形成和改造的過程；

二、分析對照方法：採用於分析作品，針對指出李陳漢詩與唐代詩歌間的不同和相同之處；

三、文本學方法：採用此方法，針對厘正一些有關文本的問題；

四、實證方法：採用此方法，針對援引越南近代幾位詩人承認自己詩歌深受唐詩影響的一些話。很久以前，當喃字問世之後，有了一些越南詩人把唐詩譯成漢喃字，以之視為自己的雅趣。

五、統計分類方法：針對分類對象，統計李陳漢詩接受唐詩的頻率／深淺度，從而辨析唐詩在李陳詩歌中的位置，同時找出越南漢詩創作的獨特之處。

六、詩學分析法：通過詩人及詩作分析解讀，論述李陳漢詩的詩體結構、藝術特徵、審美方式等。

本文雖然使用了上述各自不同的研究方法，但在實際操作過程中，還是會注意將多種研究方法交叉一體地使用。

## 第五節　論文創新

首先，在著手對此課題深入研究之前，本文特別給予一章，針對10世紀前越南詩文情況進行系統而比較全面的梳理和介紹。關於該課題或類似課題的研究領域，現有的論著關注尚少，或涉及粗略，甚至有的完全未被提及。

其次，中外學者對越南李陳漢詩的研究，一般把李陳兩朝文學合併為一個文學階段來研究，但是本文分別把李陳兩個朝代分開，以每

個朝代的一些代表群體、個人及其作品作為考察和研究的對象。也就是說，本文將按李陳朝代先後順序來研究唐詩對李陳漢詩的影響，由此揭示唐詩對越南李陳漢詩的接受、流變和變革及越南民族意識產生的過程。本論文研究視角與前人研究視角有所不同。

最後，本文還採用詩法學理論以及結合其他研究方法來進行探索研究，通過之，找出作品構成規律、藝術表現方式諸如韻律、節奏、修辭等，並指出這一歷史階段越南漢詩的具體特點及主流和傾向性。

# 第二章　北屬時期越南詩文概況

　　越南文學史是在本民族特殊的地理、歷史環境條件下形成和發展起來的，同時與跨國文學影戲有著密切的淵源關係，其中值得重視的是與漢字文化圈（或稱漢文化卷）的關係。東亞漢字文化圈的關係在從古以來的歷史時間線上以及在自區域至全球的範圍空間中長期具有宏觀性質。這就是說，文學內涵不但帶有民族性，而且帶有國際性和人類性。要瞭解越南古代文學與中國古代文學的關係，尤其是唐詩在越南李陳漢詩中的接受過程，則不得不去瞭解這段接觸初始時期。因而，筆者首先依次對中越關係的歷史、漢喃文字、文化交流等諸問題作一番簡略梳理，而後對北屬時期越南詩文情況〔註1〕，包括中越文人交往及唐朝文人視野下的安南形象在內加以綜述及整理，亦盼能夠補充前輩研究的些許欠缺。

## 第一節　中越關係與漢喃文字

　　漢喃文字在越南最早出現於何時呢？問題看似簡單，但想要確切回答實在不容易。雖然迄今已經有了不少中外學者對此進行過諸多研

---

〔註1〕越南學者陳義持論：「如果沒有一千年的『北屬』時期越南文學之孕育、培養和積累，就沒有越南李陳兩朝文學的燦爛發展。換言之，想要充分理解李陳文學的繁榮，不得不詳細研究北屬時期文學。」（引自〔越〕阮公理：《李陳朝佛教文學——面貌與特點》，胡志明市國家大學出版社，2003年，第46頁）。

究，但是始終尚有不同的說法。筆者認為必須細緻追溯當初歷史事實，因為在那裏，才能找到漢喃文字出現於何時及其原因。因而，本文的回顧可分為兩部分：一為北屬時期中越關係的歷史；二為越南漢喃文字的問世，進而進行綜述小結。

# 一、北屬中越關係之歷史

　　越南上古史存在著甚多問題，至今仍是眾說紛紜，莫衷一是，其中有對越南 1000 餘年北屬時期歷史的疑問﹝註2﹞。然而，大部分中外學者皆認為自西元前 3 世紀末至西元後 10 世紀之前，越南始終被置於中國封建王朝的直接統治之下，共 1000 餘年，越南史書中一般稱為「北屬時期」﹝註3﹞，而中國稱之為「郡縣時代」。﹝註4﹞在這

﹝註2﹞越南學者黎孟撻在《六度集經》一書中認為：「蜀安陽王及趙佗之傳，僅是由印度著名 Mahàbhàrata 英雄歌篇感召而成的臆造。其與小說傳化歷史完全相同，需得列入公元 300～450 年間的文學時期作品體系。因此必須將蜀、趙時代排開越南民族歷史，也從未有漢武帝併吞我國於公元前 110 年之事。」（見〔越〕黎孟撻：《六度集經與越南民族起源傳說考》，胡志明：胡志明市綜合出版社，2005 年，第 7 頁／Lê Mạnh Thát (2005), *Lục độ tập kinh và lịch sử khởi nguyên của dân tộc ta*, Nxb. Tổng hợp TP. Hồ Chí Minh, tr.7）。對於這個問題，中國學者蔣國維在《「文郎國」考辯》一文中，亦結論認為：「『文郎國』純屬杜撰。」（見蔣國維：《「文郎國」考辯》，《貴州師範大學學報》，1980 年第 4 期，第 81 頁）。亦有學者對越南上古史的問題，顯得慎重，仍未下定論，但是亦援引了幾年來在越南各地發現了大量「原始社會解體時期的同類型文化遺址」來推測「越南上古文明發祥地可能就在這一地區。」（見于向東、劉俊濤：《「雄王」、「雒王」稱謂之辯管見》，《東南亞研究》，2009 年第 5 期，第 83 頁）。

﹝註3﹞越南學者陳義以「北屬時期」先後分為三個時期：第一次北屬時期，即：自甌雒國陷入於趙朝之治下（西元前 179 年）至二徵夫人（西元 40 年）之時；第二次北屬時期，即：自馬援鎮壓二徵之崛起（大約於西元後 43 年間）至李賁建立萬春國（西元後 544 年）；第三次北屬，即：自隋朝（603 年）至吳權（938 年）（〔越〕陳義：《10 世紀前越南人漢文作品輯考》，河內：世界出版社，2000 年版，第 48～119 頁（Trần Nghĩa (2000), *Sưu tầm và khảo luận tác phẩm chữ Hán của người Việt Nam trước thế kỷ X*, Nxb. Thế giới – Hà Nội, tr.48～119）。

﹝註4﹞見郭振鐸、張笑梅主編：《越南通史》，北京：中國人民大學出版社，

部分，筆者主要依據中越兩國的史籍，對北屬中越關係的歷史沿革，進行簡要的敘述。

　　史載，中華民族先民在上古時代本來居住在黃河流域一帶——楊子江的北邊。先秦時期的周朝已經實行封建制度〔註5〕，即周天子將其勢力範圍所及的土地分封親屬諸侯，諸侯又分封給卿大夫，卿大夫以下有家臣、農民、農奴，從而形成了各階層遞相隸屬的社會關係。在周天子統轄下的各分封國主被稱為「諸侯」〔註6〕。西元前3世紀前後，周朝衰落而諸侯爭雄，其中位於西部的秦國實力最為強盛。

　　西元前221年，秦國先後滅六個諸侯國，結束了戰國時代「七雄」（齊、楚、燕、韓、趙、魏、秦）爭霸局面，統一中原，廢周朝

---

2001年，第1頁。此外，這個時代中國郭振鐸等人認為：「標誌著它（越南——筆者注）邁入一個偉大的轉折時代。它不僅全面地接受中國的社會制度（當然交趾已具備進步社會因素）、政治格局、經濟模式、文化，而且開始由原始社會解體後，越過奴隸制度直接進入封建社會。」（見郭振鐸、張笑梅主編：《越南通史》，北京：中國人民大學出版社，2001年，第8頁）。

〔註5〕「以封建地主佔有土地、剝削農民（或農奴）剩餘勞動為基礎的社會制度。隨著生產力的發展和奴隸的瓦解而生產。在封建制度下，封建地主階級擁有最大部分的土地。農民（或農奴）完全沒有土地或只有很少的土地。他們耕種地主的土地，對地主階級有不同程度的人身依附，受其剝削和壓迫。地主剝削農民的主要方式，是向農民收取地租。在封建社會上，自然經濟占主要地位。與奴隸制比較，農民由於有一定程度的人身自由，有自己的生產工具，收成好壞同本身利益相聯繫，因而對生產產生興趣，促進了生產力的發展。封建社會基本的階級是地主階級和農民階級。封建社會的政治上層建築主要是以君主制和等級制為特點的封建制國家。占統治地位的意識形態是地主階級思想，它以維護封建剝削和等級制宣揚封建道德為特徵。地主對農民的殘酷剝削和壓迫，使階級矛盾日益尖銳。歷史上不斷起伏的農民戰爭，打擊了封建統治，多少推進了生產力的發展。」（見夏征農主編：《辭海》，上海：上海辭書出版社，1989年版，第807頁）。

〔註6〕「西周、春秋時分封的各國國主。規定要服從王命，定期朝貢述職。同時有出軍賦與服役的義務。按禮其所屬上卿應由天子任命。但他們世襲佔有封地及其居民，在其封疆內，世代掌握統治大權。」（見夏征農主編：《辭海》，上海：上海辭書出版社，1989年版，第450頁）。

封建制，贏政立為秦始皇，建立了中國歷史上第一個中央集權的皇朝國家，實施郡縣制大一統，把天下分為 36 郡，置皇帝直接控制的行政機構。

平定中原之後，秦始皇一方面收復河套地區，秦帝制中央政府在這一地區增設 44 縣，把一系列國防建設與邊防守備連接和修繕，成為防禦北方入侵的「萬里長城」；另一方面把統一事業繼續推向嶺南，派遣大將尉屠睢率 50 萬大軍五路南下。這次大規模的南征行動見於西漢淮南王劉安（西元前 179 年～前 122 年）《淮南子・人間訓》中載：

> （秦始皇）又利越之犀角、象齒、翡翠、珠璣，乃使尉
> 屠睢〔註7〕發卒五十萬，為五軍，一軍塞鐔城之嶺，一軍守
> 九疑之塞，一軍處番禺之都，一軍守南野之界，一軍結餘干
> 之水。三年不解甲馳弩，使臨祿無以轉餉。又以卒鑿渠而通
> 糧道，以與越人戰。〔註8〕

西元前 214 年，秦始皇終於征服越族，平定嶺南，並在嶺南設置了南海郡（今廣東）、桂林郡（今廣西）和象郡（今北越），將此三郡併入秦帝制的版圖。這場作戰在《淮南子・人間訓》書中亦有回敘：

> 殺西嘔君譯籲宋。而越人皆入叢薄中，與禽獸處，莫肯
> 為秦虜。相置桀駿以為將，而夜攻秦人，大破之。殺尉屠睢，
> 伏屍流血數十萬，乃發謫戍以備之。〔註9〕

西元前 210 年，秦始皇駕崩後，胡亥即秦始皇的第十八子繼位，為秦二世（亦稱二世皇帝），因實行殘暴的統治，而導致中原各地農民發動反秦起義，其中有陳勝、吳廣農民領袖起義以及六國復國運動，形成爭權奪位和自相殘殺的局面。因此中原南邊新設的那些郡縣，開始實際上的擺脫了秦朝的管轄。趁中原混亂之際，於西元前 207 年，趙

---

〔註7〕譚志詞注：「『尉屠睢』應為『王翦』，《淮南子》原文誤」（見譚志詞：《中越語言文化關係》廣州：世界圖書出版廣東有限公司，2014 年，第 17 頁）。

〔註8〕楊有禮注說：《淮南子》，開封：河南大學出版社，2010 年，第 614 頁。

〔註9〕楊有禮注說：《淮南子》，開封：河南大學出版社，2010 年，第 614 頁。

佗（河北真定人）起兵割據，佔領南海郡。史載趙佗「即擊並桂林、象郡，自立為王，當為建立南越割據政權始於此」，定都番禺（今中國廣州市），稱「南越國」。西元前 196 年，漢高祖劉邦派陸賈出使南越國，承認趙佗割據的政權，封趙佗為南越王，南越屬於漢朝的藩屬國。

後來，趙佗切斷了嶺南地區與中原所有的聯繫，自稱「南越武帝」。為了擴大自己的勢力，趙佗促進了領土擴張活動，主要征戰方向是南邊的甌雒一帶。根據神話傳說，經過幾次不成功的征戰後，南越國不能用武力征服甌雒國，趙佗又施計遣使講和。他以子仲始為質，向安陽王的公主媚珠求婚，並請入贅，以便有良機察訪古螺城和甌雒國的佈防及軍機情況，這個傳說載於吳士連《大越史記全書》：

> 辛卯四十八年秦始皇十七年（西元前 210 年）冬十月，秦始皇崩於沙丘。任囂、趙佗帥師來侵。佗駐軍北江仙遊山與王戰，王以靈弩射之，佗敗走。時囂將舟師在小江，即都護府，後訛為東湖，今東湖津。犯土神，染病歸，謂佗曰：「秦亡矣，用計攻泮，可以立國。」佗知王有神弩不可敵，退守武寧山，通使講和。王喜，乃分平江，今東岸天德江是也。以北佗治之，以南王治之。佗遣子仲始入侍宿衛，求婚王女媚珠，許之。仲始誘媚珠，竊觀靈弩，潛毀其機，易之。托以北歸省親，謂媚珠曰：「夫婦恩情不可相忘，如兩國失和，南北隔別，我來到此，如何得相見。」媚珠曰：「妾有鵝毛錦褥，常附於身，到處拔毛置岐路，以示之。」仲始歸以告佗。〔註10〕

趙佗接到報信後，馬上帥師南下甌雒，勢如破竹，直抵古螺城。安陽王措手不及，很快被擊敗。關於這場由仲始、媚珠愛情釀成的歷史悲劇，《大越史記全書》又載：

> 囂死，佗即移檄告橫浦、陽山、湟谿關，曰：「盜兵且

〔註10〕 〔越〕吳士連撰：《大越史記全書》（第一冊），孫曉主編（標點校勘），重慶：西南師範大學出版社；北京：人民出版社，2015 年，第 46 頁。

至，急絕道聚兵自守。」檄至，州郡皆應之。於是，盡殺秦
所置長吏，以其親黨代為守。佗發兵攻王，王不知弩機已失，
圍棋笑曰：「佗不畏吾神弩耶。」佗軍逼近，王舉弩已折矣。
尋走敗，坐媚珠於馬上，與王南奔。仲始認鵝毛追之。王至
海濱，途窮無舟楫，連呼「金龜速來救我」。金龜湧出水上，
叱曰：「乘馬後者是賊也，蓋殺之。」王拔劍欲斬媚珠。媚
珠祝曰：「忠信一節為人所詐，願化為珠玉，雪此讎恥。」
王竟斬之，血流水上，蛤蚌含入心，化為明珠。王持七寸文
犀入海去。（今辟水犀也。世傳演州高舍社夜山，是其處）。
仲始追及之，見媚珠已死，慟哭抱其屍，歸葬螺城，化為玉
石。仲始懷惜媚珠，還於妝浴處，悲想不自勝，竟投身井底
死。〔註11〕

西元前 179 年，趙佗攻破佔據甌貉國後，將其併入南越國，劃為交趾
（今越南北部）和九真（今越南中部）二郡。西元前 206 年劉邦建立
漢朝，繼承了亡秦的廣袤疆土。至西元前 111 年，漢文帝發 10 萬大軍
征討南越國，南越國戰敗，君臣遭拘被殺。混亂局勢下，居於西于的首
領西于王，舉旗企圖復辟甌貉國而被斬。〔註12〕從此甌貉地區轉入漢
朝管轄。漢朝正式設立九郡，分別是交趾（今河內一帶）、九真（今清
化、義安一帶）、日南（今廣平一帶）、儋耳（海南島）、珠崖（海南島）、
合浦（廣東）、南海（廣東）、鬱林（廣西）、蒼梧（廣西）。

到了西元 6 年，漢平帝（劉衎）病逝，中原陷入動盪，王莽乘機
篡奪權位，取代漢朝建立新朝（西元 8 年～西元 24 年）。不久漢光武
帝劉秀復辟漢朝，史稱東漢（西元 25 年～西元 220 年）。東漢伊始，

---

〔註11〕〔越〕吳士連撰：《大越史記全書》（第一冊），孫曉主編（標點校勘），
重慶：西南師範大學出版社；北京：人民出版社，2015 年，第 46～
47 頁。

〔註12〕《漢書·景武宣昭元成功臣表》載：「下鄜侯左將黃同，以故甌駱左將
斬西于王功侯，七百戶。」（見班固撰，趙一生點校：《漢書》，杭州：
浙江古籍出版社，2002 年，第 239 頁。

錫光擔任交趾郡守，任延擔任九真郡守。〔註13〕這兩位郡守任對當地的社會進步作出很大的貢獻，特別是文化教育方面。但是到了西元34，蘇定接替錫光為交趾太守，新任太守和一些官吏出現了「明目張膽和殘暴的手段」，使得當地民眾怨恨大增。為此交州御史周乘曾向朝廷奏報：「交州絕域，習俗貪濁，彊宗聚奸，長吏肆虐，侵漁萬民。」〔註14〕不久諸部落的雒將、雒侯、越族等上層人士互相連結，反抗漢朝官吏的統治，而二徵夫人（西元40年～43年）的乘機舉事〔註15〕，可以說達到高潮。二徵帥眾攻占了65座城池，徵側自立王，稱為「徵女王」（亦稱「徵王」）。但不久，二徵軍被伏波將軍馬援率領的漢軍擊潰，「殺死數千人，一萬多人投降」〔註16〕。

擊潰二徵夫人政權後，為便於控制，東漢朝在交趾地區重新設立各郡縣，派遣中原人官僚赴此地來直接統轄。〔註17〕到了西元220年，曹丕廢漢稱帝，東漢正式滅亡，從此出現了魏、蜀、吳三國三足鼎立的局面〔註18〕（西元220年～280年）和西晉王朝短期（西元

〔註13〕 《後漢書‧南蠻西南夷傳第七十六》載：「光武中興，錫光為交趾，任延守九真，於是教其耕稼。」（見范曄著，劉龍慈等點校：《後漢書》，北京：團結出版社，1996年，第832頁）。

〔註14〕 見文莊：《中越關係兩千年》，北京：社會科學文獻出版社，2013年，第8頁。

〔註15〕 《南蠻西南夷傳第七十六》載：「建武十二年，九真徼外蠻里張遊，率種人慕化內屬，封為歸漢里君。明年，南越徼外蠻夷獻白雉、白菟。至十六年，交趾女子徵側及其妹徵貳反，攻郡。徵側者，麗泠縣雒將之女也。嫁為朱䡆人詩索妻，甚雄勇。交趾太守蘇定以法繩之，側忿，故反。於是九真、日南、合浦蠻里皆應之，凡略六十五城，自立為王。」（見范曄著，劉龍慈等點校：《後漢書》，北京：團結出版社，1996年，第832頁）；亦見於《後漢書‧馬援列傳第十四》，北京：團結出版社，第228頁。

〔註16〕 見文莊：《中越關係兩千年》，北京：社會科學文獻出版社，2013年，第9頁。

〔註17〕 參見譚志詞：《中越語言文化關係》，廣州：世界圖書出版廣東有限公司，2014年，第23頁。

〔註18〕 《後漢書‧孝獻帝紀第九》載：「明年，劉備稱帝於蜀，孫權亦自王於吳，於是天下遂三分矣。」（見范曄著，劉龍慈等點校：《後漢書》，北

266 年～316 年）。從東漢末年起，魯國汶陽人士燮任交州太守長達 40 餘年，這一時期的交州是和平安定之地〔註19〕，有大量的中原人士移居到交趾地區以避難〔註20〕。西元 226 年士燮辭世後，交州隸屬東吳國。東吳又將舊交州分為廣州（廣東、廣西）和交州（交趾、九真、日南）兩個行政單位，採取強硬的統治，使得嶺南民族矛盾再次激化，導致多次農民起義。西元 248 年，九真郡人趙夫人（名為趙氏貞亦稱趙嫗）和兄長趙國達起事，進攻各個郡縣，斬死交州刺史。東吳朝廷聞訊，任命陸胤為交州刺史，率軍八千餘人，進攻南方二郡，鎮壓「交部騷動」，但效果不彰，鎮壓之後的民眾起事仍然不絕，此伏彼起。

西元 280 年，吳主孫皓投降晉朝，吳國滅亡。中國進入晉及十六國歷史階段。加上緊接其後的南北朝（西元 420 年～589 年），中原大地一直處在分裂局勢。南朝（420 年～589 年）包括劉宋、南齊、南梁、南陳四朝；北朝（西元 439 年～581 年）包括北魏、東魏、西魏、北齊、北周五朝。其間，交州附屬於南朝。西元 470 年，南朝的宋朝把合浦併入中原內地，餘下的交州版圖範圍相當於今越南北部和北中部。西元 523 年，為了加強管轄，梁朝改九真為愛州，改九德郡為德州郡，後又增置利、明、黃三州。

西元 541 年，因交州刺史武林侯蕭諮殘暴壓榨失去民心，當地士紳民眾再次舉事。其中有李賁（先世是中原人），士人李賁（亦稱李南帝）「連結數州豪傑」，激發了起義風潮。到西元 544 年，李賁帥軍佔據交州首府龍編城，領有交趾地區，自稱為「南越帝」，建立萬春國，

---

京：團結出版社，1996 年，第 85 頁）。

〔註19〕原文：「交址士府君既學問優博，又達於從政，處大亂之中，保全一郡，二十餘年疆場無事，民不失業，羈旅之徒，皆蒙其慶。」（見陳壽撰：《三國志》，鄭州：中州古籍出版社，1996 年（2003 年重印），第 530 頁）。

〔註20〕原文：「燮體器寬厚，謙虛下士，中國士人往依避難者以百數。」（見陳壽撰：《三國志》，鄭州：中州古籍出版社，1996 年（2003 年重印），第 530 頁）。

定都龍編。〔註21〕西元 545 年，梁朝委派楊瞟、陳霸先等人率軍赴交州壓制，李賁避入山區，後因病而死於西元 548 年。西元 550 年，中原朝廷又爆發奪權鬥爭，內陸混亂，無力南顧，陳霸無奈率軍北返。交州當地諸豪傑乘機反撲，佔領交州龍編城。到西元 571 年，李佛子統一交州一帶的豪傑勢力，自稱為「李南帝」。西元 589 年，隋文帝楊堅滅陳朝，中原大地再次統一。至西元 607 年，隋朝大軍擊破萬春國，隨朝恢復了嶺南舊建制，廢除州級並設立交州、九真、林邑、日南、比景、海陰、寧越等郡級單位行政。

　　西元 618 年，李淵父子建立唐朝，從此至西元 904 年，交州處於唐朝統轄之下。唐朝初年對嶺南再次改郡為州。西元 622 年，設立交州總管府，西元 624 年改名為交州都督府。西元 679 年，又改置為安南都護府。「安南」之名來自於此。當時，安南都護府轄 12 州和 59 縣。在唐朝管轄期間，交州人屢次舉事反抗，其中規模較大的是梅叔鸞（西元 722 年）和馮興（西元 791 年）。這兩場舉事雖取得了一時的勝利，但不久都被唐軍擊敗。

　　西元 10 世紀初，中原又發生政局動盪變亂，形成了五代十國（西元 907 年～960 年）的分裂格局，唐朝日益衰落，無力南顧。趁此良機，於西元 906 年，豪長曲承裕（？～西元 907 年）起事自稱節度使，唐朝當時無力控制遙遠的安南之地，只得承認既成事實。於是曲氏建立自主政權，為後期奠定了獨立之基礎，乃至西元 938 年，吳權〔註22〕

〔註21〕「據《梁書》卷 3《武帝紀下》載，大同七年『交州土民李賁攻刺史蕭諮，諮輸賂，得還越州』。《資治通鑑》卷 158《梁紀十四》……有詳細記載：『交趾李賁世為豪右，仕不得志，同郡有並韶者，富於詞藻，詣選求官，吏部尚書蔡撙以並姓無前資，除廣陽門郎，韶恥之。賁與韶還鄉里，謀作亂。會交州刺史武林侯諮以刻暴失眾心，時賁兼德州，因連結數州豪傑俱反。諮輸賄於賁，奔還廣州。』《欽定越史通鑑綱目·前編》卷 4 進一步把這個時間精確到十二月，『冬十二月，交趾李賁起兵，逐梁刺史蕭諮，遂據龍編。』」引自陳俊宇：《李賁之亂與陳霸先定交州始末》，《廣西地方誌》，2015 年第 1 期，第 40 頁。
〔註22〕於己亥年（西元 939 年），吳權稱王，莫都古螺（屬福安省東英縣），

在白藤江上打敗南漢軍隊。西元 939 年，吳權自立為王，從此安南脫離了中國統轄而獨立〔註23〕，然而自此到 1885 年，安南一直向中原朝廷稱臣朝貢，史稱之為「藩屬時期」。

## 二、越南漢喃文字之問世

從越南考古文物及文獻可知，漢文化在今越南的北部一帶傳播之前，這個區域已存在著一種本土的紅河文明，而其高峰表現為「東山文化」〔註24〕，這已經被國際學界所承認〔註25〕。據傳西歷 40～43 年間《越律》已經出現，越南學者黎孟撻甚至據此認為，古代越南傳入漢字之前，可能已有自己的文字〔註26〕，然而這只是推測之言，尚未能獲

直至甲辰（西元944年）就逝，登基六年，壽四十七歲（見〔越〕陳仲金：《越南史略》，河內：文化通訊出版社，1999 年，第 89 頁）。

〔註23〕 越南人普遍認為 939 年，吳權稱王，是安南獨立的開端。然而，中國學者郭振鐸、張笑梅等人在《越南通史》一書中認為「吳權稱王，並非越南已成為封建獨立國家的正統君主的獨立國家之始，僅僅是各封建割據政權中的一員，只不過是地方封建割據政權的強者之一。968 年丁部領稱帝，建立『大瞿越』國」（見郭振鐸、張笑梅主編：《越南通史》，北京：中國人民大學出版社，2001 年，第 244 頁）。

〔註24〕 「多年來，越南考古學界進行了大量的考古發掘和調查，認為『雄王』時代」與馮原（Phung Nguyen，最初發現於富壽省臨洮縣，屬青銅器時代早期）文化、銅豆（Dong Dau，最初發現於富壽省安樂縣，屬青銅器時代中期）文化、捫丘（Go Mun，最初發現於富壽省峰州縣，屬青銅器時代極盛時期）文化，特別是東山（Dong son，最初發現於清化省馬江流域，屬青銅器時代晚期和鐵器時代初期）文化相對應。馮原、銅豆和捫丘文化相繼存在於大約西元前 2000～西元前 700 年間，東山文化存在於西元前 700～西元 100 年間。這些原始社會解體時期的同類型文化遺址在越南各地發現越來越多，主要集中在紅河流域三角洲地帶與越南西北丘陵、山地接近的越池市（Viet Tri，在富壽省東部，位於紅河與沱江、瀘江的會合處）附近地區，表明越南上古文明發祥地可能就在這一地區。」（見于向東、劉俊濤：〈『雄王』、『雒王』稱謂之辯管見〉，《東南亞研究》，2009 年第 5 期，第 83 頁）。

〔註25〕 參閱《越南的銅器時代——東山文化》、《東山文化——雒越文化》二章，轉載〔越〕陶維英著：《越南古代史》，劉統文等譯，北京：科學出版社，1959 年，第 169～190 頁。

〔註26〕 參閱〔越〕黎孟撻：《六度集經與越南民族起源傳說考》，胡志明：胡

得足夠可靠的憑據。據現存文獻書籍，可確定越南書面文學最早使用的文字是漢字，而歷史事實就是，自 10 世紀至 19 世紀末的越南書面文學一直是用漢字和喃字二種文字進行創作的。

關於漢字的起源，中國學者王鋒認為漢字至少有 4000 多年的歷史，漢字系統的成形究竟是在什麼時代，對此學術界異見歧出，長期難有定論。〔註 27〕還有漢字的起源也有不同猜測。一些西方考古學家認為漢字可能起源於遙遠的古埃及。而中國學界的傳統說法是漢字從中原上古的「結繩之政」〔註 28〕而出。相傳上古洪荒之時，未有文字。伏羲氏結繩而治天下，教先民用結扣草繩來記事。又劃出乾、坤、震、巽、坎、離、艮、兌八卦〔註 29〕，並出現了六書〔註 30〕。因而自古以來一般認為伏羲畫八卦為漢字的起源〔註 31〕。

那麼，漢文字出現在越南是什麼時候開始的呢？想要探知這一點，則要從中越兩國交往開始。越南學者陳義（Trần Nghĩa, 1936～2016）認為，秦漢（西漢）王朝的領土擴張，伴隨著秦始皇推行「車同軌，書

　　　　　志明市綜合出版社，2005 年，第 187 頁。

〔註 27〕 參閱王鋒：《從漢字到漢字系文字——漢字文化圈文字研究》，北京：民族出版社，2003 年，第 2～4 頁。

〔註 28〕 郭建勳、黃俊郎：《新譯易經讀本》，臺北市：三民書局，2009 年，第 532 頁。

〔註 29〕 《易經·繫辭上》載：「河出圖，洛出書，聖人則之。」（見于春海譯評：《易經》，長春：吉林文史出版社，2010 年，第 196 頁），而《易經·繫辭下》又載：「古者包犧氏之王天下也，仰則觀象於天，俯則觀法於地，觀鳥獸之文，與地之宜，近取諸身，遠取諸物，於是始作八卦，以通神明之德，以類萬物之情。」（見同上注，第 201 頁）。

〔註 30〕 〔越〕橋清桂：《越南文學之進化》，西貢：樺仙出版社，1969 年，第 19～20 頁（Kiều Thanh Quế (1969), *Cuộc tiến hóa văn học Việt Nam*, Nxb. Hoa Tiên, tr.19～20）。

〔註 31〕 《尚書序》載：「古者伏犧氏之王天下也，始畫八卦，造書契，以代結繩之政，由是文籍生焉。」（見江灝，錢宗武譯注：《今古文尚書全譯》，貴陽：貴州人民出版社，2008 年，第 1 頁）；此外，「許真等人認為八卦實為文字之祖，漢字最早也是由圖畫而來。這是對漢字的起源的正確認識。」（見王鋒：《從漢字到漢字系文字——漢字文化圈文字研究》，北京：民族出版社，2003 年，第 4 頁）。

同文」政令，中原流行的「蝌蚪文」（秦漢間的篆體及金文字體）已經
正式傳入越南〔註32〕。秉持同樣的觀點，中國學者王鋒亦認為：「在南
方，漢字的傳播早在秦始皇時便已開始。秦始皇三十三年（西元前214
年），秦將蒙恬征服百越地區，置桂林（廣西）、南海（廣東）和象郡（廣
西西部及越南中北部），漢字也隨之傳播到嶺南包括廣西、廣東、越南
中北部的廣大地區，百越民族較早地接觸了漢字。」〔註33〕

西周春秋時期，漢文字還較為粗糙，通常稱之為「大篆」或「籀
文」〔註34〕。到了戰國時代，隨著經濟、政治、文化、社會等方面的
巨大變化和迅速發展，為了使廣大群眾方便使用，文字因而亦被更換，
以「籀文」改為一種簡便的文字，這稱為「古文字」、「科斗文」、「孔壁
古文」等名。到了秦始皇統一全國後，六國文字、各地「文字異形」與
秦王朝文字不合的異體都被廢除，全國限於使用秦王的小篆（或稱秦
篆），以之作為統一全國文字的標準。為了實行「書同文，車同軌」的
政策，秦始皇調動大量中原人赴嶺南開墾定居，這在《史記·秦始皇本
紀第六》中有具體記載：「三十三年（即西元214年），發諸嘗逋亡人、
贅婿、賈人略取陸梁地，為桂林、象郡、南海，以適遣戍。」〔註35〕依
此記載，陳義認為：「不論如何，與越人雜居的過程中，他們顯然給南
方帶來了漢字和漢語。」〔註36〕

而越南學者武世魁（Vũ Thế Khôi）於2006年8月在《古與今》雜
誌第256期撰文，認為應該是從趙佗建立南越王朝之後，漢字才得到真

---

〔註32〕　〔越〕陳義：《10世紀前越南人漢文作品輯考》，河內：世界出版社，
　　　　2000年版，第52〜53頁。

〔註33〕　王鋒：《從漢字到漢字系文字——漢字文化圈文字研究》。北京：民族
　　　　出版社，2003年，第6頁。

〔註34〕　其實，該名稱學術界異見歧出（見裘錫：《文字學概要》（修訂本），北
　　　　京：商務印書館，2013年（2017.5重印），第57頁）。

〔註35〕　見司馬遷著，鄭紅峰譯：《史記》，北京：光明日報出版社，2015年，
　　　　第68頁。

〔註36〕　〔越〕陳義：《10世紀前越南人漢文作品輯考》，河內：世界出版社，
　　　　2000年版，第55頁。

正地傳播。對於這一點，陳義也有過推論，大意是根據現存史料，南越王趙佗為了控制多層次的統治機構，也為了溝通處理南越政權的事宜，勢必需要培訓一批當地人學會寫漢字和學會說漢語。〔註37〕越南學者橋清桂也認為：「趙佗兼併越南北部後，成立南越國，以詩、禮教我國人民，當時中國人闖入我國亦多。趁便我國從此起了學習漢字的風潮。」〔註38〕

　　然而，陳義不同意「趙佗建立南越國後，則『以詩書而化訓國俗，以仁義而固結人心』〔註39〕的說法，他認為當時教習的內容主要限制在法令、典制方面。從漢朝統治嶺南以後，漢文的傳播越來越多，涉及面也越來越廣。東漢交州郡守錫光和九真郡守任延，已經在積極地傳播漢文和儒學。這樣的風化之事在《後漢書》就有記載：「光武中興，錫光為交趾，任延守九真，於是教其耕稼，制為冠履，初設媒娉，始知姻娶，建立學校，導之禮義。」〔註40〕

　　最晚從那時起，越南人就開始學習和掌握漢字書寫了，並且在自己的著述創作中越來越熟練地掌握漢字文言。越南歷代朝廷都使用古漢語作為行政、教育、詩文等書面表達中的官方文字。然而漢字表述也被越南的歷代前輩所「越化」，大體上是把中國古典文獻文字按越南音來讀（即念漢越音）。這樣的讀法與中國的讀法有所不同。漢字作為越南歷朝歷代官方頒布的「國語字」，其正統地位極為崇高，一直到20世紀初被越語羅馬字所取代。1919年，使用漢文的科榜落幕，結束了越南最後的一次鄉試〔註41〕。漢文作為綿延2000餘年的越南官方文字的

---

〔註37〕〔越〕陳義：《10世紀前越南人漢文作品輯考》，河內：世界出版社，2000年版，第56頁。

〔註38〕〔越〕橋清桂：《越南文學之進化》，西貢：樺仙出版社，1969年，第26頁。

〔註39〕〔越〕黎嵩：《越鑒通考總論》，引自林明華：《漢語與越南語言文化（上）》，《現代外語》1997年，第1期（總第75期），第53頁。

〔註40〕范曄著，劉龍慈等點校：《後漢書》，北京：團結出版社，1996年，第832頁。

〔註41〕有學者認為是「會試」而不是「鄉試」（見譚志詞：《中越語言文化關係》，廣州：世界圖書出版廣東有限公司，2014年，第36頁）。

正統地位，到這時才徹底退出了越南歷史的舞臺。雖然如此，漢字及漢文學在越南並沒有消失。中國著名古典文學的《三國演義》、《水滸傳》、《西遊記》、《紅樓夢》、《聊齋志異》、《唐詩》、《宋詩》、《楚辭》、《經書》等，都被譯介成越南語而廣泛流傳。越南漢詩創作也得到繼續保留，至於越南社會中記載商貿契約、族譜家譜、民事文書等，還是層出不窮。其中，筆者覺得對古今越南人最具吸引力是唐詩，至今仍有越南詩人依唐律用越南拉丁字來作詩，還出現「越南唐詩會」等影響力很大的組織。這表明直到今日，唐詩仍然深受越南詩人和民眾的喜愛。通過中國古典文學的譯介以及其它交流活動的形式，古老的漢字仍通過以越南拉丁字書寫的借詞形式在越南社會繼續傳播〔註42〕。

　　越南學者陳儒辰引用范瓊於 1926 年 7 月在《南風雜誌》第 107 期的《漢越文字》一文揭示，在 Genibrel 採集的越南語詞典中約有 13,000 越南字，其中共計 5,000 字左右肯定是從漢字借來的，餘下的是 8,000 喃字。另外，許孝梅於 2004 年 7 月《遊田黨學院學報》卷 17 第 4 期的《漢字文化卷淺摘》一文中統計，越南語詞彙的約 70%是從漢字借來的。〔註43〕發展到今日越南社會的口語方面，越南人使用越來越多的「純越」詞。在書面語方面，近年來「純越」語也是越來多。但是在當代越南語中仍然保留著許多漢越音，專家評估有可能佔據一半左右，特別是書面表達的文字。因此，漢越音是現代越南語中最重要及不可分割的組成部分。

　　越南民族在主動借用漢字（借詞字）作為正式文字的同時，仍不斷努力探究、創造，而最後形成了自己獨特的本色和價值。面臨社會發展的需要，古代越南人創造出了「字喃」，或稱「字諵」，自製的文字配合了越南語的發音，為了便於記錄本民族日常生活內容及情感表達。

---

〔註42〕　參閱譚志詞：《中越語言文化關係》，廣州：世界圖書出版廣東有限公司，2014 年，第 37 頁。

〔註43〕　〔越〕陳儒辰：《越南文學——10 世紀至整個 19 世紀》，河內：越南教育出版社，2012 年，第 162 頁。

「字喃」是基於漢字線形、要素及構造方式基礎而自創獨造的一種文字體系。中國的《辭海》對「字喃」有著簡單的介紹：「越南在借用漢字的年代裡，為了書寫越南語而借用漢字和仿照漢字形式所創造的越南字。借用的如『固』（有，音 go〔ko〕）、『埃』（誰，音 ai〔ai〕）等等，借音不借義。創造的如吧『ba』（三，音巴）、『捕』（黃牛，音甫）等等。在越南語中，定語放在名詞之後。所以『字喃』也就是『喃字』。」〔註 44〕顧名思義，「字喃」／或「字諵」是把漢語中的「口」字和「南」字語義相結合，或者是「言」字和「南」字組合而成，是用來記錄越南詞、語的文字，這是相對於北方中華漢字而言的。此外，喃字尚有「通俗」之含義〔註 45〕。

然而，越南人創製喃字於何時，這問題迄今為止異見歧出，尚未下定論。中國學者在《越南文學與中國文學之比較研究》一書中認為：「喃字是經歷了漫長歷史發展演變而在 13 世紀以前定型。」〔註 46〕而越南學者和西方學者各有持論。一些越南學者據史料，探索喃字出現的時間點，比如范輝琥認為喃字在遠古傳說中的雄王時代〔註 47〕（約前 2879～258）就已出現；楚狂黎興、阮董芝、陳文甲等人則認為喃字

---

〔註 44〕夏征農主編：《辭海》，上海：上海辭書出版社，1989 年版，第 1131 頁。

〔註 45〕傅成劼將「喃字」作兩種解釋：「一是，「喃」即「南」，「喃字」就是越南字，相對於北方中國的漢字而言。二是，「喃」的意思是「土俗」，「喃字」即「俗字」，相對於高雅的「儒字」（即漢字）而言。」《見傅成劼：《越南的「喃字」》，《語文建設》1993 年第 6 期，第 43 頁）。然而，在第二種解釋，筆者不太同意，認為喃字就是「通俗」含義，即淺顯易懂，適合一般人的水準，並不相對於「高雅」的儒字。應說是相對於文言難懂的漢字，因「高雅」之義才相對於「粗俗」之義。

〔註 46〕于在照：《越南文學與中國文學之比較研究》，廣州：世界圖書出版廣東有限公司，2014 年，第 152 頁。

〔註 47〕根據越南的神話傳說，越南最早的王朝是鴻龐氏。鴻龐氏首位君主祿續，是中國神農氏的後代，獲封為「涇陽王」，治理南方，號「赤鬼國」。涇陽王娶洞庭君龍王之女，生下貉龍君（名崇纜）。越南人稱貉龍君為「百粵之祖」，而其長子則稱為「雄王」（又作貉王、雒王），繼承王位，建立「文郎國」，歷 18 代，共 2000 多年。因此越南人自稱是「雄王子孫」或「仙龍後代」。

是在士燮時期問世的；連江、嚴價等學者認為喃字從越南被北方封建統治的時期問世；阮文素、楊廣邨等人則認為喃字從西元 8 世紀就有了；法國漢學家 L. Cadière，P. Pelliot，H. Maspéro 據史上載阮詮是越南歷史上用喃字作詩賦的第一人，而認為喃字創製於陳朝（13 世紀）。另一些學者據漢越音的形成以提出喃字出現的時間點，諸如：阮才勤、黎文觀等人認為喃字出現於 10～11 世紀間；陳經和則認為喃字出現於李朝年間（約 11 世紀）。寶琴綜合眾多學者的意見，判斷喃字萌芽於 8 世紀～10 世紀間，即是越語最古和前古兩個時期的過渡期，然後形成於李朝，繼而盛行於陳氏朝代。〔註48〕

## 三、小結

由上述可見，早從甌雒國被趙佗兼併南越版圖於西元前 179 年，至吳權在西元 938 年打敗南漢軍，安南地區經歷了巨大的風雨變遷。漢字在這一時期中伴隨著中原文化傳播及官員任職進入南越地區。然而，想要確定漢字於何時傳入現在的越南，迄今仍然尚無定論。根據史籍記載，在錫光為交州郡守以及任延為九真郡守的時期，這兩位來自內地的郡守積極地把漢字和儒學傳入如今的越南北部和中部，這在很大程度上促進南越地區的開化發展。

在漢字及漢文化傳播基礎上，喃字亦隨之出現。但是喃字何時問世，雖然不少中外學者已經努力根據史料文獻而提出了各種假設，但結果還是各執所見，難以定論。總的來看，多數學者認為其形成於 9 世紀前後，成熟於 12 世紀，自 13 世紀至 20 世紀初一直得到運用。其中阮詮（越南陳朝）開始用喃字作詩賦，成為顯著的事件，而被視為喃字歷史上具有重大意義的轉捩點。喃字的問世具有偉大的意義，因為這標誌著越南民族文化及自強意識的發展，正如阮圭教授所評價的：「喃字的出現是民

---

〔註48〕 參閱〔越〕阮圭：《字喃學概論》，胡志明：胡志明市國家大學出版社，2009 年，第 6～15 頁（Nguyễn Khuê (2009), *Chữ Nôm cơ sở và nâng cao*, Nxb. Đại học Quốc gia TP. Hồ Chí Minh, tr.6～15）。

族文化中重要的一步發展；是帶有著巨大意義的歷史事件，表明在文化方面上的精神旺盛、靈性創造、民族獨立意識及民族精神。」〔註49〕

　　筆者之所以去講述如上的歷史進程及越南本土文字的問世，是為了回顧探索東亞地區各國和各民族文學關係的歷史淵源，進而對東亞漢文學的歷史進程以及地區文學關，增加更廣闊的研究視野。

## 第二節　中越文化接觸與交流

　　中越關係是世界上最長久的地緣政治關係之一。由於特殊的歷史地理環境，越南文化在發展的過程中經歷了與其他國家和地區的接觸和文化交流，其中值得注意的是中國文化。自從西元前 111 年的南越國開始，中國文化對越南文化的影響是巨大的，給它帶來了巨大的進步。這種輝煌燦爛的文明和文化結合本地實際形成了獨有特色的民族文化。越南著名史學家陳重金曾說：「國人濡染中國文明非常之深……這種影響年深日久已成了自己的國粹。」〔註 50〕越南文化家陳玉添說：「由於越南處於交通十字路口的位置，越南文化總是處於不斷與外界交流的動態中，各種文化交流中印記最深的是與漢文化的交流。」〔註 51〕

### 一、北屬中越文化之接觸

　　當涉及中越文化之時，越南文化研究家陳國旺（Trần Quốc Vượng, 1934～2005）曾這樣敘說：曾有一段長時間許多學者和專家否認越南文化的存在。他們曾經把越南文化列入中華文明的範疇。他們稱越南

---

〔註49〕〔越〕阮圭：《喃學概論》，胡志明：胡志明市國家大學出版社，2009年，第 5 頁。

〔註50〕〔越〕陳重金（又譯作陳仲金——筆者注）：《越南通史》，戴可來譯，北京：商務印書館，1992，第 3 頁。

〔註51〕〔越〕陳玉添：《越南文化基礎》，河內：教育出版社，1999 年，第 317頁（Trần Ngọc Thêm (1999), *Cơ sở văn hóa Việt Nam*, Nxb. Giáo dục, Hà Nội, tr.317）。

為「被縮小的中華國家」（une Chine en miniature）！他們在中國的某個地方尋找越南民族的起源，他們把越南語歸入漢藏語系（Sinotibétsin）並認為越南人，歸根結底，只不過是「漢族南支」。然而近年來，據歷史文獻以及科學研究成果，發現越南語（和芒語）有著蒙吉蔑語（Môn-Khmer）的基礎，其相近於南方語言系的泰語、岱依語和印尼語（Anhdônêziêng），而不是漢藏語系。人家見到越南語的生機勃勃，就像是越南民族與中國帝制鄰近數千年相伴而存在著的指標。〔註52〕

對於越南語系屬的問題，其實是沒有那麼簡單的，甚至迄今中外學者仍爭論不休，不易下定論。〔註53〕不過據考古學、民族學、語言學、人種學等專門的最近綜合研究成果，以及與現存傳說、史料結合起來，一些研究者認為在成為中原朝廷的屬國之前，文郎（甌雒）國的古越人曾有過約 2000 年左右的歷史。古越人用自己的艱苦勞動，建立起一個有著確定地盤古國，具有相當規模的農業生產以及多樣的文化生活，形成了具有本土色彩的文明基礎。《嶺南摭怪》（又稱《嶺南摭怪列傳》）一書中記載：

> 嫗姬與五十男居峰州（今白鶴縣是也），自相推服，尊其雄長者為主，號曰雄王，國號文郎國。東夾南海，西抵巴蜀，北至洞庭湖，南至狐猻精國（今占城是也）。分國中為十五部（一作郡）：曰越裳、曰交趾、曰朱鳶、曰武寧、曰福祿、曰寧海（今南寧處是也）、曰陽泉（一作海）、曰陸海、曰懷驩、曰九真、曰日南、曰真定、曰文郎、曰桂林、曰象郡等部，分歸弟治之。置其次為將相，相曰貉侯，將曰貉將，王子曰官郎，女曰媚娘，百司曰蒲正，臣僕奴隸曰稍稱（一作奴婢）、臣曰塊。世世以父傳子，曰逋導。

〔註52〕參閱〔越〕陳國旺：《越南文化探索與思考》，河內：文學出版社，2000年，第 34 頁（Trần Quốc Vượng (2000), *Văn hóa Việt Nam tìm tòi và suy ngẫm*, Nxb. Văn học, tr.34）。

〔註53〕參閱譚志詞：《中越語言文化關係》，廣州：世界圖書出版廣東有限公司，2014 年，第 11～15 頁。

世世相傳，號為雄王，而不易。〔註54〕

據此傳說，上文「封州」是指屬今永福、河西各省和宣光、北江、北寧、河內的一部分之疆土。古書記載的「文郎國」名稱和「十五部」名次有所不同。之所以存在著這種差異，是因為各書作者皆隨個人想像而寫出的，即他們從「文郎國生聚地盤」隨選了十五地名。這些地名大多數在唐朝之前的史籍中已有記載。當然這「十五部」，即便有什麼差異，其疆域也不會超過今越南的北部和北中部，加上今中國的廣東、廣西二省的範圍。那就是交趾、九真、日南和合浦四郡的大部分。然而，關於文郎國的疆域，在「東夾南海，西抵巴蜀，北至洞庭湖，南至狐猻精國」傳說記載中，讓後人產生出無限的遐想，自然也會產生各種迷惑和疑問。〔註55〕

　　如上所述，考古學家已從今越南的北部和北中部地區，找到了不少物質文獻，他們從事越南和平文化（Hoa-Binhian Culture）和北山文化（Bac-Sonian Culture）這兩個考古文化研究，勘查結果表明其年代約距今約 10,000 年。〔註56〕距今 10,000 年前，東南亞地區已出現農耕定居的氏族群體，先民栽植果實，又種植水稻等各種作物糧食。〔註57〕其中顯著的是水稻種植。〔註58〕《水經注・葉榆河》引《交州外域記》云：「交趾昔未有郡縣之時，土地有雒田，其田從潮水上下，民墾食其

---

〔註54〕　戴可來、楊保筠校點：《嶺南摭怪等史料三種》，鄭州：中州古籍出版社，1991 年版，第 11 頁。

〔註55〕　參閱〔越〕陳義：《10 世紀前越南人漢文作品輯考》，河內：世界出版社，2000 年版，第 21～22 頁。

〔註56〕　參閱彭適凡：《百越民族研究》（論文集），江西：江西教育出版社出版，1990 年版，第 50 頁。

〔註57〕　參閱〔越〕陳國旺：《越南文化探索與思考》，河內：文學出版社，2000 年，第 35 頁。

〔註58〕　「根據考古發掘和文獻資料證明，水稻是駱越地區主要的糧食作物，駱越族在東漢以前就栽培水稻，至少有 1900 餘年的歷史了。」（參閱黃汝訓：《駱越族在我國古代經濟文化上的貢獻》，載彭適凡：《百越民族研究》（論文集），江西：江西教育出版社出版，1990 年版，第 120 頁）。

田，因名為雒民。」〔註59〕漢代楊孚《異物志》中亦記載：「交趾稻夏冬又熟，農者一歲再種。」〔註60〕如眾所周知，農耕是人類文明的發源地，而農耕就從昔日之各大河流域，諸如中東（古巴比倫）的兩河、古埃及的尼羅河、古印度的印度河、中華的黃河、越南的紅河〔註61〕

〔註59〕 酈道元原注，陳橋驛注釋：《水經注》，杭州：浙江古籍出版社，2000年，第570頁。關於當時的越南農耕問題，譚志詞先生認為：「在中國封建王朝在越南設置郡縣以前，甚至設置郡縣之初，越南地區仍生產力低下，社會發展落後」，為證明這些，作者引《水經注》的記載，加以說明：「這是原始的『刀耕火耨』或『刀耕水耨』的農業耕作方式。當時雒越人民懂得種植水稻，但仍不能冶煉鐵，不能製造鐵製農具，也沒有掌握農耕技術。這種落後狀態隨著中原移居的紛至遝來和中國封建中央王朝派往越南地區的『循吏』的治理而逐漸有所改觀。」(見譚志詞：《中越語言文化關係》，廣州：世界圖書出版廣東有限公司，2014年，第19頁)；然而，黃汝訓先生援引了廣西壯族自治區文物工作隊等《廣西欽州獨料新石器時代遺址》一文中的一些研究成果敘述：「追溯駱越地區的原始農業，迄今為止欽州獨料發現的新石器時代晚期遺址最典型。該處遺址出土文物1100件，石器以斧為勝。石器品種很多，有適於砍伐、開墾、清除雜草的石斧、石錛；有適於疏鬆土壤、耕耘播種的石犁、石犁、石鋤、石鏟；收割用的石刀和石鐮；加工穀物用的石磨盤、磨棒石杵。石矛、石彈丸、石網墜和桃、欖等果核的發現，說明漁獵和採集也仍然存在著。這就是說，古代駱越地區以農業為主，兼營漁獵與採集。此外還發現了較多的陶器，均為砂陶，紋飾多樣，有釜、罐等圓底器，也有陶祖，從少量硬陶可能經慢輪加工來看，此時人們的生產技術已相當高。北魏酈道元《水經注》卷三十七引《交州外域記》說：『交趾昔未有郡縣之時，土地有駱田，其田從潮水上下，民墾食其田，因名為雒民。』《廣州記》也有同樣的文字，說：『交趾有駱田，人食其田，名為駱人。』」(見黃汝訓：《駱越族在我國古代經濟文化上的貢獻》，載彭適凡：《百越民族研究》(論文集)，江西：江西教育出版社出版，1990年版，第120頁)。

〔註60〕 楊孚撰：《異物志》，廣州：廣東科技出版社，2009年，第22頁。

〔註61〕 「紅河三角洲位於晚第三紀形成的長約500 km、寬50～60 km,NW-SE走向的紅河盆地。」(見李珍、臧家業、SAITO Yoshiki、徐小薇、王永吉、MATSUMOTO Eiji、張志英：《越南紅河三角洲近五千年來的幾個降溫事件》，《海洋科學進展》，2015年第1期，第43頁。此外，參閱黃增慶、張一民：《西甌、駱越的文化特點及其對我國文化的貢獻》，載彭適凡：《百越民族研究》(論文集)，江西：江西教育出版社出版，1990年，第140頁。

等開始。這就是說，古代文明、文化大都起源於大河流域。從此看來，
越南的紅河也是如此。越南遠古的東山文明被發現，其分佈於各地的
紅河周邊，就廣義而言，可以將之稱為「紅河文明」。從文郎國、雄王
各代、以及延續的紅河文明，古越民族就逐漸地被定型下來〔註62〕。

　　長期以來中外學者研究以及考古發掘的資料表明，古越雄王時期
盛產糯米，培育佳果菜瓜等。古交趾民間習俗中，有頂髻、椎髻、文身
斷髮、黑牙、飲酒、食檳榔等。在東山文明中也發現了吃擯榔跡象。越
南古代人生產許葛、稀、荃、練、木棉布〔註63〕等。

　　在衣著方面。《後漢書・南蠻西南夷列傳第七十六》云：交趾之
民「以布貫頭而著之。」（貫頭衣）〔註64〕《南史・海南諸國傳・林
邑國傳》則云：「男女皆以橫幅古貝繞腰以下，謂之干漫，亦曰都漫。
穿耳貫小環。貴者著革屣，賤者跣行。」〔註65〕而從越南越溪青銅、
陶盛銅桶等遺址〔註66〕可以看到，古代交趾人生活用具，比如男人的
遮羞布、女人穿著，還有樂器、武器、銅製件、勞動工具以及其他日
常用品。

　　在生活居住方面。從東山銅鼓、以及史料文獻上，皆表明了古越
人居住的高腳屋，其部屋簷上翹，多干欄式建築。這在《嶺南摭怪》中
的《蒸餅傳》亦有記載：「迨後眾將爭長，各位木柵以遮護之，故曰柵、
曰村、曰莊、曰坊，自此始。」〔註67〕在日常生活當中，出土有釜、

---

〔註62〕 參閱〔越〕陳國旺：《越南文化探索與思考》，河內：文學出版社，2000
　　　　年，第 35 頁。
〔註63〕 「交趾安定縣有木棉。」（《太平禦覽》卷 960 引《吳錄》，引自朱俊
　　　　明：《中越兩國古代文化和民族的主體關係》，轉彭適凡：《百越民族研
　　　　究》（論文集），江西：江西教育出版社出版，1990 年版，第 55 頁）。
〔註64〕 范曄著，劉龍慈等點校：《後漢書》，北京：團結出版社，1996 年，第
　　　　832 頁。
〔註65〕 李延壽撰：《南史》，北京：中華書局，1975 年，第 1949 頁。
〔註66〕 參閱曲用心：《論嶺南地區先秦銅器的考古發現、分佈及其社會影響》，
　　　　《學術論壇》，2007 年第 4 期，第 185～189 頁。
〔註67〕 戴可來、楊保筠校點：《嶺南摭怪等史料三種》，鄭州：中州古籍出版
　　　　社，1991 年版，第 21 頁。

罐、壺、缸、砵、盤、盒、獨木舟、木舟等等的日常用品。

在精神文化的方面，銅鼓在越南發現了甚多。許多銅器的裝飾表現出了古越人的心裡願望及抒情方式。這個時期，南越的音樂藝術亦得到重視。銅器、陶器、石器的面上有著裝飾圖案多姿多彩的藝術品。東山銅鼓被視為祭禮、節日、樂舞等的重要樂器。從東山銅鼓或古螺城建築工程顯示了古越人的勞動產物、代表藝術品和突出程度。

在友好鄰邦的方面，越南黎崱於 14 世紀在逗留元朝期間所撰《安南志略》中記載：「周成王時，越裳氏重九譯來貢曰：『天無烈風淫雨，江海不揚波，三年矣，意者中國有聖人乎？盍往朝之！』周公作越裳氏瑟操云：『於戲嗟嗟，非旦之力，文王之德。』越裳即九真，在交趾南。」〔註68〕越南吳士連在《大越史記全書》中亦有同樣的記載：「周成王時，我越始騁於周未詳第幾世，稱越裳氏，獻白雉。周公曰：『政令不施，君子不臣其人。』命作指南車，送還本國。」〔註69〕而關於「獻白雉」的問題，許多中國史料、文獻皆有記載，見何光岳《百越源流史》一書中綜合如下：

> 《竹書紀年》載周成王十年，「越裳氏來朝」。《韓詩外傳》卷五也載：「周成王時，……越裳氏重九譯而獻白雉於周公，曰：『吾受命國之黃髮曰，久矣天之不迅風疾雨也，海不波溢也，三年於茲矣，意者中國殆有聖人，盍往朝之，於是來也。』」《尚書大傳》卷五亦載：「交趾之南，有越裳國。」「周成王時，越裳氏來獻白雉曰：『吾聞國之黃耇曰，天無烈風淫雨，江海不波溢，於茲久矣，意中國有聖人，盍往朝之。』故重三譯而至。」《後漢書·南蠻西南夷傳》云：「交趾之南，有越裳國。周公居攝六年，制禮作樂，天下和平。越裳以三

---

〔註68〕　〔越〕黎崱著：《安南志略》，武尚清點校，北京：中華書局 2000 年版，第 12～13 頁。

〔註69〕　〔越〕吳士連撰：《大越史記全書》（第一冊），孫曉主編（標點校勘），重慶：西南師範大學出版社；北京：人民出版社，2015 年，第 41～42頁。

象重譯而獻白雉。曰：「道路悠遠，山川阻深，音使不通，故重譯而朝。」成王以歸公。公曰：「德不加焉，則君子不餉其質；政不施焉，則君子不臣其人。吾何以獲此賜也？」其使請曰：「吾受命吾國之黃耉，曰：『久矣天之無烈風雷雨，意者中國有聖人乎？有則盍往朝之。』」周公以歸於王，稱先王之神致，以薦於宗廟。周德既衰，於是稍絕。〔註70〕

何光岳先生舉諸實例後，歸結說：「四書載皆同，說明越裳氏向周成王進貢是事實。」〔註71〕從「獻白雉」的事情顯示出北屬時期之前，古越人曾與中華接觸；另外，使者來貢白雉然後周公賜越裳使者五輛指南車的這個細節還更加說明，秦漢前中越兩地人民曾經有交往了。

除了上述書籍的接觸外，從考古學的角度來看，科學家還發現了許多銅器、鐵器、牙章等來自中原地區。反之亦然，許多嶺南特產很早在中原就出現了，尤其是各種農產、犀角、象牙、珍珠，等等。（新西蘭）查爾斯·F. W. 海厄姆（Charles F. W. Higham）在《古亞洲文明》一書中認為，在西元前 3 千年紀末，嶺南人開始接觸了幾種來自北方的珠子。有一些銅器用品也表明於西元前 2 千年紀末是來自中原（商朝，周朝）。在越溪（西元前 4 年發現的一些華夏遺物；出現在古螺 1 號銅鼓（西元前 2～3 年）上的漢字樣〔註72〕等等。這些消息可以證明了北屬時期前的南北兩地之間的接觸。

從領土擴張的過程可以看出，除了發展以水稻農業為主的經濟和給自己營造了物質文化生活和精神文化生活以外，古越人還會與各地區域建立外交關係，開展接觸和貿易。

---

〔註70〕何光岳著：《百越源流史》，南昌：江西教育出版社出版，1992 年，第176 頁。

〔註71〕何光岳著：《百越源流史》，南昌：江西教育出版社出版，1992 年，第176 頁；但譚志詞卻認為：「以上記載只是以疑傳疑，不足為憑信。」（見譚志詞：《中越語言文化關係》，廣州：世界圖書出版廣東有限公司，2014 年，第 20 頁）。

〔註72〕Higham, Charles F. W. (1996), *The Bronze age of Southeast Asia*, Cambridge University Press, 第 134 頁。

## 二、北屬中越文化交流

自秦始皇征服嶺南後，為鞏固嶺南的統治，從中原遷徙50萬人戍此地，其中為數眾多的漢族南遷象郡〔註73〕。到西元前111年，西漢伏波將軍率領10萬軍南征，收歸國土漢朝版圖，為便於統治而將嶺南重新劃分郡縣制等級，並沿襲了秦朝的政治制度，又繼續推行「書同文」的政策。「西漢時期，南方越仍為遷徙流放罪人之所……兩漢之際，中原戰亂頻仍，大量北人南遷，嶺南人口成倍增長」。〔註74〕這記載見於司馬遷《史記・南越列傳第五十三》：「秦時已並天下，略定楊越，置桂林、南海、象郡，以謫徙民，與越雜處十三歲。」〔註75〕還有《後漢書・南蠻西南夷列傳第七十六》：「後頗徙中國罪人，使雜居其間」〔註76〕其中有不少人漢文化水準很高。從此，促進了嶺南的經濟文化的發展。

馬援將軍擊潰二徵軍後，在越南恢復了漢朝的統治制度。「他又在各郡縣修城治郭，強化統治機構，設官駐守，取消了雒侯、雒民統治各縣的世襲權；重申漢朝的十幾條法律，約束三郡居民；命令雒民在衣食住行、婚葬禮儀等方面按照漢朝的風俗習慣行事。」〔註77〕自從交趾納入中原郡縣之後，尤其從東漢（錫光和任延）開始到大約於西元8世紀，是漢文化向交趾地區加快傳播的時期。在這一時期中，教授儒教的各所學校亦建立起來，尤其是在錫光、任延、士燮等三太守的統轄下。「錫光為交趾，任延守九真，於是教其耕稼，制為冠履，初設媒娉，始

---

〔註73〕 郭振鐸、張笑梅主編：《越南通史》，北京：中國人民大學出版社，2001年，第44頁。

〔註74〕 見《第六章秦漢時期中原文化的融入與粵地漢化》，載陳澤泓：《廣府文化》，廣州：廣東人民出版社，2007年，第91頁。

〔註75〕 見司馬遷著，鄭紅峰譯：《史記》，北京：光明日報出版社，2015年，第970頁。

〔註76〕 范曄著，劉龍慈等點校：《後漢書》，北京：團結出版社，1996年，第832頁。

〔註77〕 文莊：《中越關係兩千年》，北京：社會科學文獻出版社，2013年，第9頁。

知姻聚，建立學校，導之禮義。」〔註78〕「駱越之民無嫁娶禮法，各因淫好，無適對匹，不識父子之性，夫婦之道。延乃移書屬縣，各使男年二十至五十，女年十五至四十，皆以年齒相配。其貧無禮娉，令長吏以下各省奉祿以賑助之。同時相娶者二千餘人。是歲風雨順節，穀稼豐衍。其產子者，始知種姓。」〔註79〕「漢光武中興，命馬援徵交女主，立銅柱，而南漢置為交州。時有刺史名仕燮，乃初開學，教取中夏經傳。翻譯音義，教本國人，始知習學之業。」〔註80〕「（燮）器宇寬厚（一作燮體器寬厚），謙虛下士，國人加敬；中州士人，往依避難。」〔註81〕東漢馬援平交趾之後，把大量軍民留在三郡，與雒越人「雜居其間」，史稱之為「馬留人」，投入生產技術，使更好地在交趾地區傳播開來。

　　西元2世紀末和西元3世紀初，中國開始進入衰退期，東漢政權走向潰亂，發生了綿延數個世紀的三國鼎立局面。在交州，相繼出現了吳、晉、宋、齊、梁、陳等幾個朝代仍輪流接管。到了唐代統治時期，交州人亦依然如故，多次崛起，諸如西元687年李嗣先和丁建崛起、西元722年梅叔鸞崛起、西元766年馮興崛起、西元819年楊清崛起、豪長曲承裕、曲承顥和曲承美三代相繼崛起始於西元906年、楊廷藝崛起於西元931年。直到西元938年10日，吳權在白藤江上打敗南漢軍之後，從此安南脫離了中國直接統治，而成為東亞朝貢體制中的重要一員。

　　到了唐朝，交州已有了大量的中原移民，其中「有躲避戰亂的人群、流放分罪犯、因安南社會穩定而前來安南地區的一些文人和名士」，

---

〔註78〕范曄著，劉龍慈等點校：《後漢書》，北京：團結出版社，1996年，第832頁。

〔註79〕范曄著，劉龍慈等點校：《後漢書・循吏列傳第六十六・任延傳》，北京：團結出版社，1996年，第709頁）。

〔註80〕嚴從簡：《殊域周咨錄》，北京：中華書局，2000年，第236～237頁。

〔註81〕〔越〕黎崱著：《安南志略》，武尚清點校，北京：中華書局2000年版，第171頁。

「東漢末，中原地區的士人往來交趾避難者以百數」，「六朝時期，中原變亂，因居民大批移居安南」，「唐時學士文人旅居安南者，更不乏其人」。〔註82〕這一時期的情況，張秀民先生也曾詳敘過：

> 漢季三國，天下大亂，群雄割據，干戈擾攘無虛日，民之死於鋒鏑及饑疫者，不可勝數，故我國史上以三國時代人口為最少，生民之苦於斯為極，獨交州一區為當時世外桃源，居民富庶，安享太平之福者四十餘年，則士燮之賜也。中原士人亦以為樂土，往依避難者百數。〔註83〕

唐朝對安南長達 300 年的統治，交州人民在生產技術、文化等諸方面學會和掌握了很多。郭振鐸等人在《越南通史》一書中說：「唐時代所屬安南各地接受了中國發達的經濟、文化以及大批軍、政、商人，還有飽學之士、宗教高僧以及為數眾多的技術的工農。這些人紛紛到安南居住，推進了安南經濟、文化的發展。」〔註84〕這一時期的語言方面也很大的改變，漢越辭彙層面大都受到中唐的影響，或直接接受漢人或間接接受岱依語和泰語〔註85〕。

　　然而，與水稻種植相關的河流地區民居生活方式以及紋身習慣、食檳榔習俗、居住干欄、多神信仰、繁殖信仰、民間信仰中的母道等的這些習俗還是流傳下來。中國歷史學家也承認，雖然從秦漢時期的嶺南以來已設置郡縣的這一制度，但仍未滲透蔓延到社會各階層，特別是在「平原低地、山間盆地和靠近紅河湖海、水道縱橫的地區」〔註86〕。

---

〔註82〕于在照：《越南文學與中國文學比較研究》，廣州：世界圖書出版廣東有限公司，2014 年，第 252 頁。

〔註83〕張秀民：《中越關係史論文集》，臺北：臺北文史哲出版社，1992 年版，第 179 頁。

〔註84〕郭振鐸、張笑梅主編：《越南通史》，北京：中國人民大學出版社，2001 年，第 44 頁。

〔註85〕〔越〕范德陽：《東南亞背景下的越南文化》，河內：河內科學社會出版社，2000 年，第 261 頁。

〔註86〕王文光：《百越民族史整體研究述論》，載蔣炳釗：《百越文化研究》（論文集），廈門：廈門大學出版社，2005 年，第 33 頁。

漢朝派遣了錫光、任延、仕燮等諸多有才官吏來交州建立學校教授，推進中原文化，但只有一部分古越人（屬於高級階層和中級階層）才接受罷了。如此看來，中原文化主要是通過政治、教育等政策而來，而不像印度文化那樣「潛移默化」。王文光先生在《百越民族史整體研究述論》一文中寫道：

> 中原漢文化對紅河以東百越民族後裔的影響帶有較為濃重的政治傾向，例如設置郡縣、移民屯墾，更主要的是儒家思想的滲透，這些都大大加快了其自身的發展進程和自然同化過程。而印度佛教文化對紅河以西百越後裔的影響則是潛移默化的，在一定程度上也具有內聚力向心力作用。〔註 87〕

人所共知，從西漢時代開始，儒教思想已經傳入了越南的北部地區。在早期它具有一定的影響。儒教是倫理、道德、哲理乃至國家、家庭治理的綜合。其體系由於孔子和他的門徒建立，那就是論語、大學、中庸、孟子，統稱「四書」和詩經、尚書、禮記、周易、春秋，統稱「五經」。四書是儒教最重要的經典之一，其中具有眾多人生格言、顯然真理和為人處事道理。還有三綱是反映了當時社會中君臣、父子、夫婦之間的等級關係。

在上層建築方面：當時越南人接受了中國朝廷組織方式和法律體系，尤其是於越南黎阮兩朝；用了儒教的試舉制度以選取人才任用入統治機構。從李朝開始採用科舉制度，首次科舉考試於 1075 年，至越南封建科舉史上最終一次科舉考試於 1919 年。在 844 年內，共 185 次科試，計 2875 名中榜者，其中狀元有 56 人。在表面上看，可以見這個科舉制度主要以儒教為基礎，中國漢文字作為越南民族的正式文字。雖然如此，但是其內部組織中亦有所不同之處，是機構的運行、乃至神聖信仰。

---

〔註 87〕 王文光：《百越民族史整體研究述論》，載蔣炳釗：《百越文化研究》（論文集），廈門：廈門大學出版社，2005 年，第 33 頁。

　　在宗教信仰方面：在初期階段中，主要接受來自印度的佛教文化和來自中原的儒教，到大約於西元 2 世紀末外，越南文化又接受了來自中原的道教。牟子（名融，字子博）在《理惑論》中載：「是時靈帝崩後，天下擾亂，獨交州差安，北方異人，咸來在焉。多為神仙辟穀長生之術，時人多有學者。牟子常以《五經》難之，道家術士，莫敢對焉。」〔註 88〕道教來到越南的成因是不像儒教來到越南的。儒教乃具備社會組織工具之本質，為統治者之武器，而道教思想旨以「無為」之說為基礎，並既未有統治階層之概念且帶有那種「神仙方術」，其符合於本地居民，因而道教早就受到當時越南人的歡迎。然而，在北屬時期中，除佛教外，儒教和道教仍未真實深入越南社會的各個階層中。連到了越南李陳兩朝，諸君主雖然曾經組織了許多考選人才，但是大部分也都崇拜佛教。值得注意的是，李朝這一時期雖然仍奉佛教為國教，但是儒教和道教卻不被排除，而是實施佛儒道三教並重。「三教同歸」的現象使得李陳時代在方方面面均強生發達。

　　在認識文化方面：古越人本來栽培古傳水稻，具有自己生活方式融入大自然，必然意識到暖冷、乾雨等天氣，所以早就形成了兩分（法）思維。其二重性被轉化、格調成「雌」和「雄」而刻印在銅鼓面上。繼承其兩分思維，後來傳統古越人已經融會於北方的陰陽哲理式樣，以之作為認識整個宇宙和人生的基礎，進而有了個樂觀生活方式，含蘊著「禍兮福所倚，福兮禍所伏」類似的「均平陰陽」性格。傳入越南後的所有文化，為越南人所借用幾乎都被改造了多少，諸如在中華拉纖神只有「月老紅繩」，入越南之後，則變成為「紅繩老月姥」；在印度只有「佛老」，入越南之後，則變成為「佛老佛姥」（芒族人在一些地方尚稱之為「佛雌佛雄」）；世界上各國的民族圖騰一般只有一種具體的動物，如龍、白頭鷹、北極熊、海豹、海獅、海象、狼、獅子、公牛，等等，而在越南民族的圖騰則有仙龍──抽象的一對。正如越南文化家

────────────

〔註 88〕CBETA 電子佛典 2016 年──《解惑篇〔卷 1〕》──J35, No.B325。

陳玉添所言:「在越南,所有的東西往往依協調陰陽之原則而配對(配合成雙)……陰陽概念在諸方面中,是無所不在的。」〔註89〕

語言文字方面。取得獨立之後,越南民族一直以漢字為官方文字,乃至19世紀末才被代替今日國語拉丁字。越南人的認識中,從來把漢字當為儒字。舊時,漢字被提升崇高而莊嚴之度,可與聖賢相比,因而許多人尊為「聖賢字」。在文書等的各類紙張之上,若有寫著漢字,則一般都沒人敢以之用在污穢之處或隨便踐踏之。基於漢字之基礎上,越南民族已創製喃字,用於文章中。另外,以前還有一些詩人尚將唐詩譯成喃字作為一種樂趣。

廟會、慶節習俗。可以見到,越南、日本、朝鮮(韓國)等東亞各國是中華文明的周邊地區,並深受其之影響。這些節日來自北方或可能從華北地區和百越地區之間的交叉而形成起來,諸如古傳春節(越南以之稱「吃春節」。清晨元日在越南,家庭裏的許多成員皆到寺院去拜佛,以求健康平安、來年興旺等)、下田節(寒食節或稱湯圓宴)為農曆3月初3、端午節(越南人尚稱之為「驅蟲節」)為農曆5月初5、中秋節為農曆8月15、新米飯節(常新節)為農曆10月10或農曆1月10,各地舉辦不同之日)、清明節(整個家族去掃墓、燒香等)。此外,在越南還有許多帶有著南方性的濃郁之節日。這些體現出於北部、北中部的廟會中各種民間社火表演,以及許多蔞葉和檳榔婚姻禮物、祭祀祖先、食檳榔、染黑牙等眾多風俗習慣。一切均反映了文郎傳統歷史的承襲性。

由此觀之,從錫光、任延、士燮等三太守時期到隋唐時期,安南地區的各個方面都受到中國的影響,提高安南地區的文化教育水準(例如推行封建式的嫁娶禮規),推動該地的封建社會經濟的發展,加速經濟、文化的交流與越漢兩族人民之間的友好往來。〔註90〕

---

〔註89〕〔越〕陳玉添:《越南文化本色之探究》,胡志明:胡志明市出版社,1996年,第123頁(Trần Ngọc Thêm (1996), *Tìm về bản sắc văn hóa Việt Nam*, Nxb. TP Hồ Chí Minh, tr.123)。

〔註90〕參閱郭振鐸、張笑梅主編:《越南通史》,北京:中國人民大學出版社,2001年,第180頁。

## 三、小結

綜上所述，這問題其實迄今多少亦有異議，尤其是關於中越兩地之間接觸時期，包括越南語、越南民族起源等在內，但從綜合文獻並就個人觀點而看，筆者初步提出三個重點：

第一是，自從文郎時期起，安南地區約在西元前第一千紀上半葉已形成了一個較為廣泛的文化共同體，繼而在本千紀半葉中興盛起來。這就是為許多中外專家學者所承認的東山文化（Dong Son Culture）。這種文化共同體與地區其他當時文化有所不同，它表現出自己固有的文化獨特（如稻作文化、文身斷髮、居住欄杆、墾殖山田等），但仍具有許多類似於東南亞文化——水稻文明地區的特徵，正如王文光先生所言：「儘管各地的越民族群體及其後裔在類似的生態環境中創造的文化雖各有個性，但共性也是明顯的，即地理生態環境類似、社會發展類似、但地域卻不一定相連，在相距很遠的不同民族的文化模式，卻具一定的共性。」〔註91〕

第二是，在很久以前（最遲是周成王時代，大約於西元前 11 世紀），交趾人已與中原地區都曾有過接觸，進行外交各種活動，以雄王曾派遣使者赴中原貢「白雉」並為周公所給予使者「指南車，送還本國」為例證。這事件見於中國古籍中甚多，難以否認。然而，譚志詞先生在《中越語言文化關係》一書中，對其古籍記載的一些資訊表示懷疑，認為：「以上記載（有關中國古籍記載『獻白雉』的事件——筆者注）只是以疑傳疑，不足為憑信，但從中多少透露出中原地區與古交趾地區交往的某些『史影』。」〔註92〕無論如何，從文獻記載也可以看出，當時越中兩地之間的得體處世文化和交好關係。

第三是，秦國統一中原後，中原不斷向嶺南移民，可以說這是漢

---

〔註91〕 王文光：《百越民族史整體研究述論》，載蔣炳釗：《百越文化研究》（論文集），廈門：廈門大學出版社，2005 年，第 33 頁。

〔註92〕 譚志詞：《中越語言文化關係》，廣州：世界圖書出版廣東有限公司，2014 年，第 17 頁。

文化向安南（交趾／交州）地區傳播的時期開端，也是更密切兩地間的文化互相交流的時期。從趙佗至二徵時期，東漢朝開始加強統轄政策，而後從二徵之失敗，至唐朝政權時期結束之後，我們可以看到外來文化多層面已使得安南的傳統文化有很大的改變。在這段 1000 餘年的北屬時期之內，越南文化在接受中原文化的同時，也本地化漢字文化要素，融合於本地文化，轉化外來要素，從而成為自己的特色文化。這樣，可以看出，在北屬時期的安南地區具有兩層文化疊置在一起，那就是本地文化層面和與中原及地域交流的文化層面。

## 第三節　安南詩文與南北文人交流

　　據史載，大約於西元前 11 世紀的周成王時代，南北兩地之交往關係已經形成。約自西元前 3 世紀晚期到 10 世紀前期，今越南的中北部是一直處於中國封建制度的統轄之下，這種關係就日益緊密。在其北屬長達 1000 餘年的歷史時期內，包括文學藝術領域在內的越南文化受到中國文化的廣泛影響，而到了唐朝（618～907），對越南產生了深刻的影響，其中非論到了唐詩不可（下章將詳細呈現）。在這一節中，筆者試圖勾勒安南詩文的主要面貌。這是越南和中國的學者較少著重研究的領域。若是有的話，亦只是提到安南姜公輔、姜公復、廖有方等人的一些現存作品。此外，筆者將綜合闡述兩地作家之間的交往互動，以及唐朝詩人眼中的安南形象。

### 一、安南詩文基本情況

　　眾所周知，趙氏的南越國在西元前 111 年左右開始屬於漢朝。在初世紀中，西漢錫光為交趾郡太守，東漢任延為九真郡太守，到漢末三國士燮交趾太守，這些官吏帶來漢文化並在交趾地區傳播開來。〔註93〕

〔註93〕參閱〔越〕吳士連撰：《大越史記全書》（第一冊），孫曉主編（標點校勘），重慶：西南師範大學出版社；北京：人民出版社，2015 年，第65 頁。

至今還沒看到任何文獻顯示在漢朝交趾郡的民眾中有多少人能夠閱讀漢字，但顯而易見在漢朝統治下，想要進入官僚機構的交趾郡人必須首先做到熟悉漢字漢學。約於西元 187 年，交趾高興人李進補受任交趾刺史，這是升到這個官位的第一位交趾人。他曾經向漢帝請求，交趾當地人士亦可以像中州人一樣出任官職。於是漢帝下詔交趾有孝廉、戊才之人均得補屬州長吏，但是不得任職中州。至西元 200 年，另外兩位交趾人亦得補任，一名戊才為夏陽令、一名孝廉為六合令，其任所皆在漢朝。〔註94〕後來，「李琴（交趾人）仕至司隸校尉，張重（日南人）為金城太守，則我越人才得與漢人同選者，李琴、李進有以開之也。」〔註95〕到梁朝（約西元 541 年），在交趾有並韶，青烈鄉（今河內青池縣）人，有學問，「富於詞藻，詣選求官，而吏部尚書蔡撙以並姓無前賢，除廣陽門郎。韶恥之，還鄉里，從帝（即李賁）起兵」〔註96〕，「攻佔了交州首府龍編，蕭諮逃走」〔註97〕，李賁幕府的書劄皆由並韶一手編纂。

可以說，漢學南傳在西元 2 世紀中葉，通過錫光、任延等官員的推廣已經在交趾地區開始傳播了，尤其到了 2 世紀末的士燮太守時期，漢學的發展漸趨興盛。他因在交趾弘揚漢文化、講授漢學詩書等方面的傑出貢獻，而被尊為「南邦學祖」（亦稱「南交學祖」）、「士王」等稱號。史臣吳士連曾對士燮稱讚，評道：「我國通詩書，習禮樂，為文獻之邦，自士王始。其功德豈特施於當時，而有以遠及於後代，豈

---

〔註94〕 參閱〔越〕吳士連撰：《大越史記全書》（第一冊），孫曉主編（標點校勘），重慶：西南師範大學出版社；北京：人民出版社，2015 年，第70 頁。

〔註95〕 參閱〔越〕吳士連撰：《大越史記全書》（第一冊），孫曉主編（標點校勘），重慶：西南師範大學出版社；北京：人民出版社，2015 年，第72 頁。

〔註96〕 〔越〕吳士連撰：《大越史記全書》（第一冊），孫曉主編（標點校勘），重慶：西南師範大學出版社；北京：人民出版社，2015 年，第 88 頁。

〔註97〕 文莊：《中越關係兩千年》，北京：社會科學文獻出版社，2013 年，第12 頁。

不盛矣哉！」〔註98〕在西元5世紀初的晉朝有杜慧度，生於交趾，為
交趾刺史，「慧度在州，布衣蔬食，禁淫祠，修學校。歲饑以私祿賑給
之。為政纖密，一如治家。吏民畏而愛之。城門夜開，道不拾遺。吏
民畏而愛之。」〔註99〕此外，還有大量中原人士避動難而往依交趾，
因為當時中國時局紛亂，而交趾地區是較為安定之地。這在牟博（牟
融，西元2世紀）的《理惑論・序》中有云：「是時靈帝崩後，天下
擾亂，獨交州差安。北方異人，咸來在焉，多為神仙辟穀長生之術，
時人多有學者。」〔註100〕這裡所言的「北方異人」，可能是指「喜好
道術的人」，亦可能是指儒士、僧士等名士。如此看來，從士變時期
開始，在交趾很多名士來自中原。有趣的是，在此期間，儘管安南文
化一直與中原文化──儒家文化接觸和交流，但似乎儒家文化尚未能
迅速滲透進安南社會中，而主要是接受佛教文化。這從現存中國書籍
以及越南書籍中均可得到證明。這個時期的越南漢詩文創作幾乎都與
佛教有關，而儒教文學很少，其中現存的代表作者作品如下：

　　佛教代表的有牟子（融博，西元160年～西元230年），蒼梧郡廣
信人。漢靈帝崩殂後，他帶母親到交趾避亂，著有《理惑論》（共37篇）；
康僧會（？～280年），康居國人，西域三十六國之一。約於二世紀和三
世紀初，他帶父親到交趾，有《六度集經》、《舊雜譬喻經》、《安般守意
經》、《法鏡經序》等撰著；迦葉摩騰（Kāśyapamātanga,？～73年），中
天竺人、竺法蘭（東漢僧，中天竺人），後來交趾宏揚佛法，後世認為《四
十二章經》是由他們將佛所說的編集成書之經典著作；道嵩、法明、李
淼（約西元4～5世紀）等僧人，其中李淼是中原人，為交趾使君，而道

---

〔註98〕〔越〕吳士連撰：《大越史記全書》（第一冊），孫曉主編（標點校勘），
　　　　重慶：西南師範大學出版社；北京：人民出版社，2015年，第74頁。
〔註99〕〔越〕吳士連撰：《大越史記全書》（第一冊），孫曉主編（標點校勘），
　　　　重慶：西南師範大學出版社；北京：人民出版社，2015年，第84頁。
〔註100〕CBETA電子佛典2016年──《解惑篇〔卷1〕》──J35, No.B325；
　　　　亦見李護暖：《牟子傳略・理惑論譯注》（超星電子圖書），封開縣文
　　　　學藝術界聯合會，第4頁。

嵩和法明是交趾人，著有李淼《與嵩明二法師難佛不見形書》、道嵩《大李交州淼難佛不見形》、李淼《與道嵩法師書》（一）、道嵩《重答李交州書》、李淼《與道嵩法師書》（二）、法明《答李交州書》等的關於佛教之爭論六書；〔註 101〕毗尼多流支（Vinītarūci,？～594），他自印度前至中國，後往越南建立第一禪派（後人將他之名命名為禪派之名），他在交州法雲寺，譯出《大乘方廣總持經》，以及首傳心印偈共 32 句（141 字）；儒教代表作有劉熙（約生於 160 年，卒年不詳），「字成國，交州人，先北海人也。」避地交州於建安末。他是位「博覽多識，名重一時，薦辟不就」。著有《釋名》（共 27 篇，自為之序）、《謚法》（三卷）〔註 102〕、《孟子注》（今已不傳）；道教代表的有虞翻（164 年～233 年），「字仲翔，會稽餘姚（今浙江餘姚）人也。少好學，有高氣」。有一次「權（孫吳）與張昭論及神仙，翻指昭曰：彼皆死人，而語神仙，世豈有仙人邪！權積怒非一，遂徙翻交州。雖處罪放，而講學不倦，門徒常數百人。又為《老子》、《論語》、《國語》訓注，皆傳於世。」〔註 103〕

　　到了唐朝管轄交州，設置安南都護府王朝行政區（679 年），設立科舉考試制度，培養官吏管理人才，並在一些村鎮開設漢文學校。這一時期，佛教、道教和儒教發展和諧。如果說儒家思想對「高階層」與「中階層」產生影響——主要是對統治階級有影響的話，那麼佛教和道教就主要對文學創作和平民生活更有深入的影響——偏向精神生活方面。因為在佛教和道教中，除了深奧的哲學之外，還有簡單易懂的親民傾向，民眾可以相信法寶及因果律，從此可以幫助民眾忘記當前的痛苦和不公正。

　　唐朝非常重視佛教，國王曾派玄奘去西天（印度）取經，在那裡待了 17 年，各國君主皆拜他為國師。之後他攜帶 657 部佛經返回中華，然後在 18 年（645 年～663 年）翻譯了 73 部共 1330 卷。交趾的

---

〔註 101〕　〔越〕黎孟撻：《越南佛教文學總集》（第二冊），胡志明：胡志明市出版社，2001 年（Lê Mạnh Thát (2001), *Tổng tập văn học Phật giáo Việt Nam* (tập 2), Nxb. TP. Hồ Chí Minh)。

〔註 102〕　歐大任：《百越先賢志》，北京：商務印書館，1937 年，第 27 頁。

〔註 103〕　歐大任：《百越先賢志》，北京：商務印書館，1937 年，第 47 頁。

佛教的源遠流長。最遲於 2 世紀下半葉，在贏婁（「贏婁」，又稱「贏陵」、「贏樓」、「贏樓」、「贏樓」）形成重要的佛教中心，〔註104〕而東亞佛教的第一部作品是用漢字寫的，而且是寫在交趾之地，那就是牟子的《理惑論》。西元 6 世紀（562 年），毗尼多流支（？～594 年），印度南天竺人前至中華長安，後於 580 年往越南，創立越南之第一禪派。到西元 9 世紀（820 年），中華無言通（758～826），百丈懷海大師之弟子，而百丈懷海是六祖惠能的第四傳法世系之嗣子，自中國往安南行道，創立第二禪派，繼而先後有草堂、曹洞、臨濟各宗傳到安南〔註105〕。所以，北屬越南時期的文學作品，雖然這個時期有一些博學儒士為社會培養人才，但儒士或道士的存世著作甚少。目前能看到的大部分漢詩文作品是僧侶們的創作，如對機、頌偈、詩歌等。依據《禪苑集英》、現存歷史書籍、以及前人研究成果進行分類，此處分為兩個創作群體，一是屬於佛教界，二是屬於儒教界。

　　第一是佛教僧士的作者群體：法賢（？～西元 626 年），生年不詳，姓杜，交趾朱鳶人，最初來法雲寺觀緣大師受具足戒，每日與徒眾聽講禪要，後在此寺遇見廣州來的毗尼多流支禪師，求教共修 14 年。594 年毗尼多流支逝世後，他在仙遊天福山（今北寧省仙遊縣佛跡鄉）眾善寺教學，「來學者不可勝數，常三百餘人。南方禪宗於此為盛，後以唐武德九年丙戌（626 年）示寂」。〔註106〕其詩文作品僅見《禪苑集英》記錄，比如他與毗尼多流支之間的一段語錄：「時毗尼多流支，繇廣（州）而來憩於此寺，見師熟視謂曰：『汝何姓？』師云：『和尚甚姓？』友（流支）云：『汝無姓耶？』師云：『姓即不無，和尚作麼生會？』支呵之曰：『用

〔註104〕　參閱〔越〕阮郎：《越南佛教史論》（第一集），河內：河內文學出版社，1992 年，第 19 頁。

〔註105〕　阮福心：《越南陳朝佛教『入世精神』之思想研究》，臺灣元智大學中國語文學系研究所碩士學位論文，2011 年，第 19～23 頁。

〔註106〕　見《禪苑集英》，轉引自〔越〕黎孟撻：《越南佛教文學總集》（第三冊），胡志明：胡志明市出版社，2001 年，第 822～824 頁。（Lê Mạnh Thát (2001), *Tổng tập văn học Phật giáo Việt Nam* (tập 3), Nxb. TP. Hồ Chí Minh, tr.822～824，以下簡稱《禪苑集英》）。

會作麼？』師突然自省，便禮拜，逐得旨焉。」〔註107〕此段對答，與在《景德傳燈錄》中禪宗四祖道信（580年～651年）和禪宗五祖弘忍（602年～675年）的對話相比，是頗為相似的：「唐武德甲申歲，師卻返蘄春，住破頭山，學侶雲臻。一日往黃梅縣，路逢女子攜一小兒，骨相奇秀，異乎常童。師問曰：『子何姓？』答曰：『姓即有，不是常姓。』師曰：『是何姓？』答曰：『是佛性。』師曰：『汝無性耶？』答曰：『性空故。』師默然，識其法器，即俾侍者至其家，於父母所乞令出家。父母以宿緣故，殊無難色，遂捨為弟子，名曰弘忍。」〔註108〕是後來的五祖弘忍。

清辨（？～西元686年），生年不詳，姓杜，古交（今越南河北省順城縣）人。在12歲時，先從普光法燈受業，後與崇業寺惠嚴修學。唐垂拱二年丙戌（686年）歸寂。關於詩文作品，今僅見在《禪苑集英》中，記錄他的行狀有兩段較短的對話，一是在他與法燈之間的對話，二是在他與惠嚴之間的對話。〔註109〕

無礙（約西元8世紀），生卒年不詳，驩愛地區人，在九真山淨居寺（今清化省）修行。他是位著名禪師，不僅善於禪修，而且善於說法，曾被初唐詩人沈佺期（約656年～約714年）稱為上人（大士），並讚美他如是佛之化身，覺得自己仍然蒙昧無知，便皈依當無礙之弟子。關於無礙的生平事蹟，如今能考察到的歷史資料甚少，流傳的《禪苑集英》中不錄其名。除了從沈佺期的《九真山〔註110〕淨居寺謁無礙上人》〔註111〕詩作之外，尚未找到任何材料記載，我們

〔註107〕《禪苑集英》，第823頁。
〔註108〕道原著，顧宏義譯注：《景德傳燈錄譯注》，上海：上海書店出版社，2010年，第160頁。
〔註109〕參閱《禪苑集英》，第820～822頁。
〔註110〕「九真山：山在九真郡，即愛州，在今越南境內。無礙上人：上人即借人，無礙是僧人的法號。中宗神龍二年正月，佺期南流驩州路過這裏，遊寺拜訪寺僧無礙上人作此詩。」見連波、查洪德校注：《沈佺期詩集校注》，鄭州：中州古籍出版社，1991年，第139頁。
〔註111〕彭定求等編：《全唐詩》（第四冊），北京：中華書局，1960年（2015年重印），第1047頁。

只通過沈佺期詩中的描寫才知道這些細節。

　　定空（西元 730 年～808 年），姓阮，古法（今越南北寧省東岸縣）人。他的家族是望族，「深明世數，動有軌則，鄉人尊事咸以長老名焉。晚歲於龍泉南陽會下聞聽領旨，由是歸心釋教。」〔註112〕詩文作品有三首頌——一種漢代神學的讖緯類型〔註113〕，預示在古法之地有位姓李將登基，並使佛教興盛。這三首現存於《禪苑集英》一書中。「師將歸寂，語弟子通善曰：『吾欲興廣鄉里，然中間恐遭禍難，必有異人來壞我境土（後唐高駢來鎮果驗——《禪苑集英》編纂者注），吾沒後，汝善持其法，（遇）丁人即傳則吾之願畢矣。言訖告別而終，壽七十九。時唐元和三年丙子（808 年）。」〔註114〕此外，依黎孟撻的推測，定空可能就是定法師〔註115〕——曾被楊巨源（755 年～833年？）為這位題贈二首詩的人，一題為《供奉定法師歸安南》，二題為《送定法師歸蜀法師即紅樓院供奉廣宣上人兄弟》，這兩首現收錄於《全唐詩》中〔註116〕。

　　惟鑒（約西元 9 世紀），生卒年不詳；是一位佛教僧侶，自西元 790年代開始，曾多次往來中華為唐王講佛教經典。這些零星消息散見於賈島（779 年～843 年）《送安南惟鑒法師》詩篇中。這是賈島為惟鑒

---

〔註112〕《禪苑集英》，第 819～820 頁。

〔註113〕讖緯在中華歷史上早就有了。「莽末，天下連歲災蝗，寇盜蜂起。地皇三年，南陽荒饑，諸家賓客多為小盜。光武避吏新野，因賣穀於宛。宛人李通等以圖讖說光武云：『劉氏復起，李氏為輔。』光武初不敢當，然獨念兄伯升素結輕客，必舉大事，且王莽敗亡已兆，天下方亂，遂與定謀，於是乃市兵弩。十月，與李通從弟軼等起於宛，時年二十八。」（見曾德雄：《讖緯與東漢學術》，《人文雜誌》，2010 年第 6 期，第 112 頁）。

〔註114〕《禪苑集英》，第 818～819 頁。

〔註115〕見〔越〕黎孟撻：《越南佛教歷史——自李南帝至李太宗》（第二冊），胡志明：胡志明市出版社，2001 年，第 267～276 頁（Lê Mạnh Thát (2001), *Lịch sử Phật giáo Việt Nam: từ Lý Nam Đế đến Lý Thái Tông*, (tập 2), Nxb. TP Hồ Chí Minh, tr.267～276）。

〔註116〕見彭定求等編：《全唐詩》（第十冊），北京：中華書局，1960 年（2015年重印），第 3722 頁。

來華「講經」後而作的詩，當臨歸「舊山」之時而題贈此詩。此詩先收錄於《全唐詩》〔註117〕，後見抄錄於《唐詩紀事》〔註118〕，但其具不同之處，再次被《淵鑒類函》抄錄又有不同之處，最後黎貴惇依《淵鑒類函》而收錄於《見聞小錄》一書中（下一節將詳細闡述）。

另一位佚名僧人（約西元 8 世紀），姓名、生卒年俱未詳，日南郡（今越南廣治省東河市）人。他曾往來中華講經論，並曾從事在司馬道信的雙峰禪中心擔任譯越語工作。這些殘留的信息來自《山中贈日南僧》詩篇，而唐代詩人張籍（約西元 767 年～約西元 830 年）為他親筆題贈。除此之外，張籍還寫了《送南遷客》、《送南客》兩首描述嶺南地域之詩。此三首詩均收集在《全唐詩》中。

廣宣（約西元 8 世紀），生卒年不詳，姓廖氏，安南交州人〔註119〕，為內供奉。他曾寄居巴蜀地域〔註120〕一段時間，並與當時諸多唐代名士有過詩文交往。從楊巨源《供奉定法師歸安南》和《送定法師歸蜀，法師即紅樓院供奉廣宣上人兄弟》二詩〔註121〕，表明廣宣有一位叫作「定」的兄弟。陳義教授把《送定法師歸蜀即法師》（即紅樓院供奉廣宣上人兄弟）之注，譯成越南語為「『定』法師為紅樓院供奉廣宣上人之弟」，尚說明「廣宣上人為定法師之兄」。〔註122〕詩中雖注說「兄弟」，但其實仍未知哪位長，僅能知二人皆身為供奉。生時，廣宣交遊廣泛，

〔註117〕 見彭定求等編：《全唐詩》（第十七冊），北京：中華書局，1960 年（2015 年重印），第 6638 頁。

〔註118〕 見計有功撰，王仲鏞校箋：《唐詩紀事校箋》（上），成都：巴蜀書社，1989 年，第 1087 頁。

〔註119〕 參閱傅璇琮主編：《唐才子傳校箋》（第一冊），北京：中華書局 1987 年，第 541 頁。

〔註120〕 見《廣宣上人寄在蜀與韋令公唱和詩卷因以令公手箚答詩示之》，收錄於彭定求等編：《全唐詩》（第十一冊），北京：中華書局，1960 年（2015 重印），第 4058 頁。

〔註121〕 見彭定求等編：《全唐詩》（第十冊），北京：中華書局，1960 年（2015 重印），第 3722 頁。

〔註122〕 〔越〕陳義：《10 世紀前越南人漢文作品輯考》，河內：世界出版社，2000 年版，第 131 頁。

曾經與許多中唐詩人交遊。工詩，廣宣今存詩 17 首〔註 123〕和 6 首聯句詩〔註 124〕。此外，還曾有《紅樓集》，但今已散佚。

感誠（？～西元 860 年），生年不詳，姓氏，仙遊（今越南北寧省）人。「初出家，道號立德，居本郡仙遊山，持講為業。鄉豪（姓）阮氏高其德行，欲捨宅為寺，延致居之往以情扣，師弗許夜夢神人告曰：『苟從阮志，不數年間得大吉祥』，師乃應其請。」〔註 125〕不久，師遇無言通禪師之後，則改名為感誠。後感誠從無言通得「心印」，並成為無言通禪宗的第一世系。詩文僧人感誠留存到現在的《禪苑集英》僅錄一段在他與一位佚名僧人之間的對話，這位可能就是善會禪師。

善會（？～西元 900 年），生年不詳，典冷（今北寧省順城縣超類鄉）人，在定禪寺修行。先從本鄉東林寺僧人漸源出家，後遇建初寺感誠，便奉其居住十餘年，得到感誠傳法。他領悟到「宗旨」，取名善會。「後於本寺示寂，即唐光化三年也。」〔註 126〕詩文僧人善會，僅見於《禪苑集英》中一段在他與禪師感誠之間的對答〔註 127〕。

羅貴（西元 852 年～936 年），姓丁，安真（今越南太平省）人。小時愛周遊四方，求知參禪，經過多年而「不契法緣，將有退志，後聞禪眾（寺）通善（法）會下一語，心地開豁……，師既得法，隨方演化，擇地立寺，每出言語必為符讖」〔註 128〕。詩文僧人羅貴留存至今在《禪苑集英》僅錄一首種木棉樹之偈，及一段交代相關當時政治之話。〔註 129〕

雲峯（亦稱主峯，卒於西元 957 年），生年不詳，姓阮，慈廉（今

---

〔註 123〕見彭定求等編：《全唐詩》（第二十三冊），北京：中華書局，1960 年
　　　　（2015 重印），第 9269～9272 頁。

〔註 124〕見彭定求等編：《全唐詩》（第二十二冊），北京：中華書局，1960 年
　　　　（2015 重印），第 8889～8890 頁。

〔註 125〕《禪苑集英》，第 903～904 頁。

〔註 126〕《禪苑集英》，第 899 頁。

〔註 127〕《禪苑集英》，第 900 頁。

〔註 128〕《禪苑集英》，第 817～818 頁。

〔註 129〕《禪苑集英》，第 817 頁。

越南首都河內市河西懷德縣）人，在升龍京都開國寺修行，此寺後改為鎮國寺。早年，雲峯曾從超類寺善會禪師學道，後來成為善會最心得之門徒。雲峯所作漢詩文見於《禪苑集英》。〔註130〕

　　除上述僧人之外，還有許多其他越南僧侶約於 7 世紀到西竺遊學，或者從事求法、傳法等活動。他們無疑是從事寫作活動的知識份子，諸如諸交州運期法師、交州木叉提婆師、交州窺沖法師、交州慧琰師、愛州智行法師、愛州大乘燈禪師，〔註131〕等等。

　　第二是儒士的作者群體：馮戴智（約西元 8 世紀），生卒年不詳，曾在中原遊學，擅長詩歌，也是位漢學巨擘。他的詩歌曾被唐高祖（618年～626年）稱讚為「胡越〔註132〕一家」，就是說胡人和越人應該視同一家人，與漢人一樣俱有才華。這語出於朱熹《通鑒綱目・唐紀》：「太宗貞觀七年，帝宴未央宮，上皇命頡利可汗起舞，馮知戴詠詩，既而笑曰：『胡越一家，古未有也。』」〔註133〕馮智戴被陳義〔註134〕、黎文超

〔註130〕《禪苑集英》，第 898～899 頁。

〔註131〕義淨原著，王邦維校注：《大唐西域求法高僧傳校注》，北京：中華書局，1988 年，第 81～89 頁。

〔註132〕《辭源》（下冊）云：「①胡在北，越在南，相隔殊遠，比喻疏遠、隔絕。淮南子俶真：『六合之內，一舉而千萬里。是故自其異者視之，肝膽胡越，自其同者視之，萬物一圈也。』注：『肝膽喻近，胡越喻遠。』②比喻禍患。因古時中原胡越之間常有戰禍。史記一一七司馬相如傳諫獵疏：『今陛下好陵阻險，射猛獸，卒然遇軼材之獸，駭不存之地，……是胡越起於轂下，而羌夷接軫也，豈不殆哉！」（見何九盈、王寧、董琨主編，商務印書館編輯部編：《辭源》（第三版　下冊），北京：商務印書館，2015 年，第 3368 頁）《辭海》中亦同樣云：「①胡在北，越在南，比喻疏遠。《淮南子・俶真訓》：『六合之內，一舉而千萬里。是故自其異者視之，肝膽胡越，自其同者視之，萬物一圈也。』高誘注：『肝膽喻近，胡越喻遠。』②古時中原胡越常有戰禍，故以比喻禍患。《史記・司馬相如列傳》：『是胡越起於轂下，而羌夷接軫也，豈不殆哉！』（見夏征農主編：《辭海》，上海：上海辭書出版社，1989 年版，第 1699 頁）。

〔註133〕向光忠等主編，周文彬等編撰：《中華成語大辭典》，長春：吉林文史出版社，1997 年，第 368 頁。

〔註134〕〔越〕陳義：《10 世紀前越南人漢文作品輯考》，河內：世界出版社，2000 年，第 133 頁。

（Lê Văn Siêu, 1911～1995）〔註135〕等諸多越南學者列入「10 世紀前越南人」，而學者東瀟在《唐太宗的「胡越一家」與「愛之如一」民族觀》一文中認為：「馮智戴是南越冼夫人的重孫，乃南方少數民族越人的首領。」〔註136〕關於馮戴智的生平及其詩文，現存的歷史資料極少。這裏的「胡越」或「胡越一家」之語，後來在越南陳朝阮忠彥（1289～1370）的《太平路》和《北使宿丘溫驛》二詩中也能見到，但其兩者之間可能有著不同含義？如果說馮戴智真是南越人的話，那麼也不易確認其籍貫：是在越南北部中部地區，還是在廣東、廣西、福建、海南、香港、澳門等地區？因而，這裏僅是提出以供參考罷了。

姜公輔（約西元 730 年～約 805 年）〔註137〕，字德文（亦有人說其字欽文），愛州日南（今越南清化省安定縣山隈）人〔註138〕，母親黃

---

〔註135〕〔越〕黎文超：《北屬時期越南文學》，西貢：世界出版社，1956 年，第 82 頁（Lê Văn Siêu (1956), *Văn học Việt Nam thời Bắc thuộc*, Nxb. Thế giới, tr.82）。

〔註136〕東瀟：《唐太宗的「胡越一家」與「愛之如一」民族觀》，《黑龍江史志》，2008 年第 12 期，第 21 頁。

〔註137〕參閱英楓：《史筆審名實 治亂尋根源——論梁盛材《廣西歷代名人譜》的史料價值》，《閱讀與寫作》，2011 年第 12 期，第 38 頁。

〔註138〕李體團先生認為姜公輔是「唐欽州遵化人（今靈山縣屬陸屋）人」，所以他以姜公輔視為廣西歷史人物（見李體團《姜公輔》一文刊載於莫乃群主編：《廣西歷史人物傳》，南寧：廣西地方史志研究組編印，1985 年，第 6 頁）；但黃國安先生辯析後認定「姜公輔是愛州人，這是可信的」，還認為李體團先生「把姜公輔作為廣西歷史人物是不允當的。為此寫這篇短文，辨明姜公輔的籍貫，以免訛傳」（見黃國安：《姜公輔籍貫辯析》，《東南亞縱橫》（季刊），1994 年第 1 期，第 30～31 頁）。鄭金順先生亦認同黃國安的認定，他在《姜公輔其人》一文中認為「姜公輔，愛州日南人。古愛州日南縣在今越南河內南部」（見鄭金順：《姜公輔其人》，《泉州師專學報》，1999 年第 1 期，第 64 頁）。最近，王承文先生在《唐代安南籍宰相姜公輔和文士廖有方論考》一文中亦確認「姜公輔確實出身於安南寒微家族」，然後他尚認為：「姜公輔的祖籍並非愛州，而是今天甘肅省天水市。因此他其實是唐代北方家族移民的後代。」（見王承文：《唐代安南籍宰相姜公輔和文士廖有方論考》，《學術研究》，2018 年第 2 期，第 103～116 頁）。

氏。其家族久列仕宦。父親挺，曾為盛唐令。祖父姜神詡，曾為舒州刺史。《大越史記全書》有記載：「唐德宗適興元年，九真人姜公輔仕於唐，第進士，補校書郎，以制策異等，授右拾遺翰林學士兼京兆戶曹參軍。」〔註 139〕在《新唐書‧姜公輔傳》中亦有翔實的記載：「姜公輔，愛州日南人。第進士，補校書郎，以制策異等授右拾遺，為翰林學士。歲滿當遷，上書以母老賴祿而養，求兼京兆戶曹參軍事。公輔有高材，每進見，敷奏詳亮，德宗器之。」〔註 140〕不久，又得「擢升為諫議大夫，同中書門下平章事」〔註 141〕，即宰相職務。後被貶為泉州別駕。唐順宗在位（805 年）後，起用姜公輔為吉州刺史，可未及到任而逝。唐憲宗（805 年～82 年在位）時追贈為禮部尚書。公輔逝世後葬在哪處，說法不一，其中葬在泉州之說，是最可信的。〔註 142〕姜公輔所撰文章作品，大都亡佚，遺存至今的僅見在《全唐文》中收錄兩篇，一篇為《白雲照春海賦》，另一篇為《對直言極諫策》（回答皇帝書面提問的文章，可能是其應試之作）。

　　姜公復（8 世紀），生卒不詳，為姜公輔之弟，才華出眾。《大越史記全書》記載：「第姜公輔亦舉進士，終比部侍朗。」〔註 143〕《安南志略》（卷 15）亦有同樣記載：「姜公復，公輔弟也。終比部郎中。」〔註 144〕而《全唐文》（卷 622）則載：「公復，天水人，徙居九真，官

〔註 139〕〔越〕吳士連撰：《大越史記全書》（第一冊），孫曉主編（標點校勘），重慶：西南師範大學出版社；北京：人民出版社，2015 年，第 100頁。

〔註 140〕歐陽修、宋祁撰：《新唐書》，北京：中華書局，2000 年，第 3778～3779 頁。

〔註 141〕李體圍：《姜公輔》，刊載於莫乃群主編：《廣西歷史人物傳》，廣西：廣西地方史志研究組編印，1985 年，第 7 頁。

〔註 142〕參閱李體圍《姜公輔》一文，刊載於莫乃群主編：《廣西歷史人物傳》，廣西：廣西地方史志研究組編印，1985 年，第 8～9 頁。

〔註 143〕〔越〕吳士連撰：《大越史記全書》（第一冊），孫曉主編（標點校勘），重慶：西南師範大學出版社；北京：人民出版社，2015 年，第 101 頁。

〔註 144〕〔越〕黎崱著：《安南志略》，武尚清點校，北京：中華書局 2000 年版，第 349 頁。

比部郎中。」〔註145〕公復所撰文章作品，至今幾乎無存，《全唐文》
僅收錄《對賓部試射判》一文〔註146〕。

　　廖有方（約西元773年～？），字游卿，後以字為名，交州人。早
年認真讀書，諳熟許多漢詩文經典。兩次參加科考，第一次於唐憲宗元
和十年（815年）應考落第西遊去蜀；第二次於元和十一年（816年）
又應考，則登進士第。曾為朝廷校書郎、京兆府雲陽縣令等官職。〔註
147〕廖有方作為交趾一帶頗有名望者，現存墓銘所記載的「由是仍振文
筆，聞口交趾。」〔註148〕他曾有與柳宗元（773年～819年）、韓愈（768
年～824年）等的不少唐代傑出詩人的交好關係。有方所作詩文散佚殆
盡，傳至今日僅有一首《題旅櫬》〔並記〕（一本題作《葬寶雞逆旅士人
銘詩》），收錄於《全唐詩》〔註149〕。

　　杜英策（西元8世紀），生卒不詳，曾為安南招討副使；才高富學，
詩文創作不少。從《蠻書・南蠻條教第九》記載而知：「臣竊知故安南
前節度使趙昌，相繼三十年，緝理交趾，至今遺愛，布在耆老。至境內
無事。其時以都押衙杜英策為招討副使，入院判案，每月料錢供給七十
貫。以寄客張舟為經略判官、已後舉張舟為都護。」〔註150〕可惜，其
所撰漢詩文作品至今均已亡佚。

　　黃知新（西元9世紀），生卒不詳，安南人；是位修養較高的文人。

---

〔註145〕董誥等編：《全唐文》（第七冊），北京：中華書局，1983年，第661頁。
〔註146〕董誥等編：《全唐文》（第七冊），北京：中華書局，1983年，第661
　　　　頁。
〔註147〕參閱彭定求等編：《全唐詩》（第十五），北京：中華書局，1960年（2015
　　　　年重印），第5550頁；〔越〕黎崱著：《安南志略》，武尚清點校，北
　　　　京：中華書局，2000年，第349頁；計有功撰，王仲鏞校箋：《唐詩
　　　　紀事校箋》（下），成都：巴蜀書社，1989年，第1338頁，等諸書。
〔註148〕見《唐故京兆府雲陽縣令廖君墓銘》，刊載於胡可先：《新出土唐代詩
　　　　人廖有方墓誌考論》，《中山大學學報（社會科學版）》，2009年第5
　　　　期，第37頁。
〔註149〕見彭定求等編：《全唐詩》（第十五），北京：中華書局，1960年（2015
　　　　年重印），第5550頁。
〔註150〕樊綽、向達撰：《蠻書校注》，北京：中華書局，1962年，第227頁。

他曾至長安曲江池，觀覽唐朝風景名勝古蹟之地。關於黃知新，至今能考察到的歷史資料極少，流傳的越中文獻資料中幾乎都不錄其名，僅能從唐代賈島《送黃知新歸安南》一詩知道一些他的事蹟片段。

在這個時期，除以上作品作者之外，還有一些從碑記和銅鐘上收集到的作品（碑文、銘文），例如《大隋九真郡寶安道場之碑文》（碑文多字被殘損）。立碑於隋大業十四年（西元 618 年）在今越南清化省東山縣東明鄉。碑銘的作者是元仁器，越籍華人，檢校交趾郡，建舉碑銘由使君黎作造；刻在青梅社鐘上的一首叩鐘偈，其鑄造於唐朝貞元十四年（西元 798）。它是由越南河西聖青威縣青梅社居民出土於 1986 的一枚銅鐘。鴻鐘上刻有 1542 個漢字，其中有一首偈（銘）和 212 位「社主」、「施主」之名字。〔註 151〕盼望研究界繼續探索、考究、發掘，解碼尚未核實的一些漢詩文作品，發掘埋在某處的漢文墓碑、銅鐘。

## 二、南北文人之交往

東漢初期（西元 25 年～西元 88 年）是中原內部相當穩定的時期。其時在交趾的東漢郡守已有錫光，在九真則有任延，後來蘇定接替錫光為交趾太守。這一時期，有不少中原商人到交趾地區進行貿易，也有不少中原的貴族、地主、士夫等來交趾地區定居立業。東漢後期，尤其是漢靈帝崩殂後，中原內部變亂，而此時期的交州地區在士燮治理下，社會穩定。因傳教、避亂、商貿或流放等原因，有大量中原地區的士人及民眾遷徙至交趾，其中有不少有名者，如許慈、許婧、樞曄、程秉、劉巴、劉熙等人。〔註 152〕南朝時期，南天竺（印度）人毗尼多流支前來中國從禪宗三祖僧璨參學，後往安南傳法，創立第一禪派。這些人通過各種形式，或口頭或身教，將中國文化傳授給了安南信徒民眾。

---

〔註 151〕 參閱〔越〕陳義：《10 世紀前越南人漢文作品輯考》，河內：世界出版社，2000 年，第 266～326 頁。

〔註 152〕 參閱張金蓮：《六世紀前的交趾與內地交通》，《學術探索》，2005 年第 01 期，第 112 頁；亦見于在照：《越南文學與中國文學之比較研究》，廣州：世界圖書出版廣東有限公司，2014 年，第 252 頁。

安南民眾目睹了北南僧侶向印度西竺請經、求法的風潮。在北方，許多去西竺求法的僧人，一般皆從海路出發，大約經安南停腳休整。〔註153〕在上路西遊前的這段停留時間中，他們與當地僧侶及信徒之間必然有所交往互動。《大唐西域求法高僧傳》載有明遠法師、僧伽跋摩師、曇閏法師、慧命禪師、智弘律師、無行禪師等六位中原僧人。此書亦載有運期法師、木叉提婆師、窺沖法師、交州慧琰師、愛州智行法師、愛州大乘燈禪師等六位交州僧人。〔註154〕唐代各個方面均發達到了頂峰，東南亞地區乃至世界各國皆大為驚歎和欽佩。其中最偉大的成就之一正是唐詩，這個時期出現了許多有才華的詩人，其創作和名聲馳名中外。其中有不少優秀詩人到過安南地區，如杜審言、沈佺期、裴夷直等詩人，有的被派遣安南任職，如王福疇〔註155〕、裴泰、王玉才、馬聰等官吏，也有的來傳道或交遊，例如無言通、雲卿上人等僧人。〔註156〕

另一個重要而值得注意的是，在這段時間裏，我們還見證了不少當時安南文人曾來往過中原交流，亦被中國皇帝邀請進入皇宮講解佛經典，以定法師和惟鑒法師即為代表。此外，這一期期可看到在安南的土地上還有不少有名的僧士和名士，諸如無礙上人、廣宣上人、感誠禪師、黃知新、姜公輔、姜公復、廖有方等等，其中大多數都是僧人。這不僅說明北屬越南佛教的情況非常繁盛，而且還表明南北文人之間的交流活動非常活躍和頻繁。這同時也表明，當時交趾知識份子的文化

〔註153〕「交趾地位的這種優勢仍在三國兩晉南北朝時期存在著，《舊唐書》卷41曰：『自漢武已來貢獻，必由交趾之道』」（見張金蓮：《六世紀前的交趾與內地交通》，《學術探索》，2005年第01期，第113頁）。

〔註154〕義淨著，王邦維校注：《大唐西域求法高僧傳校注》，北京：中華書局，1988年版，第67～181頁。

〔註155〕王勃的父親。王勃（約650年～約676年）被命名為「初唐四傑「之一。他與楊炯（約650年～約693年）、盧照鄰（約630年～約698年）、駱賓王（約638～684）並稱為「王楊盧駱」。

〔註156〕裴泰、王玉才、雲卿上人等人見於黃國安：《唐代中原與越南文人的友好往來詩》，《印度支那》，1986年第2期，第31～34頁。

水準相當高了。可以說這正是安南文人與北方文人之間的互相交流、互通學問的時期，他們在互相往來中寫下了不少瑰麗的詩篇。為了對當時雙地文人之間的交好關係有具體的看法，筆者將從現存的文獻中，順次援引並闡發之。以下是幾個代表例子：

無礙與沈佺期：沈佺期（約西元 656 年～約 714 年），字雲卿，相州內黃（今屬河南）人；是繼初唐末期「四傑」之後的著名詩人。唐高宗上元二年（675 年）與宋之問同登進士第，亦與宋之問齊名，時人稱「沈宋」。他曾在朝中任協律郎、給事中等職。中宗神龍二元（705）因張昌宗、張易兄弟之事敗而被流放驩州（今越南中部義安省榮市）。在寄寓安南的時期中，沈佺期所寫詩作有約十三首〔註 157〕，《九真山淨居寺謁無礙上人》是其中之一。詩云：

> 大士生天竺，分身化日南〔註 158〕。人中出煩惱，山下即伽藍。
>
> 小澗香為剎，危峰石作龕。候禪青鴿乳，窺講白猿參。
> 藤愛雲間壁，花憐石下潭。泉行幽供好，林掛浴衣堪。
> 弟子哀無識，醫王惜未談。機疑聞不二，蒙昧即朝三。
> 欲究因緣理，聊寬放棄慚。超然虎溪夕，雙樹下虛嵐。

〔註 159〕

---

〔註 157〕　《初達驩州二首》、《驩州南亭夜望》、《題椰子樹》、《度安海入龍編》、《旅寓安南》、《嶺表逢寒食》、《從驩州廨宅移住山間水亭贈蘇使君》、《三日獨坐驩州思憶舊遊》、《從崇山向越常》、《答魑魅代書寄家人》、《紹隆寺並序》、《九真山淨居寺謁無礙上人》等諸詩（見彭定求等編：《全唐詩》（第四冊），北京：中華書局，1960 年〔2015 年重印〕，第 1029～1055 頁）。

〔註 158〕　「郡名。古越裳國地。秦為象郡。漢武帝元鼎六年置日南郡，治朱吾縣（今越南廣平省洞海市南）。東漢移治西卷縣（今越南廣治省東河市）。轄境在今越南中部地帶。三國吳分日南置九德郡，隋改為驩州。」（見何九盈、王寧、董琨主編，商務印書館編輯部編：《辭源》（第三版　上冊），北京：商務印書館，2015 年，第 1838 頁）。

〔註 159〕　彭定求等編：《全唐詩》（第四冊），北京：中華書局，1960 年（2015 年重印），第 1047～1048 頁。

從這首詩的標題，揭示出沈佺期曾赴安南九真山淨居寺拜訪無礙上人，亦曾聽過無礙上人宣講佛教因緣之道理：「弟子哀無識，醫王惜未談。機疑聞不二，蒙昧即朝三。」其理已經影響了一個被貶謫流放的詩人靈魂，使詩人開悟，皈依無礙上人。這裏的「朝三」應是歸向三寶（佛法僧）的意思？另一個值得注意的是，從「超然虎溪夕，雙樹下虛嵐」這兩句尾詩尚表明詩人曾多次往返拜謁無礙上人，尤其詩中還提到了「引人入勝」的「虎溪」典籍。佛門傳說，東晉法師慧遠曾駐廬山下的東林寺中，在此餘三十年中，他為了表示決心修行而立一條誓願：影不出戶，跡不入俗，送客無貴賤，不過虎溪橋，常以寺前的虎溪為界。然而，有一次，住在栗里的儒生陶淵明和道士陸修靜不約而同來拜法師慧遠，三人相談投機。夜幕臨近，慧遠依依惜別送兩位出寺，說話間不覺過了虎溪幾百步，溪下老虎一聲巨吼，三人大笑而別，從此留下了這段佳話。這個故事可能只是釋、儒、道（慧、陶、陸）之間的會通虛構傳奇，而不是真有其事，因為慧遠（334 年～416 年）和陸修靜（406年～477 年）並不是同時代的人。但是借用此典故，沈佺期欲表明他對無礙上人的崇拜和敬重，他們之間情投意合，交往非常美好。從這首詩中，我們可以知道一位中原傑出詩人寄寓安南，並皈依一位安南禪師。

　　此外，筆者尚需補充這首詩在越南被引用的文本情況。西元 17 世紀，在《見聞小錄》中，黎貴惇將此首詩抄錄為《九真山淨寺謁無礙上人》。與《全唐詩》對照，可發現撰者少抄了二處〔註160〕。一是其標題少抄了一個「居」字。此後許多越南學者誤會該寺名和地名，將之譯成「山淨寺」〔註161〕。其實，寺名原是「淨居寺」而不是「山淨寺」，該寺位於「九真山」（這座山今屬於越南清華省）；二是這首詩中少抄了「機疑聞不二，蒙昧即朝三。欲究因緣理，聊寬放棄慚」四句。為此需

〔註160〕　參閱〔越〕黎貴惇：《見聞小錄‧禪逸》，越南胡志明市社會科學圖書館藏（影印本，共 610 頁），第 502～503 頁。
〔註161〕　〔越〕黎貴惇著，范仲恬譯注：《見聞小錄》，河內：文化通訊出版社，2007 年，第 450 頁。

要補缺這兩處謬誤，以免繼續訛傳。

定法師與楊巨源：楊巨源（西元 755 年～833 年？），字景山，後改名巨濟，河中（今山西省永濟縣境內）人。唐德宗貞元五年（789）擢進士，官歷秘書郎、太常博士、國子司業等職；是中唐時期的重要詩人。生時曾與中晚唐詩壇的代表詩人白居易、韓愈、元稹、張籍、王建、劉禹錫、賈島、許渾等人唱和交遊。楊巨源詩作現存大約 150 首，題材較為廣泛，酬贈送別詩約有 80 首，其中曾為安南定法師書寫題贈兩首〔註 162〕，此處僅將《供奉定法師歸安南》這一首代表作舉例：

> 故鄉南越外，萬里白雲峰。經論辭天去，香花入海逢。
>
> 鷺濤清梵徹，蜃閣化城重。心到長安陌，交州後夜鐘。

〔註 163〕

關於定法師的生平事蹟，現存《禪苑集英》、《安南志略》等越南古籍，以及《舊唐書》、《新唐書》等中國書籍文獻中皆無記錄。然而，從這首詩，可知他是一位有學問的文人，曾來往唐代京都長安為皇帝講解「經論」，詩中云「經論辭天去」就說明了這一點。在講經留居長安期間，他接觸了許多中原名士，交遊也較為廣泛，結識了中唐時期的著名詩人楊巨源。當他即將辭別「天朝」歸安南時，楊巨源為他送別，寫了一道題為《供奉定法師歸安南》的詩。詩人想像定法師一路上回歸將遇到迷人的景色：「鷺濤清梵徹，蜃閣化城重。」這兩句詩令人聯想到一幅有趣的畫面，古代往返越華是需要經過海陸旅程的。海上坐船，就能看到漫無邊際大海風光，甚至是眼前鷺鷥展翅高飛，望遠海市蜃樓，真是美麗而浪漫的一幅畫面。

這首詩在越南最早被學識淵博的學者黎貴惇收錄於《見聞小錄》〔註 164〕，後流傳的文字有所差異。許多越南學者將《供奉定法師歸安

---

〔註 162〕 《供奉定法師歸安南》和《送定法師歸蜀法師即紅樓院供奉廣宣上人兄》。

〔註 163〕 彭定求等編：《全唐詩》（第十冊），北京：中華書局，1960 年（2015年重印），第 3722 頁。

〔註 164〕 見〔越〕黎貴惇：《見聞小錄·禪逸》，越南胡志明市社會科學圖書館

南》標題誤抄或誤譯，如阮登熟（Nguyễn Đăng Thục, 1909～1999）誤抄為「楊巨源贈奉定法師歸安南」、密體（Mật Thể, 1913～1961）誤抄為「送奉定法師歸安南」、阮郎（Nguyễn Lang, 1926～）誤譯為《Tống Phụng Đình Pháp sư An Nam》（送奉廷法師歸安南）。另外，在《Tiễn nhà sư Việt Nam trong một bài thơ Đường》（《在唐詩中送行越南僧人》）〔註165〕一文中，胡士協（Hồ Sĩ Hiệp, 1944～）誤抄為《Tống Phụng Đình Pháp sư An Nam》（送奉廷法師歸安南），可能胡先生是從阮郎《越南佛教史論》抄來的。中國學者于在照先生亦稱此位為「奉定法師」〔註166〕。於此看來，把法師的名字叫作「奉定」或「奉廷」，是對標題「奉」字的誤解。事實上，沒有越南法師的名字叫作「奉定」或「奉廷」，只有一位法師法字叫作「定」罷了，這位法師曾任「供奉」職務。〔註167〕

惟鑒、黃知新與賈島：賈島（西元 779 年～847 年），字朗仙（亦作閬仙），范陽（今屬北京）人，中唐後期詩人。早年曾為僧，法名無

---

藏（影印本，共 610 頁），第 503 頁。

〔註165〕〔越〕胡士協：《在唐詩中送行越南僧人》，《覺悟月刊》，第 229 期，2015 年 4 月（Hồ Sỹ Hiệp (2015.4), "Nguyệt san Giác Ngộ", số 229）。

〔註166〕見于在照：《越南文學史》，廣州：世界圖書出版廣東有限，2014 年，第 10 頁；亦見于在照：《越南文學與中國文學之比較研究》，廣州：世界圖書出版廣東有限，2014 年，第 252 頁。

〔註167〕除此詩之外，楊巨源尚寫一首題為《送定法師歸蜀法師即紅樓院供奉廣宣上人兄弟》。就此詩的標題而看，可以斷言只有一位法師名字叫作「定」，而沒有一位叫「奉定」或「奉廷」的法師；且，「供奉」二字，各代皆有不同的含義，但在唐代泛指一個官職。《辭海》載：「在皇帝左右供職者的稱呼。唐初有侍御史內供奉、殿中侍御史內供奉等名；唐玄宗時有翰林供奉，專備宮中應制。宋代東、西頭供奉官為武職階官，內東、西頭供奉官為內侍（宦官）階官，僅用來表示期品級，西頭供奉官為內侍（宦官）階官，僅用來表示期品級，無實際職掌。清代稱南書房行走官員為內廷供奉，也用以稱進入宮廷的演員。」（見夏征農主編：《辭海》，上海：上海辭書出版社，1989 年版，第 269 頁）。在當時唐代管理機構設置中，確實有一個供奉官員，但閱讀這首詩的標題，實在是不易判斷這位是「定」法師還是「奉定」法師。正確翻譯古文的難點在於，這些古詩幾乎都沒有注釋，他們的生平事蹟已散逸，所以這種詩歌基本上很難判斷其具體含義或正確轉語（翻譯）。

本，自號「碣石山人」。《新唐書・韓愈傳》附《賈島傳》載：「賈島初為浮屠，名無本。來東都，時洛陽令禁僧午後不得出，島為詩自傷。韓愈憐之，因教其為文，遂去浮屠，舉進士。」〔註168〕唐文宗（809年～840年）時被排擠，貶任長江（今四川蓬溪縣）主簿，後又任普州（今四川省資陽市安岳縣）司倉參軍。賈島出身寒門，早年入禪門學道，與諸多僧人交遊，其中結交了不少安南僧友，曾有《送安南惟鑒法師》：

> 講經春殿裏，花遶御牀飛。南海幾迴渡（一作過），舊山臨老歸。

> 潮搖蠻草落，月溼島松微。（一作觸風香損印，沾雨磬生衣。）
> 空水既如彼，（一作雲水路迢遞），往來消息稀。〔註169〕

這首詩是賈島贈給安南惟鑒法師的。在長安朝廷宮殿為唐代皇帝講經數年後，當惟鑒將要回歸故鄉安南之時，好友賈島為其寫了一首送別詩，表達兩人之間的深厚感情。此詩在中國至少有《全唐詩》、《唐詩紀事》、《淵鑒類函》、《文苑英華》、《又玄集》等不同的傳本。而越南黎貴惇、阮郎、密體等人選用的皆不是現存的中國版本。從這些版本看，其間一些詞句有不同。如詩中的第五、六、七句，一作「觸風香損印，沾雨磬生衣。雲水路迢遞」〔註170〕。一位安南法師能夠被召入唐朝為君王講經，說明這位法師的造詣深奧，道行圓滿。而在唐代的中越佛教交流中，這樣的人物和場合是時常可見的。

此外，賈島還與安南黃知新的交遊。當黃知新即將歸故鄉之時，賈島寫了題為《送黃知（一作和）新歸安南》的詩，表達他的依依惜別之情：

---

〔註168〕歐陽修、宋祁撰：《新唐書》，北京：中華書局，2000年，第4077～4078頁。

〔註169〕彭定求等編：《全唐詩》（第十七冊），北京：中華書局，1960年（2015年重印），第6638～6639頁。

〔註170〕計有功撰，王仲鏞校箋：《唐詩紀事校箋》（上），成都：巴蜀書社，1989年，第1087頁。

　　池亭沉飲遍，非獨曲江花。地遠路穿海，春歸冬到家。

　　火山難下雪，瘴土不生茶。知決移（一作秋）來計，相逢

期尚賒。〔註171〕

黃知新是誰、來到「曲江」（京都長安）實施什麼任務等問題，則幾乎皆未見越中古籍文獻記載，只知他是一位安南人。然而，他能夠與唐代著稱詩人賈島結識，必然是一位漢詩文水平較高的安南文人。當兩人即將告別，今生今世難以再逢之時，詩人賈島惜別難捨，題贈此詩，珍惜兩人的友好感情。「知決移來計，相逢期尚賒」兩句表明了這一點。

　　日南佚名僧人與張籍：張籍字文昌，蘇州吳郡（今江蘇生蘇州市）人，後移至和州烏江（今安徽省和縣烏江鎮），唐德宗貞元十五年登進士第，曾任太常寺太祝、水部員外郎、國子司業、主客郎中等職，世稱「張水部」、「張司業」；是中唐時期傑出的現實主義詩人。《唐才子傳‧張籍》條載：「籍，字文昌，和洲烏江人也。……公於樂府古風，與王司馬白成機軸，絕世獨立。自李、杜之後，風雅道喪，至元和中，暨元、白歌詩，為海內宗匠，謂之『元和體』，風格稍振，無愧洪河砥柱也。」〔註172〕詩人張籍尊崇仁義道德，人格高尚。在文章事業，樂府詩取得了卓越的成就，其樂府詩與王建齊名，因而世人並稱「張王樂府」。詩人白居易曾讚揚他為「尤工樂府詩，舉代少其倫」，而王安石則稱他為「蘇州司業詩名老，樂府皆言妙如神」。張籍重交遊，經常與同時期名士交遊，諸如白居易、韓愈、孟郊等傑出詩人、以及眾多中外僧人，其中涉及越南的就有廣宣上人、日南佚名僧人等。其交往活動見於《山中（一作上國）贈日南僧》、《送南遷客》、《送南客》等三詩中。以《山中（一作上國）贈日南僧》為代表來看：

---

〔註171〕彭定求等編：《全唐詩》（第十七冊），北京：中華書局，1960 年（2015
　　　　年重印），第 6665 頁。

〔註172〕辛文房著，王大安校訂：《唐才子傳》，哈爾濱：黑龍扛人民出版社，
　　　　1986 年，第 104 頁。

　　獨向雙峰老，松門閉兩崖（一作涯）。翻經上蕉葉，掛衲落藤（一作橙，一作藤）花。礎石新開井，穿林自種茶。時逢海南客，蠻語問誰家。〔註173〕

這首詩是張籍書寫贈給某位日南僧人（不知何名）。詩中表明當詩人張籍一見一位在埋頭苦作編譯佛教經典的禪師，就知道是這位是日南人。詩人很高興和這位禪師結識，但不知道如何開口，因為這位禪師使用的語言是「蠻〔註174〕語」。在當時周邊小國民族皆被視為「蠻民」、「蠻語」，而這位「翻經上蕉葉」的蠻人，可能是將佛典漢文或佛典梵文譯成「蠻語」（安南語言），還是將佛典梵文譯成漢文，這都不影響詩人對這位來自安南高僧的深深敬意。

　　關於文本上，《全唐詩》和《張籍詩集》（由中華書局上海編輯所編輯，1959年）收錄有二處不同。此詩的標題，《全唐詩》原收錄為「山中贈日南僧」，第三句中載為「上蕉葉」，而《張籍詩集》收錄詩的標題為「上國贈日南僧」，第三句載為「依貝葉」。〔註175〕在越南，見《安南志略》載其標題為《獨向山中老》，而在《見聞小錄》則載為「山中贈日南贈僧」（多個「贈」字）。在第六句中載為「麻」（不是「茶」）、第七句載為「辰」（不是「時」，當然這裏的「辰」和「時」都是同一個意思）。〔註176〕

　　廣宣與唐朝中期文人：從現存的文獻看，廣宣在世時曾遨遊四方，經巴蜀，過長安，亦曾和眾多唐代中期名士交遊唱酬贈答詩文，諸如廣宣曾與韋皋交遊。韋皋（西元746年～805年），字城武（亦字武臣），

〔註173〕彭定求等編：《全唐詩》（第十二冊），北京：中華書局，1960年（2015年重印），第4308頁。

〔註174〕「亦稱『南蠻』。我國（中國——筆者注）古代對長江中游及其以南地區少數民族的泛稱。……舊時泛也指四方的少數民族。」（見夏征農主編：《辭海》，上海：上海辭書出版社，1989年版，第2151頁）。

〔註175〕見張籍著，中華書局上海編輯所編輯：《張籍詩集》，北京：中華書局出版，1959年，第18頁。

〔註176〕參閱〔越〕黎貴惇：《見聞小錄·禪逸》，越南胡志明市社會科學圖書館藏（影印本，共610頁），第503～504頁。

京兆萬年（今陝西西安市）人，是中唐德宗時期名將。從劉禹錫的《廣宣上人寄在蜀與韋令公唱和詩卷因以令公手劄答詩示之》，表明廣宣曾「在蜀」與名將韋皋進行詩歌交流唱酬。可惜，其唱和詩詞已散佚無存；曾與章孝標交遊。章孝標（約西元 791 年～873 年），字道正，睦州桐廬（今屬浙江桐廬）人。他有作過一首題為《蜀中贈廣宣上人》的七言律詩，以表彰廣宣之閱世；曾與劉禹錫交遊。劉禹錫（西元 772 年～842 年），字夢得，彭城（今江蘇徐州）人，祖籍洛陽，唐代中晚期詩人，有「詩豪」之稱。現存禹錫的《送慧則法師歸上都因呈廣宣上人》、《廣宣上人寄在蜀與韋令公唱和詩卷因以令公手劄答詩示之》、《宣上人遠寄和禮部王侍郎放榜後詩因而繼和》等三首，表明兩者之間曾有過交往唱酬；與韓愈交遊。韓愈（西元 768 年～824 年），字退之，河陽（今河南省孟州市）人。他自言「郡望昌黎」，故世常稱他為「韓昌黎」、「昌黎先生」。韓愈交遊廣泛，結識了諸多詩友，曾經與與賈島、李賀、盧仝、孟郊、李翱、等等唐代文士交往，其中特別韓愈經常與廣宣上人交往，這可從《廣宣上人頻見過》這首七言古詩中而知；與楊巨源交遊。這從《春雪題興善寺廣宣上人竹院》、《和權相公南園閑涉寄廣宣上人》和《和鄭相公尋宣上人不遇》等三詩中可知；與白居易交遊。白居易（西元 772 年～846 年），字樂天，號香山居士、醉吟先生，下邽（今陝西省渭南縣）人，擅長詩文，精通樂律，是唐代三大詩人之一。其中，杜甫被稱為「詩聖」，李白被稱為「詩仙」，白居易被稱「詩魔」。當時，詩人白居易曾與廣宣上人交遊，從《廣宣上人以應制詩見示因以贈之詔許上人居安國寺紅樓院以詩供奉》、《贈別宣上人》等詩，則能看到他們之間曾有的過往；與李益交遊。李益（西元 748 年～829 年），字君虞，涼州姑臧（今甘肅武威市涼州區）人，中唐邊塞詩的代表著名詩人，是大曆十才子之一。結交了諸多文士，尤其與廣宣有關係密切，兩者之間的交往頻繁。這是從《全唐詩》中收有李益詩 11 首詩而知的，具體有《贈宣大師》、《答廣宣供奉問蘭陵居》、《喜入蘭陵望紫閣峰呈宣上人》、《詣紅樓院尋廣宣不遇留題》、《乞寬禪師瘦山甖呈宣

供奉》、《宣上人病中相尋聯句》、《八月十五夜宣上人獨遊安國寺山庭院步人遲明將至因話昨宵乘興聯句》、《重陽夜集蘭陵居與宣上人聯句》、《與宣供奉攜瘦尊歸杏溪園聯句》、《蘭陵僻居聯句》和《紅樓下聯句》等。

此外，廣宣亦曾與許多其他文士彼此進行詩文交流，這些都從同時文士創作中而知。諸如張籍有《贈廣宣師》一首、鄭絪有《奉酬宣上人九月十五日東亭望月見贈，因懷紫閣舊遊》一首、雍陶有《安國寺贈廣宣上人》詩、曹松有《贈廣宣大師》詩、杜羔有《蘭陵僻居聯句》詩、王涯有《廣宣上人以詩賀放榜和謝》詩、廣宣有《賀王起（一作賀王侍郎典貢放榜）》詩（從該詩知道王起曾與廣宣交往）、元稹有《和王侍郎酬廣宣上人觀放榜後相賀》詩、令狐楚有《廣宣與令狐楚唱和》詩、朱灣有《過宣上人湖上蘭若》詩，等等。

姜公輔與中原文士：姜公輔，中唐時期名臣，有高才。唐大力中（西元 766 年～779 年）應舉登進士第。公輔曾在朝廷中歷任過若干職務，他的社會地位日益提高，進而他的交往關係亦更加擴大，從唐德宗皇帝〔註177〕、賢相陸贄〔註178〕等君臣，到秦系〔註179〕、柳鎮〔註180〕等眾多其他人士，甚至，亦曾與各位僧人有特別的關係，律僧上弘是其中的一個典型個案。他們之間的往來，可見於唐白居易的《唐故撫州景雲寺律大德上弘和尚石塔碑銘（並序）》：「……師諱上弘，姓饒氏。曾

---

〔註177〕 唐德宗曾稱讚姜公輔為「才高有器識」（參閱劉昫等撰，廉湘民等標點：《舊唐書‧姜公輔傳》（卷 138），長春：吉林人民出版社，1995年，第 2410 頁）。

〔註178〕 當姜公輔任翰林學士時，陸贄亦任職於翰林（參閱劉昫等撰，廉湘民等標點：《舊唐書‧姜公輔傳》（卷 138），長春：吉林人民出版社，1995 年，第 2410 頁）。

〔註179〕 「當在貞元後期秦系復至泉州，故得與公輔往還，並為營葬。」（見傅璇琮主編：《唐才子傳校箋》（第三冊），北京：中華書局，年1987年，第 596 頁）。

〔註180〕 其關係見於韓愈《柳子厚墓誌銘》一篇中，引自柳宗元：《柳宗元集‧附錄》（第 4 冊），北京：中華書局，1979 年，第 1434～1436 頁。

祖君雅，祖公悅，父知恭，臨川南城人。童而有知，故生十五歲，發出家心，始從舅氏剃落。壯而有立。生二十五歲，立菩提願，從南嶽大圓律師具戒。樂所由生，故大曆中，不去父母之邦。請隸於本州景雲寺修道。德應無所住，故貞元，離我所，徒居洪州龍興寺說法。親近善知識，故與匡山法真、天台靈裕、荊門法裔、暨興果神湊、建昌惠進五長老交遊。佛法屬王臣，故與姜相國公輔、太師顏真卿，暨本道廉使楊君憑、韋君丹四君子友善……」〔註181〕

　　廖有方與柳宗元：柳宗元（西元 773 年～819 年），字子厚，河東（今山西省永濟市）人，唐代傑出的文學家。他「二十一歲中進士，二十六歲登博學宏詞科，授集賢殿書院正字，後又任藍田尉、監察御史裏行。貞元二十一年（西元 805 年），與劉禹錫等一起參加主張政治革新的王叔文集團，升任禮部員外郎。不久，革新失敗，被貶為永州（今湖南零陵縣）司馬。十年後，改貶為柳州（今廣西柳州）刺史。又四年，病逝於柳州。」〔註182〕在被貶的那段時間裏，他曾與交州廖有方交遊。當時廖有方是一位才華的年輕人，交遊廣泛，義舉高尚，又中進士。在廖有方的墓誌上尚載：「逮弱冠，始事宗人廖從正於口口，口習通經傳，後有談於廉郡者，遂館於郡學，由是仍振文筆，聞口交趾。次遊太學，知文戰可必，故南啟二親，盡室而北。」〔註183〕

　　從墓碑上的消息看，沒有具體提及廖有方與柳宗元如何進行交流，僅表明，在中進士之前，他曾周遊四方，交遊廣泛，學問高深。在此時間，曾與諸多當時著名文人互相來往，與柳宗元交好。柳宗元《送詩人廖有方序》一篇中，曾對廖方評價很高：「……今廖生剛健重厚，孝悌信讓，以質乎中而文乎外。為唐詩有大雅之道，夫固鍾於陽德者耶？是

---

〔註181〕白居易：《白居易集》（卷 41），北京：中華書局，1979 年，第 913～914 頁。

〔註182〕柳宗元：《柳宗元集》（第 1 冊），北京：中華書局，1979 年，第 1 頁。

〔註183〕張安興：《詩人、義士、交趾人廖有方──從一方新出土唐墓誌說起》，《碑林集刊》，第 00 期，2007 年，第 64 頁。

世之所罕也。……」〔註184〕而在《答貢士廖有方論文書》另一篇文章又不吝讚賞廖有方的高潔骨格、遠見卓識，文章中寫道：「三日宗元白：自得秀才書，知欲僕為序。然吾為文，非苟然易也。於秀才，則吾不敢愛。吾在京都時，好以文寵後輩，後輩由吾文知名者，亦為不少焉。自遭斥逐禁錮，益為輕薄小兒嘩囂，群朋增飾無狀，當途人卒謂僕垢汙重厚，舉將去而遠之。今不自料而序秀才，秀才無乃未得向時之益，而受後事之累，吾是以懼。潔然盛服而與負塗者處，而又何賴焉？然觀秀才勤懇，意甚久遠，不為頃刻私利，欲以就文雅，則吾曷敢以讓？當為秀才言之。然而無顯出於今之世，視不為流俗所扇動者，乃以示之。既無以累秀才，亦不增僕之詬罵也，計無宜於此。若果能是，則吾之荒言出矣。宗元白。」〔註185〕

　　除以上個案外，尚有不少其他中原地區文人因各種原因而來安南地區寄寓。反之，也有不少安南地區文人赴中原出使、商貿、遊歷。在中越詩人文士相會之時，表達彼此之間的真誠友誼，進行漢詩文創作交流，諸如漢詩唱和、題贈等，構成了中越漢文學交流史上的華彩樂章。

## 三、唐朝文人視野中的安南形象

　　《安南志略・總序》載：「安南自古交通中國。二顓頊時，北至幽陵，南至交趾。」〔註186〕然而從地理看來，自從中華中原大地到安南地區的距離是遙遠的，往來交通極為艱苦甚多危險，靠海陸兩途交接而來往。對那些被貶謫到嶺南唐朝官員文人，當然會對安南蠻瘴之地產生恐懼觀感。比如，初唐沈佺期受株連被被流放至驩州（今越南北部義靜境內）。這次貶謫對沈佺期來說實在是可怕的人生經歷。因為在那

---

〔註184〕柳宗元著，曹明綱標點：《柳宗元全集》，上海：上海古籍出版社出版，1997 年，第 207 頁。

〔註185〕柳宗元著，曹明綱標點：《柳宗元全集》，上海：上海古籍出版社出版，1997 年，第 281 頁。

〔註186〕〔越〕黎崱著：《安南志略》，武尚清點校，北京：中華書局 2000 年版，第 12 頁。

兒的一切都很生疏，而且路途遙遠。剛到驩州，詩人就寫了兩首同題之詩，抒發背井離鄉的悲情。一首題為《初達驩州》，詩云：

> 流子一十八，命予偏不偶。配遠天遂窮，到遲日最後。
>
> 水行儋耳國，陸行雕題藪。魂魄遊鬼門，骸骨遺鯨口。
>
> 夜則忍饑臥，朝則抱病走。搔首向南荒，拭淚看北斗。
>
> 何年赦書來，重飲洛陽酒。〔註187〕

另一首題為《初達驩州》，詩云：

> 自昔聞銅柱，行來向一年。不知林邑地，猶隔道明天。
>
> 雨露何時及？京華若個邊？思君無限淚，堪作日南泉。

〔註188〕

此兩首詩揭示出，從中原到驩州的距離是何其遙遠，同時亦描繪了被貶謫者的饑困、疾病境遇；以前的美好想像完全被艱苦的現實剝奪了，詩人唯一盼望的就是有一天能擺脫流放困境，早日返回故鄉與親人團聚。幸運的是，當放逐到安南地區之後，詩人寄寓地附近有一座紹隆寺，在那裡適逢一位得道高僧，其後便逐漸心平氣和了。詩人在《紹隆寺》詩中透露此意，詩云：

> 吾從釋迦久，無上師涅槃。探道三十載，得道天南端。
>
> 非勝適殊方，起喧歸理難。放棄乃良緣，世慮不曾干。
>
> 香界縈北渚，花龕隱南巒。危昂階下石，演漾窗中瀾。
>
> 雲蓋看木秀，天空見藤盤。處俗勒（一作勤）宴坐，居貧
>
> 業行壇。
>
> 試將有漏軀，聊作無生觀。了然究諸品，彌覺靜者安。

〔註189〕

---

〔註187〕彭定求等編：《全唐詩》（第三冊），北京：中華書局，1960年（2015年重印），第1024～1025頁。

〔註188〕彭定求等編：《全唐詩》（第四冊），北京：中華書局，1960年（2015年重印），第1038頁。

〔註189〕彭定求等編：《全唐詩》（第三冊），北京：中華書局，1960年（2015年重印），第1024頁。

依據詩人的摹寫，這處寺廟很美麗。其位於南邊的一個山坡上，面對著一處河流淺灘。寺前是氣勢高昂的石頭臺階，山下河水流動不息，隔著窗戶就能望到水波激灩。山崖上樹木茂盛，寺廟裏的人和景平和安寧，給詩人心底留下了深刻的美好感悟。詩人從此有了人生放下便心安的感悟，在一定程度上超脫了被遠謫流放的悲慘現實。

有一次，沈佺期由安海（今廣西東興）渡海至（越南）海防入（河內）龍編。途中詩人發現嶺南氣候的奇異，寒冷較為少見，而日月星位置又不正（與中原相比較而言），村舍則切近，又有美味食菜。在《度安海入龍編》詩中，沈佺期詳細描寫了所見所想：

> 我來交趾郡，南與貫胸連。四氣分寒少，三光置日偏。
> 尉佗曾馭國，翁仲久遊泉。邑屋遺甿在，魚鹽舊產傳。
> 越人遙捧翟，漢將下看鳶。北斗崇山掛，南風漲海牽。
> 別離頻破月，容鬢驟催年。昆弟推由命，妻孥割付緣。
> 夢來魂尚擾，愁委疾空纏。虛道崩城淚，明心不應天。

〔註190〕

寄寓安南後，詩人想念親人和故鄉，更覺得孤苦伶仃，他在《嶺表逢寒食（驩州風土不作寒食）》詩中抒發自己的感懷：

> 嶺外無（一本作逢，誤）寒食，春來不見餳。洛陽（一作中）
> 新甲子，何日是清明？花柳爭朝發，軒車滿路迎。帝鄉遙可
> 念，腸斷報親情。〔註191〕

這首詩描寫了安南驩州的風俗人情。在南方地區，詩人親眼看到這裏

---

〔註190〕彭定求等編：《全唐詩》（第四冊），北京：中華書局，1960 年（2015年重印），第 1052 頁；而黎崱《安南志略》載有不同之處：「唐沈佺期，有渡海詩：嘗聞交趾郡，南與貫胷連，四氣分寒少，三光置日偏；越人遙捧翟，漢將下飛鳶，北斗崇山掛，南風漲海牽：別離頻改月，容鬢驟催年，虛道崩城淚，明心不應天。打水七十托，用坤未針，取占筆羅山，是廣南港口。」

〔註191〕彭定求等編：《全唐詩》（第四冊），北京：中華書局，1960 年（2015年重印），第 1038 頁。

的居民不過寒食節，沒有清明掃墓等節日活動，春節也沒見到餳粥，柳樹花沒有盛開，軒車也沒有絡繹，這些習俗場景與中原相比，都不一樣，令人感到新奇。然而，在這裏的一些植物很特殊，比如椰子樹，是一種產於熱帶的果實。這種樹的特性是常綠喬木。見到這種熱帶植物，啟發了來自中原詩人的百感交集，令他聯想翩翩，感悟許多。其《題椰子樹》詩云：

> 日南椰子樹，香嫋出風塵。叢生調（一作雕）木首，圓實檳（一作白）椰身。玉房九霄露，碧葉四時春。不及塗林果，移根隨漢臣。〔註192〕

這首詩描繪了一棵生動的椰子樹——一棵在風塵中倔強地屹立著的輕柔姿態之樹，其不待依賴於任何之處。椰子樹幹是圓形，無枝無蔓，其像檳榔樹，樹幹筆直，高聳入雲，四節常青，從不變色如永恆之春天，令人聯想到一個溫和、獨立而堅強不屈之形象。詩人眼中的椰子樹是一幅美麗的圖畫，象徵著高潔的人格、剛介的品質。其特性在眾多樹木草薈中是少見的。其實，安南不僅有著挺拔美麗的椰子樹，這裏還有著絢麗多姿的特色花卉。一般在北方中原，草木搖落的時候，就應該進入冬天了，而在安南這裏，仍然是草木蔥蔥，生意盎然。詩人對安南植物的新奇感，在一首五言長篇敘事詩《赦到不得歸題江上石》中有著細緻摹繪，其中有一段云：「百卉雜殊怪，昆蟲理賴暌。閉藏元不蟄，搖落反生荑。」〔註193〕後來元代使者陳孚在《安南即事》中亦曾對安南植物有過類似的描寫：「短短桑苗圃，叢叢竹刺衢。牛蕉垂似劍，龍荔綴如珠。」（自注：芭蕉極大者，冬不凋，中抽一幹，節節有花。花重則幹為所墜。結實下垂，一穗數十枚，長數寸，如肥皂、去皮，軟爛如綠柿，極甘冷，一名牛蕉。龍荔實如小荔枝，味如龍眼，木與葉亦相似。

〔註192〕彭定求等編：《全唐詩》（第四冊），北京：中華書局，1960年（2015年重印），第1039頁。

〔註193〕彭定求等編：《全唐詩》（第四冊），北京：中華書局，1960年（2015年重印），第1051頁。

二果，古名奇果。有波羅蜜，大如瓠，膚礑砢如佛髻，味絕甘，人面子肉甘酸，核兩目口鼻皆具。又有椰子、盧都子、餘甘子，皆珍味可食。）〔註194〕此外，沈佺期還寫了大量有關囚徒情緒以及安南氣候景物的五言律詩，諸如：《從崇山向越常》、《驩州南亭夜望》、《從驩州廊毛移住山間水亭贈蘇使君》，等等。

關於描述安南土地風景，從現存的文獻看來，流寓安南的有不少重要的詩人，其中值得注意的是初唐詩人杜審言。杜審言（西元648年～708年），杜甫祖父，字必簡，襄州襄陽（今湖北生襄陽市）人，唐高宗咸享元年（670年）登進士第，曾任隰城（今山西隰縣）尉、洛陽丞、修文館直學士等職。《舊唐書·杜審言傳》載他「雅善五言詩，工書翰，有能名"，是「初唐五言律第一」。少與李嶠（644年～713年）、崔融（653年～706年）、蘇味道（648年～705年）齊名，世並稱「文章四友」〔註195〕。唐中宗神龍元年（705年）時，武則天內寵張易之兄弟被殺，杜審言受株連被流放峰州（今越南河內境內）。在寄寓安南期間，杜審言寫了一道題為《旅寓安南》的五言律詩云：

> 交趾殊風候，寒遲暖復催。仲冬山果熟，正月野花開。
>
> 積雨生昏霧，輕霜下震雷。故鄉逾萬里，客思倍從來。
>
> 〔註196〕

流放至殊方異域之後，詩人對安南的新奇「風候」感到驚奇，這與詩人曾在北方中原所見景觀顯然不同。冷季來得遲而歷時短，溫暖季節來得早而又持久；在冬季的正月，山嶺野花盛開，二月果實開始黃熟；滿山偏野盛開著黃色、紅色、紫色、白色的野花。這些溫暖、樸素而嬌豔的花卉形象，標誌著安南氣候的溫潤和舒服。當然，這首詩並不僅僅描繪

---

〔註194〕顧嗣立編：《元詩選》（二集　上），北京：中華書局，1987年，第247頁。

〔註195〕見傅璇琮主編：《唐才子傳校箋》（第一冊），北京：中華書局，1987年，第74頁。

〔註196〕彭定求等編：《全唐詩》（第三冊），北京：中華書局，1960年（2015重印），第734頁。

了安南的物候景象，而是透過景觀描寫發抒了詩人內心的夢想和衷情。這就使得這首詩成為初唐近體詩中最具代表性的詩歌之一。在奠定唐詩的律詩格律方面，杜審言做出了很大的貢獻，被公認為是「唐代近體詩的奠基人之一」，而其中安南生活經歷所產生的作用，實在是不可小覷。

　　除了美麗的風景、溫和的氣候以及豐茂的樹木之外，安南的民眾是如何生活呢？從張籍詩中可以得知一些消息，以《送南客》和《送南遷客》兩首五言詩為例看：

　　　　去去遠遷客，瘴中衰病身。青山無限路，白首不歸人。
　　　　海國戰騎象，蠻州市用銀。一家分幾處，誰見日南春。

《送南遷客》〔註197〕

　　　　行路雨修修，青山盡海頭。天涯人去遠（一作老），嶺北
　　　　水空（一作回，一作南）流。夜市連銅柱，巢居屬象州。來時舊
　　　　相識，誰向（一作問）日南（一作邊）遊。

《送南客》〔註198〕

兩首詩開頭顯示出南方安南和北方天朝之間的地理距離，邈若山河、千里迢迢。其實，這並不是張籍第一次提到，不少唐代詩人之前就已提到過。諸如沈佺期的「自昔聞銅柱，行來向一年」（《初達驩州》）、楊巨源的「故鄉南越外，萬里白雲峰」（《供奉定法師歸安南》）、齊己的「天涯即愛州」詩句（《送遷客》）、貫休的「安南五千里」（《送僧之安南》）、熊孺登的「萬里霜臺壓瘴雲」（《寄安南馬中承》）、高駢的「萬里驅兵過海門」（《南征敘懷》）等等。然而，詩中描繪安南民眾的日常生活，也許張籍是最早的。詩人所見的是，在安南已有「夜市」，在買賣方面，則已會使用了「白鑼」（銀錠），有的會挖蓋巢穴以居住（即「巢居」），戰爭時，還會「騎象」作戰，如此等等，甚為奇特。

---

〔註197〕彭定求等編：《全唐詩》（第十二冊），北京：中華書局，1960 年（2015
　　　　重印），第 4304 頁。
〔註198〕彭定求等編：《全唐詩》（第十二冊），北京：中華書局，1960 年（2015
　　　　重印），第 4309 頁。

　　在唐代文人視野中，安南形象還有更為特別的。在《送詩人廖有方序》一文中，中唐文人柳宗元寫道：「交州多南金、珠璣、玳瑁、象犀，其產皆奇怪，至於草木亦殊異。吾嘗怪陽德之炳耀，獨發於紛葩瑰麗，而罕鍾乎人。今廖生剛鍵重厚，孝悌信讓，以質乎中，而文乎外，為唐詩有大雅之道。夫固鍾於陽德者邪？是世之所罕也。今之世，恒人其於紛葩瑰麗，則凡知貴之矣，其亦有貴廖生者耶？果能是，則吾不謂之恒人也，實亦世之所罕也。」〔註199〕這篇序文寫出了安南所產的許多珍奇物產，還有「剛鍵重厚，孝悌信讓，以質乎中」的安南詩人文士，同樣令人尊敬神往。

　　當然，當面對安南邊界隘口的危險地勢時，唐朝詩人更多表露出的是「驚心動魂」、「駭然失色」。就沈佺期而言，這是一個瀰漫著「瘴癘」的可怕之地。其白天黑夜都是瘴氣蒸騰，充滿危險。詩人在五言長篇詩《三日獨坐驩州思憶舊遊》中云：「銅柱威丹徼，朱崖鎮火陬。炎蒸連曉夕，瘴癘滿冬秋。」〔註200〕在《赦到不得歸題江上石》詩中又云：「癘瘴因茲苦，窮愁益復迷。火雲蒸毒霧，陽雨濯陰霓。」〔註201〕那是一幅十分可怕充滿絕望的景象。不止如此，安南的險峻山勢亦充滿著危險，那就是可怕的「所稱老鼠關」和「所稱刺竹關」等。元代使者陳孚在《安南即事》中這樣寫道：「突兀山分臘，汪茫浪注瀘。鼠關林翳密，狼塞潤縈紆。」自注：「下有兵守之，關上兩山相交，僅通馬道。大竹皆圍二尺，上有芒刺。蓋其國控扼要地。」〔註202〕安南人為防備外侵及變故發生，會隨時加緊佈防這些可怕的「關塞」。使臣陳孚

---

〔註199〕柳宗元著，曹明綱標點：《柳宗元全集》，上海：上海古籍出版社出版，1997年，第207頁。

〔註200〕彭定求等編：《全唐詩》（第四冊），北京：中華書局，1960年（2015年重印），第1050頁。

〔註201〕彭定求等編：《全唐詩》（第四冊），北京：中華書局，1960年（2015年重印），第1051頁。

〔註202〕顧嗣立編：《元詩選》（二集　上），北京：中華書局，1987年，第246頁。

亦曾親眼看到安南民眾的倔強勇武的精神，其詩描繪道：「玳簪穿短髮，蠱紐刻頑膚。」自注：「人皆紋身……。又有涅字於胸，曰『義以捐軀，形於報國』。雖有子姓亦然。」〔註203〕這樣的觸目場景，想必給使臣陳孚留下了極為深刻的印象。

## 四、小結

綜上所述，北屬時期的越南漢詩文，最早大約在西元2世紀末，即二徵夫人時期之後，出現了牟子、迦葉摩騰、道嵩、法明、李淼、毗尼多流支、劉熙、虞翻等一系列作者。然而早期的漢詩文創作面貌還是較為漫漶模糊的，需要專家學者通過考辨達成一致看法。即便是如此漫漶模糊，這也是越南文學史的開端，也成為深刻影響爾後越南文學進程的基礎前提，這是應該承認並十分重視的。

直到約於西元6～9世紀，才開始見到了法賢、清辨、無礙、定空、惟鑒、廣宣、感誠、善會、羅貴、雲峯、馮戴智、姜公輔、姜公復、廖有方、杜英策、黃知新等一系列的優秀文人。這個時期的漢詩文創作者數量較之前代有了明顯的增長；這一時期的漢詩文創作面貌已經有了相當顯著的轉變，亦有了才華橫溢的傑出文人。他們一代又一代接連不斷，為充實越南文化、文學的寶庫做出了巨大的貢獻，其中蘊藏著整個安南民族的智慧精華。

特別是在這一時期，能看到不少文人士族從中原大地遷移到了安南區域。他們有的想要逃避戰亂，有的是被貶謫，有的是被派遣而來，有的是因為安南社會穩定而來，有的是來傳道〔註204〕，有的是西遊求法先停留此處，也有的來安南是為了向名僧求知〔註205〕等等。這些人

〔註203〕顧嗣立編：《元詩選》（二集　上），北京：中華書局，1987年，第245～245頁。

〔註204〕毗尼多流支禪師（見〔越〕黎孟撻：《越南佛教文學總集》（第二冊），胡志明：胡志明市出版社，2001年，第824～826頁；無言通禪師（見同上注，第904～905頁）。

〔註205〕原文：「釋善伏。一名等照。姓蔣。常州義興人。生即白首。性知遠

中，有許多才華橫溢的文人和學士。他們的現有為學術交流開闢了廣闊的空間，有助於提高民智水準及豐富了本土文化；當然，也有助於隨後時期越南書面文學的形成和發展。在《中國文學與越南李朝文學之研究》中，越南學者釋德念／胡玄明（Thích Đức Niệm／Hồ Huyền Minh）曾寫道：「時時有不少中國學者、士大夫移居越南，以彼等之才識德望，或受朝廷重用，或得民眾景慕而紛紛從之求學。此等中國之通儒碩學即一面培植人才，一面又廣泛交結越南學者耆宿。此種交流不僅及於當時，亦綿延至後代。中國學者居此天時、地利、人和之境，使其在學術界佔有相當重要之地位，而其影響尤為深遠。」〔註206〕

值得注意的是，透過當時安南文人與中原文人之間的交流（如上所述）已經呈現，那是一種雙向的交流及展開的活動，而不像一些現代研究家所認為的是單向交流的。當年，不少安南文人僧侶受邀，遠赴唐朝都城長安講解經典，與唐朝文士進行詩文交流。大量史料說明，這些安南文士的漢學造詣廣博淵奧，因而受到中原名士敬佩，產生了深厚友情。唐代詩人沈佺期的《九真山靜居寺謁無礙丈人》、賈島的《送安南惟鑒法師》、張籍的《山中贈日南僧》、楊巨源的《供奉定法師歸安南》等諸詩篇，就是當時中越詩文交流活動生動寫照。

---

離。五歲於安國寺兄才法師邊出家。布衣蔬食日誦經卷。目睹七行一聞不忘。貞觀三年。實刺史聞其聰敏追充州學。因爾日聽俗講夕思佛義博士責之。對曰。豈不聞乎。行有餘力所以博觀。如不見信請問前聞。乃試之一無所滯。重為聯類佛教兩用疏通。於是學館傾首。何斯人之若斯也。後逃隱出家。志樂佛法。欲罷不能。忽逢山水。淹留忘返。斯因宿習非近學也。至蘇州流水寺璧法師所。聽四經三論。又往越州敏法師所。周流經教頗涉幽求。至天台超禪師所。示以西方淨土觀行。因爾廣行交桂廣循諸州。遇綜會諸名僧。咨疑請決。」（善伏（唐衡嶽沙門）《續高僧傳》卷二十六──《佛教人物傳》，見於《佛教辭典大全》──佛緣網站：http://www.foyuan.net/ksource/dict.php?nj=1&act=search&keyword=%C9%C6%B7%FC，2018 年 1 月 1 日上網）。

〔註206〕〔越〕釋德念（胡玄明）：《中國文學與越南李朝文學之研究》，大乘精舍印經會，臺北：臺北金剛出版社，1979 年，第 196 頁。

# 第三章　唐詩對李朝漢詩的影響

　　越南李朝漢詩文（1010 年～1225 年）有著 215 年的歷史，被視為越南民族書面詩文史上的第一頁。這一時期，漢文詩成為越南文壇上朝野及外交交流的官方文字。越南李朝文人（包括僧人在內）使用漢字寫作的詩、偈、頌等形式的文學作品簡稱此為「李朝漢詩」（參看本論文第一章第三節「研究範疇」）。關於古籍文獻收集、搜索等的工作，因眾多客觀條件而至今可能仍未完畢，但若僅依現存的資料，尤其是這本《李陳詩文》（第一集，開本 19×27，書厚 638 頁，由越南河內社會科學出版社 1977 年 8 月 20 日出版）揭示，除了在李朝文壇上有一批少量創作隊伍出身儒家（如《南國山河》，相傳其作者是李朝大將李常傑〔註1〕）以及語體文、檄文、詔文等少量作品之外，李朝詩文作品大皆為寺之創作（佛教詩文），其主要部分是「禪詩」。禪詩其實是源於中

---

〔註 1〕依《大越世紀全書》之記載，中外學者大部分均從之援引，說該詩的作者相傳是由李常傑所作的，而黎孟撻則認為這首《神》詩，可能是由僧統法順所作的。因為最少是有三個原因的，第一黎桓（即黎大行，前黎朝開國君主）創業之時，法順（915 年 990 年）為參謀「運籌策略」之人，第二在黎大行朝代之下，外交文書可能皆由法順擬議，第三透過他的《答國王國祚之問》（《國祚》）一首歌，可知法順已有了較為完整的政治思想體系。因而，黎孟撻認為此詩可能是由法順作的。（見〔越〕黎孟撻：《越南佛教歷史——自李南帝至李太宗》（第二冊），胡志明：胡志明市出版社，2001 年，第 485 頁。

華詩歌的一種詩作流派，在藝術方面和主要的主題表現方面，這方面的李朝詩文幾乎皆是仿效唐朝詩歌（古體詩、近體詩），並深受唐朝《壇經》思想乃至其他思想體系的影響。當然，與中華詩歌的體裁相比，李朝詩歌體裁在表達方式和表達手段方面上有一定的改變，也具有自己的特殊性。在越南詩歌發展的歷程中，這種詩體雖被視為是外來的，但它與越南民族詩歌的形式（如詩傳用六八詩體方式來寫、曲吟用雙七六八詩體）大致上都是一樣重要的，都有顯著的地位。它是被吸收和轉化入越南詩歌的第一種中國藝術形式；又成為後期越南詩歌發展的前提。從這個認知出發，筆者在本章中將依次呈現李朝時期的詩文狀況概觀、李朝漢詩稟受唐詩的影響、李朝漢詩中的特殊性等三個要點。

## 第一節　李朝時期的詩文狀況概觀

李朝存在了 215 年，除了在政治、經濟、思想等方面的重要貢獻之外，在文化、詩文等方面上同樣留下了深刻的烙印。作為大越文明的開國王朝，李朝被視為越南民族文化中眾多源脈的開端標誌。在詩文方面，經過 1000 餘年的北屬時期之後，李朝詩文數量雖不是很大（與存在 215 年的王朝不大相稱），但其亦算是一種具有本土特色的現象，是一個在民族獨立的趨勢中逐漸發展的詩歌時期，既確立其基礎，且創造自己的獨特優勢——這些特徵、價值被定名為越南文學的偉大傳統之發端詩文。

這時期的詩文創作隊伍，大部分都是僧人，作品主要為僧人之詩偈（梵語 gatha，世常稱僧詩，亦稱寺詩）。關於佛教之偈，《佛學大詞典》有云：「佛教之詩文稱為偈別；偈即作詩，別為作文之意。」〔註 2〕這些詩偈一般在圓寂前為開示弟子而作，其內容旨為啟發弟子開悟、勸修等。其有四言、五言、六言、七言、甚至雜言等類型，而通常以四

---

〔註 2〕《佛學大辭典》（電子版），見：http://cidian.foyuan.net/%D9%CA/，2017
　　　　年 12 日上網。

句作成。為全面瞭解這一時期的詩文創作狀況，以下將分為三部分：一為李朝時代的社會歷史背景，二為佛教在李朝時代中的地位，三為李朝時期的詩文面貌綜觀，並概括為綜合小結。

## 一、李朝時代的社會歷史背景

天祐四年（西元 907 年），朱全忠（朱溫，852 年～921 年）廢黜唐哀帝（李柷，892 年～908 年），奪取帝位，代唐自稱帝，唐王朝滅亡（618 年～907 年）。在「權力轉交」的階段中，從唐朝至宋朝（960年～1279 年），中國進入了分裂割據時期，史稱「五代十國」，其中出現了五個政權，位於中原地區而依次更替，先後是後樑（907 年～923年）、後唐（923 年～936 年）、後晉（947 年～950 年）、後漢（947 年～950 年）和後周（951 年～960 年）。與之前大一統的王朝相比，五代時期的五個政權實力相對較弱，且其存續時間不長。平均而算，五代十國的每個王朝只存活了 10 年左右。這段較短的時間，難以達到歷代王朝所建立的強大有力的政府和維持國內政治穩定，同時也對鄰近藩屬國也難以緊密管理。在此背景下，本來臣服中華的日本、朝鮮、越南等東北亞地區各國的歷史發生了根本性的變化。

在越南，938 年吳權在白藤江之役取勝，次年初春（939 年）就率軍回到古螺，自稱為王，建都古螺（今越南河內境內）。史載，吳權「非徒有戰勝之功，置百官（文武官），制朝儀，定服定。」〔註3〕並且大力整頓國內政治，決心建立一個新的王國——長期獨立自主的南越王國。然而吳權在位僅六年，至甲辰年（944 年）就因病而逝。其內弟楊三軻施展陰謀僭位之後，安南各地的土豪蜂起，各自稱使軍，當時安南共十二使軍，實行割據，抵抗楊三軻統治，土豪間互相攻伐，南越江山陷入了持續 20 餘年的混亂局面。〔註4〕

---

〔註 3〕〔越〕吳士連撰：《大越史記全書》，孫曉主編（標點校勘），重慶：西南師範大學出版社；北京：人民出版社，2015 年，第 113 頁。

〔註 4〕〔越〕陳仲金：《越南史略》，河內：文化通訊出版社，1999 年，第 89～91 頁。

後來，丁部領（924 年～979 年），大黃華閭洞（今越南寧平省）人，一位出身農民的英雄，前後相繼討平了十二使君割據勢力，統一了南越江山。西元 968 年，丁部領登基，自稱先皇帝，建立丁朝，並確定國號「大瞿越」。西元 979 年，朝廷內部勾心鬥角，丁先皇和他的長子丁璉被隨從杜釋殺死。〔註 5〕十道將軍黎桓，愛州人（今越南河南省），擁戴丁部領的六歲次子丁璿（有書稱丁慧）繼位，自稱「副王」，但執掌大權。當時，中原宋朝廷得知先皇帝被殺死及大瞿越諸大臣篡奪和分裂的消息，派兵南下欲乘亂占取大瞿越國。《大越史記全書》載：「宋太平興國五年。夏六月，宋知邕州太常博士侯仁寶上言於宋帝曰：『安南郡王及其子璉皆被弒，其國垂亡，可因此時，以偏師取之，捨今不圖，恐失機會，請詣闕面陳可取之狀。』令馳驛召之。」〔註 6〕於是，秋七月丁未，宋軍率士卒三萬人南下，「會兵四起，約日來侵。」〔註 7〕在此危急時刻，宋大軍將至邊界而幼王才數歲，國祚面臨傾覆，太后楊雲娥「遣黎桓選勇士拒之。以南冊江人范巨倆為大將軍。方畫策出師，巨倆與諸將軍各被戎服，直入府中，謂眾曰：『夫賞有功，而誅不用命，行師之明法。今主上幼弱，我眾雖竭死力禦外侮，脫有尺寸之功，其誰知之。不如先冊十道為天子，然後出師可也。』軍士聞之，咸呼萬歲。太后見眾心悅服，命以龍袞加桓身。」〔註 8〕981 年黎桓帥越軍奮勇抵抗，終於打敗宋軍，繼而登大位，定都華閭，改國號為黎大行，建立了前黎朝。

1005 年三月，大行皇帝黎桓崩殂於長春殿，分封各地的兒子們爭搶皇位，最後，黎龍鋌奪得皇位。史載，龍鋌（亦名至忠）「帝恣行篡

---

〔註 5〕〔越〕吳士連撰：《大越史記全書》，孫曉主編（標點校勘），重慶：西南師範大學出版社；北京：人民出版社，2015 年，第 123 頁。

〔註 6〕〔越〕吳士連撰：《大越史記全書》，孫曉主編（標點校勘），重慶：西南師範大學出版社；北京：人民出版社，2015 年，第 125 頁。

〔註 7〕〔越〕吳士連撰：《大越史記全書》，孫曉主編（標點校勘），重慶：西南師範大學出版社；北京：人民出版社，2015 年，第 126 頁。

〔註 8〕〔越〕吳士連撰：《大越史記全書》，孫曉主編（標點校勘），重慶：西南師範大學出版社；北京：人民出版社，2015 年，第 126 頁。

弒，逞其淫虐，欲無亡得乎」〔註9〕，「耽淫酒色，發成痔疾」，「臥而視朝也」〔註10〕，人稱「黎臥朝」。1009年，黎龍鋌駕崩後，在朝臣陶甘沐和禪師萬行的動員策劃下，朝廷百官擁戴衛殿前指揮使李公蘊（974年～1028年，北江古法州，今越南北寧省人）登上皇位，史稱李太祖，建立李王朝（1010年～1225年）。即位不後，李太祖作出了一個非常重要的決定，就是從華閭舊都遷都大羅城（今越南河內），並更名為升龍城。新都位於紅河平原的寬闊區域、氣候乾爽、地形便利，居於南越國的經濟政治文化中心位置。李公蘊在《遷都詔》中宣佈：

> 昔商家至盤庚五遷，周室迨成王三徙，豈三代之數君，徇於己私，妄自遷徙。以其圖大宅中，為億萬世子孫之計，上謹天命，下因民志，苟有便輒改，故國祚延長，風俗富阜。而丁、黎二家，乃徇己私，忽天命，罔蹈商周之跡，常安厥邑於茲，致世代弗長，算數短促，百姓耗損，萬物失宜，朕甚痛之，不得不徙。

> 況高王故都大羅城，宅天地區域之中，得龍蟠虎踞之勢，正南北東西之位，便江山向背之宜，其地廣而坦平，厥土高而爽塏。民居蔑昏墊之困，萬物極蕃阜之豐。遍覽越邦，斯為勝地，誠四方輻輳之要會，為萬世京師之上都。朕欲因此地利，以定厥居，卿等如何？〔註11〕

李朝被認為越南封建制度鼎盛的發端王朝，剛贏得了國家獨立，又剛經歷吳、丁、前黎（938年～1009年）等諸朝更替，國內連年動盪，建國頗為艱辛。作為一位為朝廷百官和佛教勢力所竭誠擁戴而掌握了

---

〔註9〕 〔越〕吳士連撰：《大越史記全書》，孫曉主編（標點校勘），重慶：西南師範大學出版社；北京：人民出版社，2015年，第140頁。

〔註10〕 〔越〕吳士連撰：《大越史記全書》，孫曉主編（標點校勘），重慶：西南師範大學出版社；北京：人民出版社，2015年，第143頁。

〔註11〕 〔越〕文學院：《李陳詩文》（第一集），河內：社會科學出版社，1977年，第229頁；亦見〔越〕吳士連撰：《大越史記全書》，孫曉主編（標點校勘），重慶：西南師範大學出版社；北京：人民出版社，2015年，第148頁。

王權的豪傑，李太祖意識到極需建立高度集權的國家制度，即權力集中於王朝，彙集最高權力於一身。值得注意的是，這種集權制度並不完全是中國傳來的儒家模式下的君主集權制度，而是帶有南方民族色彩融匯了佛教思想的一種體制。其行政機構總體上看，仍是建基於唐宋兩朝的中央政治制度模式上，但其功能比中央集權體制簡單，且符合南越治國的具體要求。李朝初年，李太祖將丁、前黎兩朝的十道，改為二十四路（府），設置知府、知州等官職。府下設縣、鄉等各級行政單位。

李太祖重視建設王朝的社會、政治、思想等基礎，施行「親民」政策。李太祖於 1013 年制定賦稅條例，連年為民眾減稅。史載：「大赦天下三年諸稅，孤寡老癃積年欠稅籍者，並蠲除之。」〔註12〕又載：「癸丑四年宋大中祥符六年。春二月，定天下諸稅例：一、潭池田土；二、桑州錢穀；三、山源藩鎮產物；四、關隘譏察鹹鹽；五、蠻獠犀象香料；六、源頭木條花果等類。」〔註13〕故而越南正史中對李太祖的評價甚高，認為「帝（李太祖）應天順人，乘時啟運，寬慈仁恕，密察溫文，有帝之量。」〔註14〕

相傳，在李公蘊三歲之時，其母親懷抱送到古法寺李慶文僧人承作養子，因之方有「李公蘊」之名。年幼之時，曾遊學於六組寺，被萬行禪師撫育。「幼而聰睿，姿表秀異」。三十二年後，被萬行禪師以及諸位朝臣推舉尊為國王。故而李太祖即位後，崇拜佛教。其執政期間，下詔修建和改造了許多寺院，並渡數千人當僧人。史臣吳士連寫道：「李太祖即帝位，甫及二年，宗廟未建，社稷未立，先於天德府創立八寺，又重修諸路寺觀，而度京師千餘人為僧……，百姓太半為僧，

---

〔註12〕〔越〕吳士連撰：《大越史記全書》，孫曉主編（標點校勘），重慶：西南師範大學出版社；北京：人民出版社，2015 年，第 149 頁。

〔註13〕〔越〕吳士連撰：《大越史記全書》，孫曉主編（標點校勘），重慶：西南師範大學出版社；北京：人民出版社，2015 年，第 151 頁。

〔註14〕〔越〕吳士連撰：《大越史記全書》，孫曉主編（標點校勘），重慶：西南師範大學出版社；北京：人民出版社，2015 年，第 147 頁。

國內到處皆寺。」〔註15〕因此，這一時期的寺院儼然成為與鄉村息息相通的社會有機部分。「王地」、「鄉寺」、「佛寺」各自持有崇高權力，也就是說土地是皇帝的，而護養民眾靈魂、規範民眾感情生活，卻是由寺院僧侶掌控的。〔註16〕

　　李朝傳位八世至女帝李昭皇（李天馨，亦稱李佛金）而結束（1225年）。與之前的王朝僅存續數十年相比，李朝存續一共長達 215 年餘（1010 年～1225 年）。期間包括李太祖（1010 年～1028 年，共 19 年）、李太宗（1028 年～1054 年，共 27 年）、李聖宗（1054 年～1072 年，共 17 年）、李仁宗（1072 年～1127 年，共 56 年）、李神宗（1128 年～1138 年，共 10 年）、李英宗（1138 年～1175 年，共 37 年）、李高宗（1176 年～1210 年，共 35 年）、李惠宗（1211 年～1224 年，共 14 年）、李昭皇（1224 年～1225 年，共 1 年）等九世越帝。李朝秉持親民政策和崇拜佛教，多位皇帝信奉佛教，提倡慈悲、博愛理念。在朝廷設立僧官合作體系，有些僧侶法師被封尊為國師稱號。君臣與民眾有往來密切的關係，在逢年過節期間經常接近平民。李聖宗曾對「冒典憲」之人，下詔曰：「吾之愛吾子，亦猶天下父母之愛其子也。百姓無知自冒典憲，吾甚憫焉。應自今以後，罪無輕重，一從寬宥。」〔註17〕又對「囹圄」民眾憐憫云：「朕居深宮之中，禦獸炭，襲狐裘，冷氣猶且如是。況囹圄之中，受縲絏之苦，曲直未分，腹之不充，形之不蓋。一為寒風所逼，豈不死於無辜，朕甚憫之。其令有司發衾席。乃飯日二次給之。」〔註18〕於此可知，李朝君王經常採用佛教的慈悲精神以實行寬容政策。

---

〔註15〕〔越〕吳士連撰：《大越史記全書》，孫曉主編（標點校勘），重慶：西南師範大學出版社；北京：人民出版社，2015 年，第 149 頁。

〔註16〕參閱〔越〕史學院：《李陳時期越南社會探究》，河內：社會科學出版社，1980 年，第 45 頁（Viện sử học (1980), *Tìm hiểu xã hội Việt Nam thời Lý - Trần*, Nxb. Khoa học xã hội, tr.50～57）。

〔註17〕〔越〕文學院：《李陳詩文》（第一集），河內：社會科學出版社，1977 年，第 262 頁。

〔註18〕〔越〕文學院：《李陳詩文》（第一集），河內：社會科學出版社，1977 年，第 261 頁。

　　除了實施親民政策之外，李朝還重視法律，以德治與法治結合，彼此相輔相成。1042 年，李太宗令諸官刪定條例，編成條款，頒佈《刑書》三卷（今已失傳），成為越南歷史上的第一部成文刑書典章。為鞏固和建設統一之國，1054 年李太宗改丁、前黎等諸朝之「大瞿越」國號為「大越」，該國號一直沿用至 19 世紀。1164 年宋朝改交趾郡為安南國，封南國王李英宗為安南國王，這也就是說，宋朝從此正式承認安南國的獨立主權。

　　在經濟貿易領域，李朝的經濟主要靠農業。李代朝廷施行許多重農、勸稼的政策，國王親自「耕籍田」，實行「寓兵於農」的國防之策。除了農業，桑蠶繅絲、絲織、製陶、建築寺廟、製作裝飾、造紙、板印、銅鑄等手工業也得到發展興盛。《大越史記全書》載：「帝（李太宗）既較宮女織成錦綺。是月，詔盡發內府宋國錦綺為衣服，頒賜郡臣，五品以上錦袍，九品以上綺袍，以示不復服御宋國錦綺也。」〔註19〕李朝的商業活動也是相當繁榮和自由的，不僅進行國內各式交易活動，而且還在東亞及南亞各國地區進行貿易活動。1042 年，李太宗下令「鑄明道錢」，以便促進商貿貨幣交換。便於市廛的線路已經出現於各個鄉村市井處。關於對外貿易，《大越史記全書》這樣記載：「已巳十年，宋紹興十九年（1149年）。春二月，瓜哇、路貉、暹羅三國商舶入海東，乞居住販賣，乃於海島等處立莊，名雲屯（今越南廣寧省），買賣寶貨，上進方物。」〔註20〕

　　在文化教育領域，李朝頗為重視。1070 年秋八月，李聖宗「修文廟，塑孔子、周公及四配（顏淵、曾參、子思、孟軻等孔子的四大弟子）像，七十二賢像（孔子的七十二子弟）。」〔註21〕1075 年春二月，李仁宗為「擢賢良有文武才者，命管軍民」，實行「詔選明經博學及

〔註19〕〔越〕吳士連撰：《大越史記全書》，孫曉主編（標點校勘），重慶：西南師範大學出版社；北京：人民出版社，2015 年，第 171 頁。

〔註20〕〔越〕吳士連撰：《大越史記全書》，孫曉主編（標點校勘），重慶：西南師範大學出版社；北京：人民出版社，2015 年，第 226 頁。

〔註21〕〔越〕吳士連撰：《大越史記全書》，孫曉主編（標點校勘），重慶：西南師範大學出版社；北京：人民出版社，2015 年，第 185 頁。

試儒學三場」，〔註22〕這就是越南科舉教育中的一次重要科試。又於1076 年設立國子監，這是越南教育史上的第一所大學。從這裏開始，越南的儒家勢力逐漸形成，其影響力亦逐漸增強。然而，在整個李朝時期，佛教仍然佔有重要地位，統治群眾的精神文化生活和思想體系，其中有比尼多流支、無言通、和草堂等三個主要禪派。故此，這個時期詩歌作品的主力作家，絕大部分都是寺院詩僧。

## 二、佛教在李朝時代中的地位

　　越南位於東南亞印度支那（Indochinan）半島，就地理位置處在亞洲的印度、中華兩個大國之間，長期以來深受兩國古老文明的深刻影響。釋迦牟尼〔註23〕於西元前 535 年〔註24〕在菩提樹下成道之後，佛教思想自古印度遍及至鄰近各國，甚至傳播至全世界，佛教現仍盛行於南方的錫蘭、緬甸、泰國、柬埔寨、老撾等國，以及北方的日本、韓國、中國等國。此外，歐洲、美國等地亦有不少虔誠的信徒和研究）。佛教在傳揚和發展過程中，很早就傳至越南地區，也逐漸滲入越南民族之心，影響安南國之政治體系、社會文化風俗、文學創作等形式，形成了特殊性質的越南佛教。

　　佛教傳入越南之途徑有著不同的說法，近當代學者基本上皆認為應該是經由水、陸兩線而傳來。關於水路（或稱海路），是經由中亞地帶的蒙古、西藏、中國等；而後，再由中國傳迄高麗（今稱之為朝鮮）

〔註22〕　〔越〕吳士連撰：《大越史記全書》，孫曉主編（標點校勘），重慶：西南師範大學出版社；北京：人民出版社，2015 年，第 187～189 頁。

〔註23〕　釋迦牟尼大約於西元前 560 年 4 月 8 日（農曆五月初九），以淨飯王（Suddhodana）為父，摩耶人（māyā）為母，誕生於迦毘羅衛城（Kapilavastu），而入滅於同 480 年 2 月 15 日，世壽 80 歲。他於 16 歲結婚，29 歲出家，經度 6 年苦行的結果，於 35 歲悟道成佛。詳參詳見楊白衣：《印度佛教史略》，引自張曼濤：《印度佛教史論·現代佛教學術叢刊》，臺北：大乘文化出版社，1978 年，第 277 頁。

〔註24〕　見吳仲行：《佛教出現的初期與印度世上兩件大事》，引自張曼濤：《印度佛教史論·現代佛教學術叢刊》，臺北：大乘文化出版社，1978 年，第 50 頁。

和日本。關於旱路（或稱陸路）的，是經由錫蘭島（舊稱錫蘭，今稱之為斯里蘭卡）和瓜哇（Java），而傳入印尼（Indonésie）、東洋、中國等地，而越南就位於東亞佛教傳播的水、陸兩線交匯處。至於佛教於何時傳入越南，中外學者迄今仍是爭論紛呈，未有具體定論。而越南學者密體引出的四說，在學界是引人矚目的：一說，主要集中於十三、四世紀，由越南僧侶所寫的書籍記載：「在中國漢代（大約於 2、3 世紀）有摩羅耆域、康僧會和牟博等北方道士到越南來傳教，有的經由海路而來，有的經由陸路而來。」二說，依據中國《吳志》一書記述：「士燮是東漢末交趾威權太守，得當地人尊敬。出去時，人家往往聽見雲版夾著鼓角聲，胡夷之一群人同奉陪著拈香，車二邊有十個的一隊人。按照 Sylvanin-Levi 考究，此處指的『胡』，乃是（一部分）華人在第三世紀的另一種名稱，特指毛子，有可能是中亞人，或是印度人。」三說，依據曇遷法師（542～607）傳說，隋朝高祖王向法師云：「吾因想念調御的慈悲道，故欲傳播三寶以報恩。雖建立四十九寶塔及一百五十寺……。但今又欲建寺立塔於交州諸處，俾道德潤遍世界，那法師當擇取德行沙門往交州，將正法為其民而弘揚。法師便奏：交州彼方，有道通天竺之途，比吾人近。佛法尚未來江東之時，其處就創立了二十餘所寶剎，度僧五百餘人，譯出一十五卷經了，因在彼方，佛國比吾人近。當時則已有摩羅耆域、康僧會、支置良、牟博等在此傳道……，陛下欲平等地布施，派諸僧前往傳道，但在彼處他們應有盡有了，吾人不需往了。」〔註25〕四說，依據《法務實錄》一書說：「在三世紀，有一名稱

---

〔註25〕 這段原文為：「交州一方道通天竺，佛法初來，江東未被，而贏樓又重創興寶剎二十餘所，度僧五百餘人，譯經一十五卷，以其先之故也，於時則已有丘尼名摩羅耆域、康僧會、支疆良、牟博之屬在焉。今有法得賢上法士，於毘尼多流支傳三祖宗派為菩薩中人，於眾善寺授徒演化會下不減三百餘人與中國無異，陛下是天慈父，欲平等施可獨遺使將逸彼有人焉不須往化。」見於《禪苑集英》中，是附印在〔越〕黎孟捷，《禪苑集英之研究》後面之部分，胡志明：胡志明市出版社，1999 年，第 801 頁（Lê Mạnh Thát (1999), *Nghiên cứu Thiền uyển tập anh*, Nxb. TP Hồ Chí Minh, tr.801）。

為 Kaudra，印度人，是婆羅門（Brahmanes）種族與耆域先生同往交州一次。」〔註26〕

　　密體所提出的以上四說，是他考辨所蒐集到的大量參考資料之後才提出的，其論述較為豐富、準確，結論也大抵可靠。其中，值得注意的是其第三說，根據曇遷法師記敘，在嬴婁中心出現的僧士、寺塔、經典翻譯等現象，說明大約於西元 2 世紀佛教在交州已盛行，進而肯定在 2 世紀末的越南佛教已經出現顯著發展，必然在更早之前已形成，所以不排除在 2 世紀初，佛教就已傳入越南的可能性。

　　由以上蒐集資料，顯示佛教傳播最早是從印度直接傳至越南，但爾後逐漸減少。取而代之的是來自中國的佛教逐漸占據上風，大致由陸路再傳入越南。在西元 5 世紀末，可看到禪宗在交州已開始形成和發展。到西元 6 世紀，即 580 年後的李南帝晚期，Vinītarūci 禪師（漢譯為毗尼多流支──？～594 年，以下稱此名）自印度至中國，後移往越南，居住法雲寺，建立起最早的越南禪派。越南最初的禪派，有著影響越南思想、修習、傳承以及文學創作的特點。該禪派由毗尼多流支禪師創始。他是南天竺人，得法於中國禪宗之三祖僧璨，依三組的教誨，往南方交州教化，住持法雲寺（今越南河東郡），後傳心印給法賢。當時的越南中代時期文學，包括越南禪學、佛教文學、禪文學等正在興起。其後在西元 9 世紀，無言通禪師，中華廣州人，得法於百丈，往住建初寺（今越南北寧省），傳心印給感誠，開創了在越南的第二禪派，即是無言通派。接著在西元 11 世紀，草堂禪師，中國人，當時正住在占城之地，越軍出兵攻佔占城，擄獲一批戰俘，聖宗王本不知其中有一名禪師，後發現草堂具道行，精通佛經，國王便尊之為國師，亦稱為師父，從此設立越南的第三禪派，即是草堂宗派，而李聖宗是其派的創造人。這個世紀在越南的佛教是較為興盛的，佛教徒不僅有百姓民眾，還包括了朝廷帝王、皇后、官員等，影響可謂遍及朝野。

〔註26〕　〔越〕密體：《越南佛教史略》，順化：順化出版社，1996 年，第 53 頁（Mật Thể (1996), *Việt Nam Phật giáo sử lược*, Nxb. Thuận Hóa, tr.53）。

　　眾所周知，佛教早在唐代初期就已存在，許多僧人遊學，暗知義理，精通漢文，曾為中華皇帝所邀請來宮內講經說法，受到中華皇帝的敬重。在維護建設國家兩千多年的悠久歷史中，佛教與大越民族的命運息息相關，用生動入世行動，表現出深刻的智慧和慈悲，許多僧人積極參加建設和保護安南國，其中最典型的是推擁李公蘊開朝稱帝的運動。

　　李朝佛教不僅局限於寺院裏、誦經念佛、傳教、關照精神生活等「內部」活動，而且還參加了政事，為建國事業作出了巨大的貢獻。取得獨立後，諸位僧人從丁朝、前黎朝，到李陳朝皆被朝廷封僧官的各級別，置定僧道階品，「僧統吳真流賜匡越大師，張麻尼為僧錄，道士鄧玄光授崇真威儀」〔註27〕，惠生禪師在李聖宗當左街都僧統〔註28〕，慶喜禪師「派為僧錄尋進僧統」〔註29〕，通辯禪師〔註30〕、萬行禪師〔註31〕當朝廷顧問，杜法順禪師當外交工作〔註32〕。有許多僧人積極參加政事，也有帝王、官吏、貴族崇拜佛教，其供養田產，布施資財，建造寺院，隨處可見。寺院成為一個社會中的強大經濟、政治、文化的勢力。有寺有數百成千的僧尼。朝廷的對內政策和對外政策皆深受佛教思想的影響，甚至於導致史臣吳士忍不住內心的嫉恨而痛加批判：

　　　　李太祖即帝位，甫及二年，宗廟未建，社稷未立，先於
　　　天德府創立八寺，又重修諸路寺觀，而度京師千餘人為僧，
　　　則土木財力之費，不可勝言也。財非天雨，力非神作，豈非

〔註27〕 〔越〕吳士連撰：《大越史記全書》，孫曉主編（標點校勘），重慶：西南師範大學出版社；北京：人民出版社，2015 年，第 121 頁。
〔註28〕 見〔越〕黎孟撻：《越南佛教文學總集》（第三冊），胡志明：胡志明市出版社，2002 年，第 797 頁。
〔註29〕 見〔越〕黎孟撻：《越南佛教文學總集》（第三冊），胡志明：胡志明市出版社，2002 年，第 790 頁。
〔註30〕 見〔越〕黎孟撻：《越南佛教文學總集》（第三冊），胡志明：胡志明市出版社，2002 年，第 871～876 頁。
〔註31〕 見〔越〕黎孟撻：《越南佛教文學總集》（第三冊），胡志明：胡志明市出版社，2002 年，第 808～810 頁。
〔註32〕 見〔越〕黎孟撻：《越南佛教文學總集》（第三冊），胡志明：胡志明市出版社，2002 年，第 815～816 頁。

浚民之膏血歟？浚民之膏血，可謂修福歟？創業之主，躬行
勤儉，猶恐子孫之奢怠，而太祖垂法如此，宜其後世起淩霄
之堵坡，立削石之寺柱，佛宮壯麗，倍於宸居。下皆化之，
至有毀形易服，破產逃親，百姓太半為僧，國內到處皆寺，
其源豈無所自哉。〔註33〕

李朝時期的佛教在社會上有著特殊的作用。李朝時代越南社會上的典
型知識份子大多數都是僧侶。僧侶隊伍又是引導人民的修行家、思想
家，又是教文化的老師，又是為人民治病的大夫。寺院不僅是修行處，
更是村鎮活動的基地；也是民眾教育和看病診療的基地。百姓及孩子
們主要是在寺院裏開始認漢字、學習漢學，乃至於進行漢詩文創作。在
李朝時期，國王亦重視修建文廟、立國子監。史書記載李朝英宗帝曾兩
次下詔修立文廟，「四時享祀」。儒家的書籍已經傳播到越南眾多的村
鎮市井。關於道教在初期亦有多少聲勢。陳慧龍、鄭智空等道士亦受到
李太宗的信任，並在朝廷佔有較高地位。然而，若與儒、道二教相比，
佛教在越南思想和文化建設方面仍佔有主導地位。〔註34〕這個時代，
佛教被視為國教。

## 三、李朝時期的詩文面貌綜觀

　　依據越南文學院古近代文學編委《李陳詩文》第一集（李朝詩文
現存作品集，從 938 年吳權建國至 1225 年李朝結束，本書籍由越南河
內社會科學出版社 1977 年 8 月 20 日出版）統計顯示，共存 136 首／
篇，其中李朝詩文共有 126 首／篇。這樣的漢詩文存量顯然是太少了，
李朝時期的許多漢詩文作品都早已失傳。〔註35〕

---

〔註33〕　〔越〕吳士連撰：《大越史記全書》，孫曉主編（標點校勘），重慶：西
　　　　　南師範大學出版社；北京：人民出版社，2015 年，第 149 頁。

〔註34〕　〔越〕阮董芝：《越南古文學史》，河內：年輕出版社，1993 年，第 121
　　　　　～122 頁（Nguyễn Đồng Chi (1993), *Việt Nam cổ văn học sử*, Nxb. Trẻ,
　　　　　tr.121～122）。

〔註35〕　阮慧芝：《李朝文學思考》，引自〔越〕阮慧芝：《越南古近代文學——
　　　　　從文化視角到藝術代碼》，河內：越南教育出版社，2013 年，第 631 頁。

　　為全面瞭解李朝時期的詩文面貌概觀，筆者將通過文本考察和作品統計，對李朝詩文創作群體進行分析，並對這段時期的詩文體裁進行簡要總結。

　　依據《李陳詩文》第一集統計，表明從吳朝到李朝末期，共有74作者，詩文總量有136首／篇。作者有名共有60位，作者佚名共有14位；在這60位知名作者中，則有50位作者是屬於佛教詩文的，而13位未知名亦是屬於佛教詩文的。這表明了李朝時期詩文作品的寫作傾向普遍帶有佛教的色彩，漢詩人的生活和創作都深受佛教思想、人生哲理的影響。以下按照同類創作隊伍／或群體分類，並列出有姓名者的代表作品，而作者佚名的暫不提，有待進一步考證核實。

　　第一類為君王貴族群體創作，共10位，包括吳權（Ngô Quyền, 899年～944年），現存的文章僅有《豫大破弘操之計》一段文；李公蘊／太祖（Lý Công Uân／Thái Tổ, 974年～1028年）作現留有《遷都詔》一篇詔文和《即事》一首絕古詩；李佛瑪／太宗（Lý Phật Mã／Thái Tông, 1000年～1054年）現留有《平儂詔》、《赦稅詔》兩篇詔文、《視諸禪老參問禪旨》、《追贊毗尼多流支禪師》兩首詩和他與朝廷之間的一些議論；李日尊／聖宗（Lý Nhật Tôn／Thánh Tông, 1023年～1072年）僅保留下來幾段寬免刑獄的議論，越南文學院刊本取名為《遇大寒謂左右百官》、《顧洞天公主謂獄使》二段。據《大越史記全書》，聖宗還親筆寫一篇刻在崇慶報天寺鴻鐘上的銘文，今已散失；黎氏倚蘭（Lê Thị Ỷ Lan, ?～1117年），李朝女子作家，現僅存《色空》一首偈；李乾德／仁宗（Lý Càn Đức／Nhân Tông, 1066年～1128年），現留有《追贊萬行禪師》、《贊覺海禪師通玄道人》、《追贊崇范禪師》三首漢詩，《請還勿陽勿惡二洞表》、《討麻沙洞檄》、《臨終遺詔》三篇詔文和幾封書文；李天祚／英宗（Lý Thiên Tộ／Anh Tông, 1136年～1175年），現僅存對太子的幾句遺訓，文學院刊本取名為《臨終囑太子》，原有《南北藩界圖》作品，但今已佚去；李龍翰／高宗（Lý Long Trát／Cao Tông, 1173年～1210年）現僅有《追悔前過詔》一篇懊悔詔文；陳嗣慶（Trần

Tự Khánh，？～1223 年），其作品今幾乎不存，僅留他向李惠宗帝奏稟的一段話，後世取名為《請帝返駕京師》；李皓昆／惠宗（Lý Hạo Sảm／Huệ Tông，1194 年～1226 年），現留《討陳自慶詔》一篇詔文和對群臣議論幾句話，取題為《李惠宗欲遜位於陳昺之爭辯》。

　　第二類為禪師群體創作，共 40 位，包括杜法順（Đỗ Pháp Thuận，915 年～990 年）作有《答國王國祚之問》（亦稱《國祚》）和一首唱和次韻詩（與宋代使者李覺共作，兩者皆效仿初唐詩人駱賓王《詠鵝》）；吳真流／匡越（Ngô Chân Lưu，Khuông Việt，933 年～1011 年）作有《王郎歸》（亦稱《阮郎歸》）首詞、《始終》兩句詩和《元火》一首偈；阮萬行（Nguyễn Vạn Hạnh，？～1018 年）作有《寄杜銀》、《國字》、《揭榜示眾》、《示弟子》四首詩。此外，還有對時局發表幾句話，後世取名為《勸李公蘊》；呂定香（Lã Định Hương，？～1050 年），現存《真與幻》一首偈；禪老（Thiền Lão，生卒不詳），現存與李太宗對答的幾句詩，後世取名為《日月》；譚究旨（Đàm Cửu Chỉ，生卒不詳）作有《心法》七言八句偈詩並序；林樞／惠生（Lâm Khu／Huệ Sinh，？～1063 年）詩文作現留有《答李太宗心願之問》（二首）、《水火》（二首）；譚棄／悟印（Đàm Khí／Ngộ Ấn，1020 年～1088 年）作有《示寂》一首；梅直／圓照（Mai Trực／Viên Chiếu，999 年～1091 年）的作品現存有《參徒顯決》（亦稱《參從顯決》）和《心空》一首偈；李長／滿覺（Lý Trường／Mãn Giác，1052 年～1096 年），現留有《告病示眾》一首偈；王海蟾／真空（Vương Hải Thiềm／Chân Không，1046 年～1100 年），現留有《感懷》一首偈和一段與弟子對答，後世取名為《答弟子妙道之問》；陶純真（Đào Thuần Chân，？～1101 年）作現存有《示弟子本寂》一首偈；李玉嬌／妙因（Lý Ngọc Kiều／Diệu Nhân，1041 年～1113 年），李朝女詩人，其詩作現存《生老病死》一首偈；喬智玄（Kiều Trí Huyền，生卒不詳），現存《答徐道行真空之問》一首詩；徐路／道行（Từ Lộ／Đạo Hạnh，？～1117 年）現存《失珠》、《有空》、《問喬智玄》、《示寂告大眾》四首詩；萬持鉢（Vạn Trì Bát，1049 年～1117 年）今存《有死必

有生》一首偈；法寶／覺性海照（Pháp Bảo／Giác Tính Hải Chiếu，生卒不詳）今存《仰靈山稱寺碑銘》、《崇嚴延聖寺碑銘》兩篇碑文；楊空路（Dương Không Lộ，？～1119 年）現存有《言懷》、《漁閑》兩首詩；阮覺海（Dương Không Lộ，生卒不詳）現存有《不覺女頭白》、《花蝶》兩首詩；阮珣／戒空（Nguyễn Tuân／Giới Không，生卒不詳）現存有《生死》一首詩；黃圓學（Hoàng Viên Học, 1072 年～1136 年）現存有《聞鐘》一首詩；阮慶喜（Nguyễn Khánh Hỷ, 1067 年～1142 年），原有《悟道歌詩集》一本（已失傳），現存有《答法融色空凡聖之問》一首偈；阮元億／圓通（Nguyễn Nguyên Ức／Viên Thông, 1080 年～1151 年）作有《延壽寺碑記》、《諸佛跡緣事》（三十餘章）、《洪鐘文碑記》、《僧家雜錄》（五十餘章）以及 1000 餘首詩賦，但早已散失。現僅存有一段向李仁宗帝建白，後世取名為《天下興亡治亂之原論》；潘長原（Phan Trường Nguyên, 1110 年～1165 年），現留有《歸青嶂》、《示道》兩首詩；吳淨空（Ngô Tịnh Không，？～1170 年），現存有幾段偈，後世取名為《一日會眾》；嬌浮／寶鑒（Kiều Phù／Bảo Giám，？～1173 年）現留有《感懷》一首詩；寶覺（Bảo Giác，？～1173 年）現留有《歸寂》一首偈；歐道惠（Âu Đạo Huệ，？～1173 年）現留有《色身與妙體》一首偈；阮願學（Nguyễn Nguyện Học，？～1174 年）現留有《道無影像》、《了悟身心》兩首偈；喬本淨（Kiều Bản Tịnh, 1100 年～1176 年）現留有《發大願》、《鏡中出形象》和《一揆》三首偈；黎鑠／智禪（Lê Thước／Trí Thiền，生卒不詳）現留有《示太尉蘇憲誠太保吳和義》、《淡然》兩首詩；許大舍（Húra Đại Xả, 1119 年～1180 年）現留有《石馬》、《真性》兩首偈；阮智寶（Nguyễn Trí Bảo，？～1190 年）現存有與歐道惠對話的幾句，後世取名為《謝道惠禪師》和一段對「知足」二字說教，其中有附一首偈，後世取名為《答人知足之問》；阮廣嚴（Nguyễn Quảng Nghiêm, 1121 年～1190 年）現留有《休向如來》一首偈；蘇明智（Tô Minh Trí，？～1196 年）現留有《希夷》、《尋響》兩首偈；阮常（Nguyễn Thường，生卒不詳）現留有一段規勸李高宗不要沉迷淒慘音樂，後世

取名為《諫李高宗好聞悲切之聲》；范常照（Phạm Thường Chiếu, ？～1203 年）著有《南宗嗣法圖》一卷（已失傳），現留有《心》、《道》兩首詩；朱海顒／淨戒（Chu Hải Ngung／Tịnh Giới, ？～1207 年）現留有《罕知音》二首；阮依山（Nguyễn Y Sơn, 1121 年～1213 年）現留有《成正覺》、《化運》兩首偈和一對對聯，後世取名為《言志》；黎純／現光（Lê Thuần、Hiện Quang, ？～1221 年）現留有《答僧問》、《幻法》兩首偈。

　　第三類為儒士官吏群體創作，共 9 位，包括黎文盛（Lê Văn Thịnh，生卒不詳），1075 年，李仁宗實行「詔選明經博學及試儒學三場。黎文盛中選，進侍帝學」，〔註36〕他是越南科舉史上第一位儒學科舉狀元，他的著作現存一封寄給廣西經略官熊本之信，題為《寄熊本書》。還有與宋朝特使爭論的一些藁本，後世取名為《與宋使爭辯》；朱文常（Chu Văn Thường，生卒不詳）現僅存有《安獲山報恩寺碑記》一篇碑記；李常傑（Lý Thường Kiệt, 1019 年～1105 年）現留有《南國山河》一首絕句詩、《伐宋露布文》一篇文和一些話向國王稟呈請求將兵去攻打李覺，後世取名為《請帝率軍討李覺》；李承恩（Lý Thừa Ân，生卒不詳）現存《保寧崇福寺碑》一篇碑文；段文欽（亦稱段文敏，生卒不詳）現存《贈廣智禪師》、《挽廣智禪師》和《悼真空禪師》三首詩；阮公弼（Nguyễn Công Bật，生卒不詳），現存《大越國當家第四帝崇善延齡塔碑》一篇碑文；穎達（Dĩnh Đạt，生卒不詳），著有《圓光寺碑銘並序》、《圓光寺鐘銘並序》兩篇文，今不傳；譚以蒙（Đàm Dĩ Mộng，生卒不詳）現僅存有幾句向李高宗皇帝奏稟的話，他激烈譴責僧侶的敗壞，制約寺院的發展，後世取名為《判僧徒》；武高（Vũ Cao，生卒不詳），可能是一位儒士。現尚記載由他創作的傳奇故事，其目的是為了規勸李高宗皇帝不應該在應明池塘上玩耍行樂，後世取名為《應明池異事》；魏嗣賢（Nguỵ Tự Hiền，生卒不詳）現存有《報恩禪寺碑記》一篇碑記。

---

〔註36〕〔越〕吳士連撰：《大越史記全書》，孫曉主編（標點校勘），重慶：西南師範大學出版社；北京：人民出版社，2015 年，第 187～189 頁。

　　從上述三大創作群體的作品中可以看出，李朝時期文體包括讖緯詩、偈詩、詞曲、語錄、序、宗教論說，銘文、碑記，甚至亦有傳記。這一時期的詩文創作作者並不多，平均數是從一到三首偈詩／或短篇文。在這個時期中，沒有大作家，只有一個大創作群體，那是偈禪詩人們的大創作隊伍。基於詩文寫作隊伍方面，可以看出來李朝時期的佛家詩人是最多的，因此不難看出李朝時期詩文的主流就是佛教的詩文，而其帶有濃重南華禪宗的色彩。這種題材一般皆涉及佛教的基本範疇，諸如身、心、法、相、僧、道、有、無、生、老、病、死等宗教純粹哲理，其內容主題主要表彰，傳頌佛教思想、禪門高僧碩德的典範。除此之外，或多或少對大自然、凡俗生活以及世道人心表達自己的內心感受〔註37〕。

## 四、小結

　　李朝（1010～1225）存在的時間最長，共延續了約215年，在各方面都取得了令世人矚目的成就。關於經濟方面，李朝較為發展，農業逐步被重視。陶瓷、紡織、冶金等手工業技術都已經達到相當高的水準。商業交易中，不僅在國內市場進行買賣，而且還不斷的擴大到海外地區交易；關於文化教育方面，從李朝開始關注，體現於修建文廟、舉辦三教科舉、開設國子監等等。在宗教方面，李氏王朝對推廣佛教特別重視，因此也遭到儒家學者的強烈反對，比如儒家譚以蒙曾歎息：「方今僧徒頗與役夫相半，自結伴侶，妄立師資，聚類群居，多為穢行。或於戒場精舍公行酒肉，或於禪房淨院私自姦淫。晝伏夜行，有如狐鼠。敗俗傷教，漸漸成風。此而不禁，久必茲甚。」此文後世取題為《判僧徒》〔註38〕。由此可見，李朝能夠識字作文的大部分是僧人，從君臣

---

〔註37〕　參閱〔越〕阮孟雄：《越南禪詩──歷史與藝術思想的若干問題》，河內：國家大學出版社，1998 年，第 86～89 頁（Nguyễn Mạnh Hùng (1998), *Thơ thiền Việt Nam: những vấn đề lịch sử và tư tưởng nghệ thuật*, Nxb. Đại học Quốc gia Hà Nội, tr.86～89）。

〔註38〕　〔越〕文學院：《李陳詩文》（第一集），河內：社會科學出版社，1977 年，第 525 頁。

貴族到庶民，從宮廷生活到草野生活，李朝充滿著佛教的氣氛並全民歸向佛教。結果是這一時期的詩文作品，幾乎皆浸透佛教的倫理和人生哲理。上面列出的李朝詩文創作量雖然表明不多，與李朝 215 年的歷史存在相比，是極不相稱的。但它是一種李朝特有的漢詩文創作現象，或多或少也有其特色，拉開了越南古典文學的序幕，為李朝之後漢文學的發展，奠定了堅實的基礎。

## 第二節　李朝漢詩稟受唐詩的影響

越南受中國的直接統治達 1000 餘年之久，在唐朝末期才真正取得獨立，因之越南漢詩受到唐朝文化（包括文學在內）的強大影響。不僅越南語音相近於唐朝語音，而且唐朝詩歌也被越南古典漢文詩繼承、接受和綿延一代又一代。這其實是容易瞭解的，因為唐詩是當時整個人類和中華詩歌歷史上的最燦爛輝煌的成就。它不但對中華詩歌有深遠的影響，還對地區各國甚至迄今對西方詩歌中也有深遠的影響。因此，對唐朝詩歌的借用、學習和變革，尤其是在詩歌體裁方面，連同其一些表現內容是符合常情的，也可以說是理所當然的。在本章中，筆者將徵引和分析李朝漢詩稟受唐詩的影響。以下將依次呈現李朝漢詩對唐詩語句的化用、李朝漢詩對唐詩體裁的學習和唐朝《壇經》在李朝漢詩中的表現等三大要點，並作綜合小結。

## 一、李朝漢詩對唐詩語句的化用

在建立獨立自主的封建國家之前，許多中原官宦、文人被朝廷派往安南執掌某些差使（職別），其中，有一些人受罪而被流放，有一些人為兵荒馬亂而遷移到此地。當時在安南之地也有不少知識份子赴中原遊學，有的狀元及第而後在中原當官，有的歸鄉為之作出貢獻。這些知識份子，除了少數是儒士、道士之外，大多數均是僧士。史書上載有一些顯達、聲望的人才，諸如張重、李進、李琴、姜公輔、無礙上人、定法師、惟鑒法師等人。尤其，到丁、前黎、李等諸朝又證見在安南之

地出現了法賢、杜法順、萬行、徐道行、吳真流、李太宗、李聖宗、李英宗、李高宋，甚至還有中華僧人也往安南來成立禪派，其中代表的有無言通（759 年？～826 年），百丈懷海大師之弟子，六祖惠能後的第四傳法世系之嗣子。在這些人中，幾乎都是通曉漢文、精通三教，皆深受中華文化的影響，包括唐詩在內。許多當時越南知識份子，包括佛教僧士表露愛慕、尊奉唐詩，恰逢良機酬對唱和，一開口，文人們就採用唐詩以應答，這個有趣的場合，史料載有杜法順（Đỗ Pháp Thuận, 915 年或 925 年～990 年）。在《大越史記全書》記載：

> 丁亥八年，宋雍四年。春，帝初耕籍田於隊山，得金一小甕。又耕蟠海山，得銀一小甕，因名之曰金銀田。

> 宋復遣李覺來。至冊江寺，帝遣法師名順，假為江令迎之。覺甚善文談，時會有兩鵝浮水面中，覺喜吟云：

> 「鵝鵝兩鵝鵝，仰面向天涯。」

> 法順於把棹次韻示之曰：

> 「白毛鋪綠水，紅棹擺青波。」

> 覺益奇之，及歸館，以詩遺之曰：

> 幸遇明時贊盛猷，一身二度使交州。

> 東都兩別心尤戀，南越千重望未休。

> 馬踏煙雲穿浪石，車辭青嶂泛長流。

> 天外有天應遠照，溪潭波靜見蟾秋。〔註39〕

這個外交辭令事件不僅有《大越史記全書》記錄，而且《禪苑集英》也有類似的記錄〔註40〕。主要吸引力在於李覺吟詠「鵝鵝兩鵝鵝，仰面向天涯」前兩句詩，法順隨即次韻道「白毛鋪綠水，紅棹擺青波」後兩

---

〔註39〕〔越〕吳士連撰：《大越史記全書》，孫曉主編（標點校勘），重慶：西南師範大學出版社；北京：人民出版社，2015 年，第 133 頁。

〔註40〕見〔越〕黎孟撻：《禪苑集英研究》，胡志明：胡志明市出版社，1999 年，第 744 頁。

句詩。事實上，這是唐初詩人駱賓王（約 640 年～約 684 年）《詠鵝》詩中的句子。從《全唐詩》在這首詩下注而知駱賓王「七歲時作」此詩，他是婺州義烏（今浙江義烏）人，「初唐四傑」之一，合稱「王楊盧駱」（王勃、楊炯、盧照鄰、駱賓王）。這首古寺《詠鵝》收集於《全唐詩》中，全詩云：

鵝鵝鵝，曲項向天歌。

白毛浮綠水，紅掌撥清波。〔註41〕

這首倡和次韻詩只是傳說中的佳話，無論其真假如何，當面臨著一個強大的中原之時，安南漢詩人渴望提升本民族自尊體面的願望是越來越強烈的。從這一事件中可以看出，唐詩早成為越南人生活中不可缺少的精神食糧，越南漢詩人接受、借用、化用唐詩，在自己的漢詩創作中熟練地使用唐詩，背熟了不少唐詩名篇。如果不是如此，那無法應對剛開口能這麼巧妙地「潤色」。在民族意識形成的角度看，表明了人民階層中民族獨立意識的萌生成長，特別是在僧侶界，可以法順作為代表。其實，類似這樣借鑒唐詩「潤色」的詩作場合，在李朝詩文中很常見，下面再多舉幾個例子。

李朝吳淨空禪師（Ngô Tịnh Không, 1091 年～1170 年），福川人，三十歲時，在天德府開國寺修學。他有一段偈，和相傳唐代高僧夾山善會（805 年～881 年）所寫的四句語錄頗為近似。《李朝詩文》第一集從《禪苑集英》，〔註42〕抄錄了一段淨空和當時某僧人（可能是其弟子）

〔註41〕彭定求等編：《全唐詩》（第三冊），北京：中華書局，1960 年（2015年重印），第 864 頁。

〔註42〕《禪苑集英》：本書編者是哪位，至今為止尚不停辯爭，十幾年來，經過一套研究工程，越南學者黎孟撻推斷，本書的作者該是由陳朝竹林禪派的金山禪師編纂，出版大約於 1337 年（6 世紀末至 13 世紀初前後）。這是記錄越南禪苑中的禪師們傳（行狀）之資料。其中，一大部分都記錄無言通，毗尼多流支兩大宗派六十八位禪師的六十二篇傳和六十七首詩，一小部分就記錄草堂宗派的十九位禪師。而書中卻沒有提到他們的詩文事業，甚至其中除僅記錄十四位名字外，其他的皆未有。本書漢文版印刷於 1715 年，而後見黎孟撻的「禪苑集英研究」於 1976 年首次

的對話。師徒先談到「法身」，後談到「法眼」。淨空曾有一次集會眾
徒，說了此偈：

> 上無片瓦遮，下無卓錐地。
>
> 或易服直詣，或策杖而至。
>
> 動轉觸處間，似龍躍吞餌。〔註43〕

而中國的夾山善會禪師，漢州峴亭人，其傳存於《景德傳燈錄》〔註44〕
第三十卷，從中可以看到淨空化用了該偈的前四句。夾山善會（805年
～881年）傳中，善會和道吾（769年～835年）之間有一段對話。夾
山善會禪師傳傳載：「……道吾曰：『彼師<u>上無片瓦遮頭，下無卓錐之
地</u>。』師（即善會——筆者注）<u>遂易服直詣華亭，會船子鼓棹而至</u>。」
〔註45〕還有在《景德傳燈錄・楊州豐化和尚》中也見到該偈的前兩句：
「楊州豐化和尚問：『如何是敵國一著棋？』師曰：『下來。』問：『一
棒打破虛空時如何？』師曰：『把一片來。』問：『<u>上無片瓦，下無卓錐</u>。
學人向什麼處立？』師曰：『莫飄露麼？』」〔註46〕此外，在淨空的《一

---

印行，於1999年再版。此次出版，他有加上陳，胡，黎各朝傳版的摘
引。再者，該刊本比上刊本有了一些新的事件，並書後附上漢文版文部
分，名為「禪苑集英」。到2002年，黎孟撻全將「禪苑集英研究」收錄
於《越南佛教文學總集》（第三冊），由胡志明市出版社2002年出版。
以下我們將是本書的原文引用的。本書價值，正如黎孟撻所評價的那
樣：「禪苑集英」本質是越南禪宗佛教歷史專門的一部史料，而當代禪
宗佛教的七百年前，倘或不想說是民族的指導思想系，則其思想系在那
個時代歷史階段中，亦佔有優勢的地位。它是民族主要思想系的集大成
之處，從陳朝回歸以前的各朝算起。可以確定，越南禪宗佛教的思想系，
而其中禪師們的代表，需得承認。（見〔越〕黎孟撻：《禪苑集英研究》，
胡志明：胡志明市出版社，1999年，第13～15頁。

〔註43〕〔越〕文學院：《李陳詩文》（第一集），河內：社會科學出版社，1977
年，第477～478頁。

〔註44〕本書為宋代僧人釋道原所撰於宋真宗年號（1004年～1007年）之禪
宗傳承歷史之著作，收集自過去七佛，至歷代禪宗諸祖五家五十二世，
共有一千七百零一人之傳燈法系相承。

〔註45〕道原著，顧宏義譯注：《景德傳燈錄譯注》（三），上海：上海書店出版
社，2010年，第1113頁。

〔註46〕道原著，顧宏義譯注：《景德傳燈錄譯注》（三），上海：上海書店出版

《日會眾》的幾段偈中，還有一段五言偈和夾山善會傳中的一首頌也有相同之處。淨空偈云：

> 智人無悟道，悟道即愚人。
>
> 伸腳高臥客，奚識偽兼真。〔註47〕

夾山善會禪師，曾說過一首頌語：

> 明明無悟法，悟法卻迷人。
>
> 長舒兩腳睡，無偽亦無真。〔註48〕

若將淨空的五言偈和善會的頌相比，不難發現兩者之間的內容及文句形式方面皆有不少相同之處，皆是屬五言古體詩，且兩者皆以追求自在為悟道目標。禪是不故意去追求任何東西，這種不故意無論是「偽」或「真」，就是要讓人們要活得像天真爛漫的孩童，不執著，安然自在。正如陳仁宗所言：「居塵樂道且隨緣，饑則飧兮困則眠。家中有寶休尋覓，對鏡無心莫問禪。」〔註49〕也就是說，不必在乎世俗的迷悟、是非等二元問題。關於文句形式方面，都是偈頌五言絕句，一首四句，句數相同，每句五個字。如果夾山善會開頭用了「明明」二字，那麼吳淨空又取代了「智人」二字；一方使用了「悟道」二字，一方又使用了「悟法」；一方使用了「愚人」二字，一方又使用了「迷人」；一方使用了「伸腳」二字，一方又使用了「伸腳」；一方使用了「奚」疑問詞，以否認分別、二元世界中「偽」和「真」之存在；另一方使用了「無」否定詞，以否認這個世間中「偽」和「真」之存在。兩者的用詞雖有幾處不同（僅改換幾個近義詞語），但其內容均沒有太大的差別。

　　李朝楊空路（Dương Không Lộ，？～1119年），海清嚴光（今越南

---

　　　　社，2010年，第1479頁。

〔註47〕〔越〕文學院：《李陳詩文》（第一集），河內：社會科學出版社，1977年，第478頁。

〔註48〕道原著，顧宏義譯注：《景德傳燈錄譯注》（三），上海：上海書店出版社，2010年，第1113頁。

〔註49〕〔越〕文學院：《李陳詩文》（第二集），河內：社會科學出版社，1988年，第504頁。

太平省）人，出身漁業，後捨漁業，歸心空寂，曾住過嚴光、祝聖和河澤等寺。空路專心一意研究密宗和禪宗，常「與覺海道友偕遊方處」。他的詩作現留有《言懷》和《漁閑》二首七言絕句。其中，《言懷》詩被選入越南高中語文教科書〔註50〕中，詩曰：

> 選得龍蛇地可居，野情終日樂無餘。
>
> 有時直上孤峰頂，長嘯一聲寒太虛。〔註51〕

中唐高僧惟儼禪師（751年～834年），絳州（今山西侯馬市）人，禪宗南宗青原系僧人，其傳存於《景德傳燈錄》〔註52〕和《五燈會元》〔註53〕中。唐朝詩人李翱（772年～841年）有《贈藥山高僧惟儼二首》，其中一首與越南李朝楊空路的《言懷》詩有很多相似之處。《全唐詩》錄有這首詩。李翱題贈惟儼詩曰：

> 選得幽居愜野情，終年無送亦無迎。
>
> 有時直上孤峰頂，月下披雲嘯〔註54〕一聲。〔註55〕

顯然，楊空路的《言懷》詩化用了李翱的這首題贈詩。但仔細品味，還是覺得空路《言懷》詩寫得音響抑揚頓挫，描寫絲絲入扣，有青出於藍

---

〔註50〕 該首《言懷》詩被選定列入《高一年級語文》（越南文學部分），教育出版社，1996年，第76頁（Bài thơ "Ngôn hoài" được in trong *Văn 10* (phần Văn học Việt Nam), Nxb. Giáo dục, 1996, tr.76），見〔越〕阮克飛：《從比較視角看越南文學與中國文學之關係》，河內：教育出版社，2001年，第24頁。

〔註51〕 〔越〕文學院：《李陳詩文》（第一集），河內：社會科學出版社，1977年，第385頁。

〔註52〕 道原著，顧宏義譯注：《景德傳燈錄譯注》（二），上海：上海書店出版社，2010年，第1005頁。

〔註53〕 普濟著，蘇淵雷點校：《五燈會元》（上冊），北京：中華書局，1984年，第261頁。

〔註54〕 此「嘯」字見普濟著，蘇淵雷點校：《五燈會元》（上冊），北京：中華書局，1984年，第261頁；而《景德傳燈錄譯注》（二）中則抄為「笑」字（見道原著，顧宏義譯注：《景德傳燈錄譯注》（二），上海：上海書店出版社，2010年，第1005頁）。

〔註55〕 彭定求等編：《全唐詩》（第十一冊），北京：中華書局，1960年（2015年重印），第4149頁。

而勝於藍之妙。由於楊空路將第一句（「居」／ju）、第二句（「餘」／yu）
和第三句（「虛」／xu）末一字押「u」韻，即將這三句的末一字韻尾用
韻母相似／或相近的字，更使其音調和諧優美。尤其是這首詩最後一句
「長嘯一聲寒太虛」，流露出痛快的得意，至於寒意擴散到整個天空——
頓時產生一種超脫而沉雄的感覺，這樣的抒情寫意很少見於越南詩壇。
在比較這兩首詩後，不難發現，空路的《言懷》詩是從李翱的《贈藥山
高僧惟儼二首》改寫而成。第三句「有時直上孤峰頂」，字句完全一樣。
另外，這兩首詩的詩句開端均使用了「連動句」，開始選用「選」動詞（加
上「得」的結果補語），其次用「居」動詞，並選用同一個「野情」的
地方，只是改換位置。這兩首詩的最後一句在「太虛」或「月」下均仰
天長嘯一聲，那是一個廣闊無限無定的空間，引起一種空虛荒涼到令人
毛骨悚然的感覺——詩人已經跨越或正在跨越人生中的喜怒愛惡。如
此，可見中越兩位詩人的詩作結構和情懷表達，竟然是如此的接近。

　　楊空路另一首《漁閑》詩的來源也有疑問，文學院編委有這樣的
注釋，「這首詩是由丁嘉說（Đinh Gia Thuyết）在《慧火》（Đuốc tuệ）
第 75 期上發表了《寧平的一位聖僧》（Một vị thánh tăng của Ninh Bình）
一篇中，爾後《越南古文學史》（Việt Nam cổ văn học sử）一書的作者正
式將其納入李陳時代文學史部分〔註 56〕。但是，其來源或多或少仍是
有疑問的。」〔註 57〕雖有疑問，文學院編委仍把這首詩認作為空路所
寫的漢詩，屬於越南李陳詩文，並取題為《漁閑》，其詩云：

　　萬里清江萬里天，一村桑柘一村煙。

　　漁翁睡著無人喚，過午醒來雪滿船。〔註 58〕

〔註 56〕筆者發現《越南古文學史》的作者阮董芝將該首詩抄錯了兩個字，將
　　　　「里清」二字，錯抄為「聖青」：「萬聖青江萬里天，一村桑柘一村煙。
　　　　漁翁睡著無人喚，過午醒來雪滿船。」（見阮董芝：《越南古文學史》，
　　　　胡志明：年輕出版社，1993 年，第 131 頁。

〔註 57〕〔越〕文學院：《李陳詩文》（第一集），河內：社會科學出版社，1977
　　　　年，第 386 頁。

〔註 58〕〔越〕文學院：《李陳詩文》（第一集），河內：社會科學出版社，1977
　　　　年，第 386 頁。

筆者經過仔細核對發現，這首詩脫胎於晚唐詩人韓偓（約842年～約923年）的《醉著》詩。韓偓，字致光，唐京兆萬年縣（今陝西西安附近）人，號玉山樵人，小字冬朗，擢進士第後，歷諫議大夫、翰林學士、中書舍人、兵部侍郎等職，唐末傑出詩人，曾得到著名詩人李商隱（約813年～約858年）的讚賞。在《韓冬郎即席為詩相送一座盡驚他日餘方追吟連宵侍坐裴回久之句有老成之風因成二絕寄酬兼呈畏之員外·其一》一詩中，李商隱寫道：「十歲裁詩走馬成，冷灰殘燭動離情。桐花萬里丹山路，雛鳳清於老鳳聲。」〔註59〕韓偓《醉著》詩存於《全唐詩》，詩云：

> 萬里清江萬里天，一村桑柘（一作花柳）一村煙。
>
> 漁翁醉著無人喚，過午醒來雪滿船。〔註60〕

把空路的《漁閑》和韓偓的《醉著》詩對照，不難看出這兩首詩幾乎完全一樣。僅有一、二處不同：一是標題（其實空路的詩題由後人取名）；二是《漁閑》第三句是「睡」字，《醉著》第三句是「醉」。所以，很可能是楊空路抄錄了唐朝韓偓的這首詩，後人誤以為是楊空路自己創作的？

李朝黃圓學（Hoàng Viên Học，1072年～1136年），如月鄉（今北寧省安風縣）人，從小好學，博覽群書，禪學「寂高」，在細江古杏鄉（今興安省文江縣）大安國寺修行，與女詩人李玉嬌（Lí Ngọc Kiều）同一時代人。後來，圓學至扶琴鄉（今北寧省安風縣）重修國清寺、鑄鐘，有緣化偈，後人取題為《聞鐘》，云：

> 六識常昏終夜苦，無明被覆久迷慵。
>
> 晝夜聞鐘開覺悟，懶神淨剎得神通。〔註61〕

---

〔註59〕 彭定求等編：《全唐詩》（第十六冊），北京：中華書局，1960年（2015年重印），第6183頁。

〔註60〕 彭定求等編：《全唐詩》（第二十冊），北京：中華書局，1960年（2015年重印），第7792～7793頁。

〔註61〕 〔越〕文學院：《李陳詩文》（第一集），河內：社會科學出版社，1977年，第448頁。

依據文學院版本的注釋，這首詩的標題是由越南研究家、文學家、儒學家吳必素（Ngô Tất Tố, 1894 年～1954 年）加添的。吳必素著作甚多，其中有《李朝文學》專著，由越南開智出版社 1960 年出版。然而，筆者經考辨查對後，發現了這首詩並非黃圓學原作，而是來自唐代僧人道世（？～683 年）所撰寫的叩鐘偈。道世這首叩鐘偈撰於總章元年（668 年～670 年），《法苑珠林·鳴鐘部》卷第九十九中收錄：

> 洪鐘震響覺群生，聲遍十方無量土。
>
> 含識群生普聞知，拔除眾生長夜苦。
>
> 六識常昏終夜苦，無明被覆久迷情。
>
> 晝夜聞鐘開覺寤，怡神淨剎得神通。〔註62〕

顯然，託名黃圓學的這首《聞鐘》偈詩，實際上就是抄自上面所引這首唐代叩鐘偈。不同處是改了三個字：「迷情」改為「迷憒」；「覺寤」改為「覺悟」詞；「怡神」改為「懶神」。這三處改字，實際上都不好。尤其是最後一句將「怡神」改寫成「懶神」，更是語意不通，晦澀難懂。因為，「怡神」就是「怡悅心神」，帶有積極感悟之意；而「懶神」是指「心神懶怠」，意思消極，不合整篇詩意。還有，對此偈中「淨剎」一詞，《李陳詩文》第一集的編委（參閱註58（第115頁））和學者黎孟撻〔註63〕認為：「淨剎」的「剎」是「滅亡」之義，而「淨」是「剎」詞的修飾／或補語，從而把「淨剎」譯為「懶惰之神被殺光」。但實際上「淨剎」是一個佛教專用名詞，依《佛學大辭典》的闡釋，「淨剎」是指「清淨之佛國也」〔註64〕。

　　李朝阮廣嚴（Nguyễn Quảng Nghiêm, 1121 年～1190 年），丹鳳人，父母早逝，師從舅父「寶岳受業，為發心始。岳去世，乃行腳四方，遍

---

〔註62〕 釋道世撰集：《法苑珠林》（下冊），臺北：財團法人佛陀教育基金會出版部，1998 年，第 1276 頁。

〔註63〕 〔越〕黎孟撻：《越南佛教文學總集》（第三冊），胡志明：胡志明市出版社，2002 年，第 323 頁。

〔註64〕 丁福保：《佛學大辭典》，見：http://cidian.foyuan.net/%BE%BB%C9%B2/，2018 年 4 月 4 日上網。

探禪窟。聞智禪闇化於典冷福聖寺，因往投之。」〔註65〕當得道之時，師在聖超類鄉恩住持，後在張耕中瑞淨果寺修行。至天資嘉瑞五年（1190年）庚戌二月十五日，當即將圓寂之時，師說偈，後人取題為《休向如來》，其偈云：

離寂方言寂滅去，生無生後說無生。

男兒自有沖天志，休向如來行處行。〔註66〕

這首頌偈原存於《禪苑集英》中，後來越南文學院編委集將其錄入《李陳詩文》第一集。然而，在《景德傳燈錄》中，記載有同安禪師（？～961年），福州長溪縣（今福建霞浦縣）人，存詩八詩，其中《塵異》詩的最後兩句與廣嚴《休向如來》詩頗為相似。《塵異》詩云：

濁者自濁清者清，菩提煩惱等空平。

誰言卞璧無人鑒，我道驪珠到處晶。

萬法泯時全體現，三乘分別強安名。

丈夫皆有沖天志，莫向如來行處行。〔註67〕

當然，廣嚴把「丈夫皆」改寫成「男兒自」；又把「莫」改成「休」，都是否定副詞，但實際上這兩者沒有很大的區別。

李朝阮智寶（Nguyễn Trí Bảo，？～1190年），永康郡烏鳶（今河西省懷德縣）人，是李朝英宗皇帝大尉蘇公憲誠（？～1179年）的舅父。從小出家歸佛，在常樂縣吉利禧鄉遊戲山青雀寺修習，師「精修禪定六年道成」，曾「遍遊四方參尋知識」，書籍載師「橫說豎說如擊石火」，成為一位禪學的優秀辯論家。《禪苑集英》存留著智寶的一些零星偈詩、語錄，其中與歐道惠的交談話語，被文學院編委選錄並題為《謝道惠禪師》：

---

〔註65〕《禪苑集英》，第841頁。

〔註66〕〔越〕文學院：《李陳詩文》（第一集），河內：社會科學出版社，1977年，第521頁。

〔註67〕道原著，顧宏義譯注：《景德傳燈錄譯注》（五），上海：上海書店出版社，2010年，第2380頁。

（一）不因風卷浮雲盡，爭見青天萬里秋。

（二）相識滿天下，知音能幾人。〔註68〕

這裡的（一）句，與《五燈會元・杭州羅漢院宗徹禪師》中一段語錄相同，其載：「杭州羅漢院宗徹禪師，湖州吳氏子。上堂，僧問：『如何是祖師西來意？』師曰：『骨剉也。』問：『如何是南宗北宗？』師曰：『心為宗。』曰：『還看教也無。』師曰：『教是心。』問：『性地多昏，如何了悟？』師曰：『煩雲風卷，太虛廓清。』曰：『如何得明去？』師曰：『一輪皎潔，萬里騰光。』」〔註69〕在《景德傳燈錄・杭州羅漢院宗徹禪師》中亦有同樣記載〔註70〕，而宋代佛國禪師惟白所編的《建中靖國續燈錄》（書成於建中靖國元年（1101年）卷第二十三中，則有兩句是完全同樣的：

問：「親聞洞裡真消息，今日新豐事若何？」

師云：「山橫嫩翠，溪瀉寒光。」

僧曰：「不因風卷浮雲盡，爭見涼天萬里秋。」〔註71〕

以上的（二）句，亦見於《五燈會元・雲蓋繼鵬禪師》中，其載：「潭州雲蓋繼鵬禪師，初謁雙泉雅禪師，泉令充侍者，示以芭蕉拄杖話，經久無省發。一日，泉向火次，師侍立。泉忽問：『拄杖子話試舉來，與子商量。』師擬舉，泉拈火筯便摵，師豁然大悟。住後，僧問：『如何是佛法大意？』師曰：『舌頭無骨。』問：『如何是祖師西來意？』師曰：『湯瓶火裏煨。』問：『佛未出世時如何？』師曰：『天。』曰：『出世後如何？』師曰：『地。』上堂：『高不在絕頂，富不在福嚴。樂不在天

---

〔註68〕〔越〕文學院：《李陳詩文》（第一集），河內：社會科學出版社，1977年，第517頁。

〔註69〕普濟著，蘇淵雷點校：《五燈會元》（上冊），北京：中華書局出版社，1984年，第236頁。

〔註70〕道原著，顧宏義譯注：《景德傳燈錄譯注》（二），上海：上海書店出版社，2010年，第826頁。

〔註71〕CBETA電子佛典2016年──《建中靖國續燈錄〔卷23〕》──X78，No.1556；亦見惟白輯，朱俊紅點校：《建中靖國續燈錄》（下），海口：海南出版社，2011年，第641頁。

堂，苦不在地獄。』良久曰：『相識滿天下，知心能幾人？』」〔註72〕
從兩則偈詩、語錄總體上來看，智寶僅改寫了幾個字罷了，其餘的都是
一樣的，可見模仿的來源所自。

此外，我們還發現李公蘊╱太祖（Lý Công Uẩn╱Thái Tổ, 974年
～1028年）的詩和明朝朱元璋（明太祖，1328年～1398年）的詩作，
有著一些相同之處。正如上述，李公蘊「幼而聰睿，姿表秀異」，「寬慈
仁恕，密察溫文」，幼年時仰賴法門，長大後被推稱帝，登基後敬奉佛
教，厚待僧尼，鑄造鴻鐘，擴建寺塔。李公蘊有《遷都詔》傳世，此外，
後黎朝武芳珵（Vũ Phương Đề）在《公餘捷記》中記載李公蘊尚有一
首七絕詩云：

> 天為衾枕地為氈，日月同窗對我眼。
>
> 夜深不敢長伸足，只恐山河社稷顛。〔註73〕

這首詩和明太祖朝朱元璋（1328年～1398年）的一首七言絕句體無題
詩基本相同，詩云：

> 天為帳幕地為氈，日月星辰伴我眠。
>
> 夜間不敢長伸腿，恐把山河一腳穿。〔註74〕

朱元璋出身佃農家庭，自幼貧窮，17歲時，父母長兄相繼逝去，1344
年出家為僧，雲遊天下。適逢元末天下變亂，群雄並起，朱元璋投身反
元義軍郭子興部隊，得到賞識，經過艱苦奮戰，最終擊敗群雄，統一南
北，締造大明王朝。朱元璋是明太祖，李公蘊是李太祖，都是各自朝代
的開創者。或許因此緣故，越南儒家武芳珵假借朱元璋的無題詩，略
作改編，託名李太祖所作。為了符合李公蘊的背景，這首詩的描寫作了

---

〔註72〕 普濟著，蘇淵雷點校：《五燈會元》（中冊），北京：中華書局出版社，
 1984年，第997頁。

〔註73〕 〔越〕武芳珵、陳貴衛撰：《公餘捷記》，池潔、吳曉龍校點，引自孫
 遜、鄭克孟、陳益源主編：《越南漢文小說集成》（玖），上海古籍出版
 社，2010年，第198頁。

〔註74〕 姬樹明等編：《朱元璋的傳說》，北京：中國民間文藝出版社出版，1986
 年，第20頁。

一些改動，〔註75〕然而平心而論，託名李公蘊的這首詩，明顯不如朱
元璋的原作。

## 二、李朝漢詩對唐詩體裁的學習

　　赴中原遊學或講經的安南文人，往安南傳教的中原僧侶，赴任安
南的唐朝官員乃至交遊四方的文人學士，從各個方面促進了安南國加
強模仿唐朝中央集權制度模式，其中就包括了科舉制度，這些都對李
朝社會文化和漢文學創作產生了巨大的影響。正如越南文學史研究者
楊廣涵（Dương Quảng Hàm, 1898～1946）所認定的那樣：「連用越文寫
作的那些作品，作者們也不可脫離中國文章的影響。除自己的幾個特
定文體之外，大部分其文體均是仿造中國……。題材、文料、故實大均
套用中國。」〔註76〕

　　依照《李陳詩文》第一集統計，李朝詩文數量現留存約有136首
／或篇（各種文體），包括吳（939年～965年共25年）、丁（968年～
980年共12年）、前黎（980年～1009年共29年）諸朝在內，其中有
60餘首絕句詩（五言絕句和七言絕句兩體）。可以看到，李朝詩文體裁
中雖有多樣，但主要還是偈詩體。值得注意的是，在李朝偈詩中，絕句
體居多數。一首絕句詩僅有四句，是律詩體的一半。五言絕句詩，四句
共二十個字；而七言絕句四句，則有二十八個字。在越南，這種詩體人
們常稱為「四絕」（tứ tuyệt）。這就是中華唐朝的三種近體詩（律詩、排
律和絕句）之一。絕句體格律詩發展和繁盛於唐朝，這種詩歌必須基於
嚴謹的平仄、對仗等要求格律來寫出，就如中國語言家王力先生所言：
「就是依照一定的格律來寫成的詩。律詩的格律最主要的有兩點：盡

〔註75〕參閱〔越〕文學院：《李陳詩文》（第一集），河內：社會科學出版社，
　　　　1977年，第228頁。
〔註76〕原文："Ngay trong những tác phẩm viết bằng Việt văn ấy, các tác giả cũng
　　　　không thoát ly ảnh hưởng của văn chương Tàu. Trừ mấy thể riêng của ta,
　　　　phần nhiều các thể văn là phỏng theo của Tàu… Đề mục, văn liệu, điển tích
　　　　phần nhiều cũng mượn của Tàu." 見〔越〕楊廣涵：《越南文學史要》，
　　　　胡志明：年輕出版社，2005年，第19頁。

量使句中的平仄相間，並使上句的平仄和下句的平仄相對（即相反）；盡量多用對仗，除首兩句和末兩句外，總以對仗為原則。」〔註77〕

這樣，僅於體裁方面而言，李朝詩歌對中華古典詩歌的藝術形式及唐朝格律詩幾乎是完整效仿和全盤吸收的。出現這樣的情況其實是很容易理解的，因為那個時期的詩體除了中華的「古體詩」和「近體詩」兩類之外，其他詩體還未出現。以下將依次引證這一時期五言絕句和七言絕句的一些代表作品，並對作者、詩作簡要介紹、剖析和評講。先舉幾首五言絕句體詩為例，為便於辨別平仄聲（音）以及分析評論，筆者亦將每首漢詩譯成越漢音。

第一舉五言絕句的例子。先看杜法順（Đỗ Pháp Thuận）《答國王國祚之問》（亦稱為《國祚》）詩云：

國祚如藤絡，南天裏太平。Quốc tộ như đằng lạc, ẩ am thiên lý thái bình.

無為居殿閣，處處息刀兵。Vô vi cư điện các, xứ xứ tức đao binh.〔註78〕

杜法順（915年或925年～990年），不知何處人，住隘郡蛉鄉鼓山寺，與黎大行（980年～1005年）同時代；史載其「博學，工詩，負王佐之才，明當世……。當黎朝創業之始，運籌定策，預有力焉。及天下太平不受封賞，黎大行皇帝愈重之，常不名乎為杜法師奇以文翰之任。」〔註79〕法順是黎朝時期的重要參謀人，因而黎大行常向其請教國運諸問題。這首五絕《國祚》詩就是法順給皇帝參謀「國祚長短」之作。憑藉著政治敏銳性，杜法順禪師斷言，欲南國太平、朝代長存，最重要的是實施「藤絡」，就是說全民必須團結。君主必須為人民利益行事，平

---

〔註77〕 王力：《漢語詩律學》（上），北京：中華書局，2015年（2016重印），第18頁。

〔註78〕 〔越〕文學院：《李陳詩文》（第一集），河內：社會科學出版社，1977年，第204頁。

〔註79〕 〔越〕黎孟捷：《越南佛教文學總集》（第三冊），胡志明：胡志明市出版社，2002年，第816頁。

素行政應當「無為」（梵語 asamskrta，為「有為」的對稱）。只有「無為」，才能建立在人民的信心、才能建立在社會階層之間的團結。這正是讓國家太平、人民安樂之訣要。

從漢詩藝術形式看，《國祚》是一首仄起式和首句不入韻的律詩。基於其字數、平仄聲、腳韻／押韻（每首絕句，標準的規則常見有三個韻母相同或相近的字：第一、二、四句末一字；但也有的只有兩個韻母相同或相近的字：第二、四句末一字）以及依近體詩的平仄格律規定，這首詩的平仄要求和押韻規則是頗為標準的。眾所周知，古代漢語和現代漢語中的平仄聲調是有所不同的，然而古代漢語中的平仄聲和漢越音的聲調基本上是一致的。古文中的聲調共有四聲，分別是平、上、去、入四聲，其中平聲分為「平」，其餘的上、去、入三聲則分為「仄」，在越南語中則共有六個聲調，分別是橫聲（無聲／thanh bằng）、玄聲（thanh huyền）、問聲（thanh hỏi）、跌聲（thanh ngã）、銳聲（thanh sắc）和重聲（thanh nặng）。舉一個實例來看：ta（橫聲／無聲，相當現代漢語聲調為「輕聲」），tà（玄聲）tả（問聲），tã（跌聲），tá（銳聲），tạ（重聲）。其中，「平」包括橫和玄二聲；「仄」則包括其餘的問、跌、銳和重四聲。值得注意的是，每個漢字均擁有一個相應／相當的漢越音。按照這個標準，可以確定律詩每首中的平仄韻律，同時透過這一關係，也可以辨析李朝五言絕句體是否仿效了唐代格律詩。上引《國祚》詩的平仄格式如下所示：

仄仄平平仄，平平仄仄平。
平平平仄仄，仄仄仄平平。

這首五言絕句不僅平仄整齊，而且押韻／押韻也稱妥善。在第一句末一字的韻母（其中，現代漢語中「絡」的韻尾為「o」；越南音中這個字的韻母為「ac」）和第三句末一字的韻母（其中，現代漢語中「閣」的韻尾為「e」；越南音中這個字的韻母為「ac」）均是相近韻或相同韻的字。尤其是，在第二句末一字的韻母（現代漢語中「平」的韻母為「ing」；越南音中這個字的韻母為「inh」）和第四句末一字的韻母（現

代漢語中「兵」的韻母為「ing」；越南音中這個字的韻母為「inh」）均是相同韻腳的字。另外，這首詩的句法韻律節奏，從大致來看，每句有三節，覺得配合得適當，聽起來也有一種和諧的感覺，其韻律節奏為「二一二」式，如下：國祚——如——藤蘿/南天——裏——太平/無為——居——殿閣/處處——息——刀兵。關於近體詩黏對方面，蔣紹愚先生在《唐詩語言研究》一書中云：「所謂『黏』，指的是上一聯對句中的第二字要與下一聯出句中的第二字平仄相同。」〔註80〕法順的《國祚》詩的第二句「天」字和第三句「為」字均是平聲，說明這首詩也符合近體律詩「黏」的要求。

再來分析李乾德／仁宗（Lý Càn Đức／ả hân Tông, 1066 年～1128年）的《追贊萬行禪師》詩。李乾德，聖宗皇帝長子，其生母倚蘭太后，李朝的第四代皇帝；是一位有才華廉明、「睿智孝仁、神助人應」的皇帝。李乾德為儒學在越南的發展奠定了基礎：他詔令實行儒學三場考試制度、設立國子監、詔選文職入內習文、等等。他的五言絕句體詩現存留三首，這裏選其一首，詩云：

萬行融三際，真符古讖詩。Vạn Hạnh dung tam tế, chân phù cổ sấm thi.

鄉關名古法，拄錫鎮王畿。Hương quan danh Cổ Pháp, trụ tích trấn vương kỳ. 〔註81〕

這首五言詩的平仄格式為：「仄仄平平仄，平平仄仄平。平平平仄仄，仄仄仄平平。」能夠正確使用五絕體的平仄格律，表明作者對唐代絕句格律已能夠熟練使用。第一句和第二句組成一聯，第三句和第四句組成一聯，每一聯中的上下句平仄相對（相反）。這首詩每句三節，其節奏有「二三」式：萬行——融三際，真符——古讖詩。鄉關——名古法，拄錫——鎮王畿。關於黏對方面，也符合律詩的規則。這首詩讚揚

〔註80〕蔣紹愚：《唐詩語言研究》，北京：語文出版社，2008 年，第 34 頁。
〔註81〕〔越〕文學院：《李陳詩文》（第一集），河內：社會科學出版社，1977年，第 432 頁。

萬行禪師（？～1018 年）的㘫見洽聞和對李朝的預言應驗。萬行幼歲
超異，該貫三學，研究百論，輕視功名〔註 82〕。史臣吳士連亦曾對萬
行關於「天時、地利、人和」瞭解能力，給予了很高的評價。自幼之時，
李公蘊曾遊學於六祖寺，當時萬行禪師一見李公蘊則表彰，云：「此非
常人，強壯之後，必能剖劇折繁，為天下明主也。」〔註 83〕

　　呂定香（Lã Định Hương，？～1050 年）的一首《真與幻》偈頌詩。
呂定香，朱明（今越南河北省）人，家世修淨行，幼年入建初寺得到多
寶禪師指教，歷二十四年。多寶門徒有百餘人，而定香被選第一，深得
多寶真傳奧義，名高一時。京都將城隍使阮郇欽佩其名德，延聘居天德
府芭山（今越南河北省安風縣）感應寺。講經修行，門徒雲集，影響愈
大，惠澤世人。太宗興大寶三年（1050 年）庚寅三月三日，病重訣別，
說偈云：

> 本來無處所，處所是真宗。
>
> 真宗如是幻，幻有即空空。
>
> Bàn lai vô xứ sở, xứ sở thị chân tông.
>
> Chân tông như thị huyễn, huyễn hữu tức không không.〔註 84〕

東亞禪師（中華、日本、朝鮮、越南）為弘揚佛法而多作偈頌以示信眾。
通常在圓寂前，會念出一、二首偈頌。這些偈頌就是東亞漢詩的一種，
歸入「禪詩」門類。這些偈頌一般沒有標題，後人在集錄、編輯成書過
程中，則往往添加詩題，以便傳頌，這首偈當然亦不例外。這首詩的平
仄、對仗、節奏等較為整齊。其格式為：「仄平平仄仄，仄仄仄平平。
平平平仄仄，仄仄仄平平。」仄起式是首句入韻的，若是首句不入韻的
話，則其格式為：「平平平仄仄，仄仄仄平平。平平平仄仄，仄仄仄平

---

〔註 82〕〔越〕黎孟撻：《越南佛教文學總集》（第三冊），胡志明：胡志明市出
　　　　版社，2002 年，第 811 頁。

〔註 83〕〔越〕吳士連撰：《大越史記全書》，孫曉主編（標點校勘），重慶：西
　　　　南師範大學出版社；北京：人民出版社，2015 年，第 147 頁。

〔註 84〕〔越〕文學院：《李陳詩文》（第一集），河內：社會科學出版社，1977
　　　　年，第 237 頁。

平。」其節奏為「二一二」式：本來——無——處所，處所——是——真宗。真宗——如——是幻，幻有——即——空空。這首詩從佛教空性哲學的角度論述事物的本性，認為世間萬事萬物本沒有真實性，因為萬物從未有自身規定性，也沒有固定的實體，萬物都由緣生——諸多元素和合相聚而成。這裏的「真宗」是指事物的本體。若「真宗」只是假幻，那麼萬物之「有」本身就是「幻」，萬物幻有，世界皆空。「空空」概念，來自《摩訶般若波羅蜜經》。此經云：「何等為空空？一切法空，是空亦空，非常非滅故。何以故？自性爾。是名空空。」〔註85〕

第二再舉七言絕句體的例子。關於唐律七言絕句體，基於五言絕句的平仄粘對規則的「（甲）仄仄平平仄；（乙）平平仄仄平；（丙）平平平仄仄；（丁）仄仄仄平平」四種基本句式，若在其（五言絕句）的每種基本句式前面加添相對的平仄，則將成七言絕句律詩的基本句式，具體如下：「（甲）<u>平平</u>仄仄平平仄；（乙）<u>仄仄</u>平平仄仄平；（丙）<u>仄仄</u>平平平仄仄；（丁）<u>平平</u>仄仄仄平平」。這就是詩律七言絕句的四種標準格式，然而如蔣紹愚先生所言：「近體詩的平仄基本格式就是這樣，當然實際上近體詩並非都是這樣平仄整齊的，還有所謂『拗救』。」〔註86〕依照這樣的寫詩標準，下面分別舉律絕實例，考察李朝七言絕句對唐詩格律的遵行。先看阮萬行（ẩ guyễn Vạn Hạnh）《示弟子》詩云：

> 身如電影有還無，Thân như điện ảnh hữu hoàn vô,
> 萬木春榮秋又枯。Vạn mộc xuân vinh thu hựu khô.
> 任運盛衰無怖畏，ẩ hậm vận thịnh suy vô bố úy,
> 盛衰如露草頭鋪。Thịnh suy như lộ thảo đầu phô. 〔註87〕

阮萬行（？～1018年），生年不詳，天德府驛榜鄉古法（今越南河北省）人，家族世代信奉佛法，屬南方（毘尼多流支派）禪派的第十二世系。

---

〔註85〕鳩摩羅什譯：《摩訶般若波羅蜜經》五卷，見《大正新修大藏經》第08冊，第250頁。
〔註86〕蔣紹愚：《唐詩語言研究》，北京：語文出版社，2008年，第21頁。
〔註87〕〔越〕文學院：《李陳詩文》（第一集），河內：社會科學出版社，1977年，第218頁。

其生平和事蹟，在《禪苑集英》有詳細記載：「師幼歲超異，該貫三學，研究百論，其軒冕泊如也。年二十一出家，與定惠俱事六祖禪翁。巾候之暇，學問忘倦。翁滅後，乃專習『總持三摩地』門，以為己務。時或發語必為天下符讖。黎大行皇帝尤所尊敬。」〔註88〕進入李朝，更得厚待，李公蘊（太祖）封其為國師。現存有四首漢詩，收錄於《李陳詩文》第一集，其中兩首五言絕句體，另兩首七言絕句體，《示弟子》是其中一首。此詩依照近體詩平仄格律寫出，其格式見於下：

平平仄仄仄平平，

仄仄平平平仄平。

仄仄仄平平仄仄，

仄平平仄仄平平。

基於上述七言律絕的一般格式，則從句數（四句）、字數（二十八字）、腳韻（在此詩中的第一、二、四句末一字均同韻尾。但其中漢詩中的這三句均是「u」韻尾；而越南音中的這個字的韻尾為「ô」，分別為「無」、「枯」和「鋪」），可看出是依照七言絕句格律來寫成的詩。然而，在押平仄韻方面，對照近體詩的平仄普通格式後，發現這首詩至少有二處平仄韻押得不合：一是在第二句末一字（即「枯」字），按說宜仄聲而用平聲，雖然這個字韻與第一句末一字（即「無」字）相匹配；二是在第四句首一字（即「盛」字）宜平聲而用仄聲，可是依照「一三五不論」口訣，則可以符合近體詩格律。其七言絕句詩韻律的節奏是「四三」式，即先是偶數後是單數：身如電影——有還無，萬木春榮——秋又枯。任運盛衰——無怖畏，盛衰如露——草頭鋪。這首詩的內容，看來也相似於《金剛經》之偈頌。閱讀此經，在其經的最後偈頌中，世尊（佛的尊稱）曾對須菩提（梵名 Subhuti，世尊十大弟子之一）云：「一切有為法，如夢幻泡影。如露亦如電，應作如是觀。」〔註89〕

---

〔註88〕《禪苑集英》，第 811 頁。

〔註89〕徐興無注譯，侯迺慧校閱：《新譯金剛經》，臺北：三民出版社，2010年，第 135 頁。

如果我們將以上的兩首偈詩作一比較，就不難發現，兩者間之語言、形式以及其意義，幾乎均是一模一樣的。亦就是從此偈頌出發，而後來萬行禪師亦創作如上所引的一首偈。其偈含義指出一個人生之真諦（真實不妄之義理），說明世間萬有總是不斷地處於經常無常變化之中，始終前滅後生，聚散起止，因此當面對無常變化之時，應該平心靜氣，認出其本質原來如此，是生活必要的規律。唯有如此，人們方能傲視險阻、披荊斬棘、勇往直前、堅定立場、堅貞地忠於自己的理想，創造有美好意義的人生。可以說，這首《示弟子》是越南古代文學中的最有名詩歌之一。

不完全像上文所舉諸五言絕句體的例子那樣合乎標準，李朝許多七言絕句體詩，在平仄聲韻以及其他寫作技巧方面不時會犯一些錯誤。然而，需要注意之處是，五言律詩還是七言律詩，除首句不入韻之外，還可以是首句入韻的。首句如入韻，則嚴格要求首句的句尾是一個平聲字。如果是在這種情況下，第一聯上下句平仄就可不相對（相反），而其餘各聯中上下句平仄一般均相對。相似於「示弟子」這首詩，在李朝時期的漢詩中，可以發現基本依照七絕律詩格律來寫，但常常出現一些小錯誤。再如阮覺海（ẩ guyễn Giác Hải）的一首《花蝶》詩。阮覺海，生卒年不詳，海清（今越南南定省）人，幼時愛釣魚，常以小船為家，浮游江海。在二十五歲時，不從作漁業，落髮為僧，住海清延福寺。先與空路同奉河澤禪師，後成為無言通禪派的第四代僧人。其詩云：

春來花蝶善知時，Xuân lai hoa điệp thiện tri thì,
花蝶應須共應期。Hoa điệp ưng tu cộng ứng kỳ.
花蝶本來皆是幻，Hoa điệp bản lai giai thị huyễn,
莫須花蝶向心持。Mạc tu hoa điệp hướng tâm trì. [註90]

通過這首詩中的「花」和「蝴」形象，作者想表達的是大自然週期的迴圈規律；這既是有著直接性意義的意境，又是有著表象性意義的意境。

---

[註90]〔越〕文學院：《李陳詩文》（第一集），河內：社會科學出版社，1977年，第444頁。

這些形象可以是真實的，也可以是想像虛構的。通過這樣的雙層意境，覺海向徒弟和信眾提醒、告誡「莫須花蝶向心持」，因為「花蝶本來皆是幻」，並不是真實的存在。這首詩後來被收錄於《李陳詩文》第一集中，其每句都是 7 個字，但《禪苑集英》原載的第二句卻多了一個「知」字，如下：「春來花蝶善知時，花蝶應須共應知期。花蝶本來皆是幻，莫須花蝶向心持。」〔註91〕《李陳詩文》經過考訂後，以《嶺南摭怪》版本的第三句中「便」字改成「共」字、以第四句中「時」字改成「是」字和以第四句中「將」字改成「須」字。這首詩留存於《嶺南摭怪》中，如下：「春來花蝶善知時，花蝶應須便應期。花蝶本來皆時幻，莫將花蝶向心持。」〔註92〕其平仄格式是：「平平平仄仄平平，平仄平平仄仄平。平仄仄平平仄仄，仄平平仄仄平平。」從這個平仄的格式，不難看出這首詩基本上是依照近體詩平仄的格律來寫出的，但在第一聯中上下句（首兩句）平仄有幾處用平仄韻是不合的。例如第二句的第一字和第三字宜仄而用平；同這句的第五字宜平而用仄；亦同這句的第七字宜仄而用平。其餘的第二聯中上下句（末兩句）平仄，都是依照唐詩格律來寫成的。

## 三、《壇經》在李朝漢詩中的表現

　　釋尊滅度後約 100 多年間，由於對戒律教義有不同意見出現，印度佛教開始了第一次分裂，產生了正統派的上座部與非正統派的大眾部。此後，在 100 年至 200 年的時間內，印度佛教又發生了第二次分裂，自其兩個對立的上座部和大眾部中，分裂出二十部派（或十八部派）。〔註93〕印度佛教傳到中國後，對不同朝代社會的發展、人心的趨

---

〔註91〕〔越〕黎孟撻：《越南佛教文學總集》（第三冊），胡志明：胡志明市出版社，2002 年，第 843 頁。

〔註92〕戴可來，楊保筠校注：《嶺南摭怪等史料三種》，鄭州：中州古籍出版社，1991 年，第 43 頁。

〔註93〕參閱東初：《釋尊滅後的佛教》，引自張曼濤：《印度佛教概述・現代佛教學術叢刊》，臺北：大乘文化出版社，1979 年，第 68～69 頁。

向都產生了巨大的作用，釋尊弟子世系隨時隨地而建立了十四宗派〔註94〕。關於佛教在越南的傳入初期，可以見佛教在交州之地唯是「浮光掠影」，未有何獨特且具體定型，尤其在組織的體系中、以及繼承和發展等方面。當時民眾只通過供奉、祭祀等方式來接觸佛教罷了，直至數年後，佛教才逐漸滲透到本地大眾。基於整這個階段的歷史進程上，可以看到中華佛教在越南的影響力勝於印度佛教，其中最值得注意的是中華佛教中的禪宗。越南學者密體曾肯定：「在中華之佛教各宗中，吾國越南唯得傳禪宗。」〔註95〕同時他亦指出，在越南佛教發展各時代中，除禪宗之外，尚有修淨土宗、修密宗等。只是這些宗派修行，沒有像禪宗那樣形成明顯的傳統和具體的傳承者。

　　據史載可知，在越南李氏時代的佛教潮流中，有尼多流支派、無言通宗派和草堂宗派三大宗派並行存在及發展，其中，值得注意的是尼多流支派和無言通宗派兩大禪派。毘尼多流支原是一位印度僧士，先到中華，然後至交州，成立毘尼多流支宗派。抵達交州前，多流支曾為中華禪宗三祖僧璨（526 年？～606 年）所傳心印，所以中華佛教禪宗在五祖弘忍（602 年～675 年）之前仍帶有濃重的印度佛教色彩。直到六祖惠能（亦稱慧能，638 年～713 年）之後，才是真正的「本地化」。經過半個多世紀後，至第九世紀即 820 年，中華無言通禪師（758 年～826 年），自中華往越南交州傳道，後在交州創立了第二宗派。按禪史，知無言通為百丈山懷海禪師（720 年～814 年）之門下，而懷海又是惠能的第三代門下。依據《禪苑集英》書籍而知，無言通在抵達交州之前，曾住持中華南華寺，其原名為（廣東韶州曹溪）寶林寺，惠能曾在此居住主持過一段時間。因此，無言通的思想確深受中華南宗禪思想的影響，其中最為特殊的是六祖惠能「以心傳

---

〔註94〕 參閱劉果宗：《中國佛教各宗史略》，臺北：文津出版社，2001 年，第（1）～（5）頁。

〔註95〕 原文為："Trong các tôn Phật giáo ở Trung Hoa, Việt ẳ am ta chỉ đắc truyền có một Thiền tôn."（見〔越〕密體：《越南佛教史略》，順化：順化出版社，1996 年，第 47 頁）。

心」、「頓悟」、「心性」等觀念，而代表著作就是《六祖法寶壇經》（下簡稱《壇經》）。可以說，至無言通宗派的出現，中華心宗思想確實已經傳入了越南之地。〔註96〕

　　在佛教典籍寶藏中，《壇經》是六祖惠能（638～713）生前的講法，經門人法海記錄成書，此著作約在唐朝中期就已形成並廣為流傳。唐代（618年～906年）是中國封建史上最為燦爛的時期，期間中華各民族創造出了頗具特色的文化、文學、思想等方面的豐盛成就，而其中重要的一方面就是佛教進入全盛期。唐朝佛教的蓬勃發展，表現於僧侶的興旺事業中，他們不僅繼承前輩的教義思想，而且還創造出許多新的思想和宗派，極大豐富了佛教的經典寶庫。唐朝僧侶留下了諸多珍貴的遺產作品，遍佈宗教、哲學、文化、文學、藝術等領域。其中《壇經》是具有代表性的著作之一，帶有中國人思維的濃厚特色，其以空前絕後的超越精神最終完成了佛教的中國化，為禪宗在中國的發展奠定了堅實的基礎。從問世起迄今為止，《壇經》在東亞佛學思想史上始終佔有重要之席，成為中華傳統思想文化的重要組成部分。《壇經》被視為禪宗佛教的宗經，長期以來不僅在中國大陸廣泛流行，還一直盛行於日本、朝鮮韓國、越南等東亞各國。

　　《壇經》的中心思想內容，除指涉及展開《金剛般若波羅多經》的奧義之外，重心乃圍繞著「自性」範疇的哲學思考。惠能在《壇經》中，曾多次提到其「自性」，認為「自性」是包含人生、社會和宇宙，同時也認為其「自性」本來是清淨、是佛性、是真如，屬於人的內在本質，並不在人心之外。因而，佛與眾生皆同此清淨自性，皆有無二之佛性。《壇經》一方面肯定並強調眾生與佛皆同此清淨自性，皆有不二之佛性，由此高揚了一種建立在無差別之上的完美統一性，體現出對生命本質上的樂觀和肯定的態度，並為其修行理論提供了內在的堅實基礎。另一方面，《壇經》又將佛和眾生之差異歸結為自性的迷和悟。《壇

---

〔註96〕參閱阮福心：《陳朝佛教『入世精神』之思想研究》，臺北元智大學中國語文學系研究所碩士學位論文，2011年，第26頁。

經》云：「自性若悟，眾生是佛；自性若迷，佛是眾生。」〔註97〕但是，人如何能見「自性」，如何能達到佛界？為了解開這個人生難解之題，他提倡無念、無相、無住等三無的禪修方法〔註98〕，從而展開其獨特的禪修方式。他的禪修方式與傳統禪學方式相反，認為「道由心悟，豈在坐也」〔註99〕，就是說禪修不一定須念佛、坐禪（靜心／靜坐），而是可行禪、站禪、臥禪，所有日常生活中的活動中皆可修禪；亦不一定是在深山窮谷、古寺名剎，在家獨居甚或身處鬧市，通過修煉「和光同塵」，最終也能修成正果。惠能云：「佛法在世間，不離世間覺，離世覓菩提。恰如求兔角。」〔註100〕又云：「善知識！若欲修行，在家亦得，不由寺。在家能行，如東方人心善；在寺不修，如西方人心惡。但心清淨，即是自性西方。」〔註101〕然而，如在家修行，具體如何修，正如韋公所提的疑問「在家如何修行？」〔註102〕惠能則切實且簡單地答應：「恩則親養父母，義則上下相憐。讓則尊卑和睦，忍則眾惡無喧，若能鑽木出火。淤泥定生紅蓮，苦口的是良藥。逆耳必是忠言。……菩提只向心覓，何勞向外求玄。」〔註103〕就此表明，成佛不必坐禪，並

〔註97〕六祖惠能大師：《六祖法寶壇經》，高雄：禪心學苑，2009 年，第 163 ～164 頁。

〔註98〕原文為：「善知識！我此法門，從上以來，先立無念為宗，無相為體，無住為本。無相者，於相而離相。無念者，於念而無念。無住者，人之本性。……念念之中，不思前境。若前念今念後念，念念相續不斷，名為繫縛。於諸法上，念念不住，即無縛也。此是以無念住為本。善知識！外離一切相，名為無相。能離於相，則法體清淨，此是以無念相為體。善知識！於諸境，不於境上生心。」（見六祖惠能大師：《六祖法寶壇經》，高雄：禪心學苑，2009 年，第 60～61 頁）。

〔註99〕六祖惠能大師：《六祖法寶壇經》，高雄：禪心學苑，2009 年，第 138 頁。

〔註100〕六祖惠能大師：《六祖法寶壇經》，高雄：禪心學苑，2009 年，第 44 ～45 頁。

〔註101〕六祖惠能大師：《六祖法寶壇經》，高雄：禪心學苑，2009 年，第 54 頁。

〔註102〕六祖惠能大師：《六祖法寶壇經》，高雄：禪心學苑，2009 年，第 54 頁。

〔註103〕六祖惠能大師：《六祖法寶壇經》，高雄：禪心學苑，2009 年，第 55 ～56 頁。

亦與外在形式無關。秉持這一革新理念，惠能把佛教帶進了塵世群眾中，並亦由於這股佛教革新思想的外傳交流，至今禪宗已遍佈世界各地，其中就有越南。這可見於李朝時期的詩文中，甚至陳朝詩文中的一部分（將呈現於第四章）。李朝時期的大部分詩歌已經深受《壇經》思想的影響，這也是本文主要探索所在。

正如上述，李朝詩文呈現的主要是佛教文學，其中大部分是帶有南宗禪濃厚烙印的偈詩。李朝詩歌的主題是體現禪宗的哲學傾向，禪師們一般直接涉及人生的大問題、人世間的對立，諸如生死、有無、色空、心物、凡聖、實相無想等等。通過傳道禪宗，啟發民眾超越有限的二元觀法，克服痛苦沉醉之執著觀法。關於《壇經》對越南李朝詩歌的影響，以下舉出一些實例加以闡述。

李佛瑪／太宗（Lý Phật Mã／Thái Tông）的《視諸禪老參問禪旨》詩。李佛瑪，小名德政，北江路古法人，李太祖長子，李朝全盛時期的第二代國王。他愛讀書、詩文、音樂，通曉佛法。《禪苑集英》載：「李太宗皇帝嘗於天福禪老參問參旨針錐，剛下腦蓋通風機之。餘禪悅為樂，因與諸方耆宿講究異同。帝先謂曰：『朕惟佛祖心源，自古聖賢未免詆訾，況後學哉！今欲與諸德略敘己意，各述一偈，以觀其用心何如耳。』皆再拜奉命。眾方屬思，而帝已成偈云：

> 般若真無宗，人空我亦空。
> 過現未來佛，法性本來同。」〔註104〕

這首偈談到「般若」、「人」、「我」及過去、現在和未來等三世的諸佛空性。事物現象的存在只是空性的出現，然而萬物皆有佛性、「法性」，諸佛與眾生皆具有共同的一個本體。這可以見於《壇經》中，惠能云：「自性若悟，眾生是佛；自性若迷，佛是眾生；自性平等，眾生是佛；自性

---

〔註104〕《禪苑集英》，第 876 頁；在《李陳詩文》（第一集）中，此詩第四句第四字抄為「相」字，如下：「般若真無宗，人空我亦空。過現未來佛，法性本相同。」（見〔越〕文學院：《李陳詩文》（第一集），河內：社會科學出版社，1977 年，第 242 頁。

邪險,佛是眾生。」〔註105〕李佛瑪作此偈後,林樞／惠生(Lâm Khu／Huệ Sinh,?～1063年)就應口成兩段偈詩,後人取題為《答李太宗心願之問二首》。從這二首偈中,惠生說明「空」和「有」的超越,同時肯定諸佛和眾生的「自性」實在是「一」,是同體不二的。其二偈如下:

> 其一:法本如無法,非有亦非空。
>
> 　　　若人知此法,眾生與佛同。
>
> 其二:寂寂楞伽月,空空渡海舟。
>
> 　　　知空空覺有,三昧任通周。〔註106〕

惠生,生年不詳,龍潭縣東扶列(今河東省青池縣)人,出身官吏家庭,歷內供奉僧、都僧錄、左街都統等職。師「尤善文詞,工字、畫。儒學之暇,旁究佛書,百倫諸經,靡不周覽」〔註107〕。惠生禪師從「法」(事物)的概念開始,其符合於《壇經》後來所涉及的般若精神:如果「法」是由許許多多條件而成的組合,並沒有其本身中的本質或自性(意味著沒有自身質的規定性,沒有固定的實體),那麼這裏的「法」相等於「無法」,因此「有」和「空」的屬性不能歸於一(即不能附會之):「法本如無法,非有亦非空。」如果能達到其真理——通過實證達到而不是通過概念掌握,就在佛(覺悟者)和眾生(未覺悟者)之間會沒有什麼區別。在其真理的實在世界裏,每一個概念、語言皆不再有效,一切皆是寂靜的:在楞伽山月亮的沉靜光線下——象徵覺照、光明和智慧,一條小船穿越大海,在船的底裏絕對不帶任何人,不帶任何東西。這裏的佛和眾生是一體的,沒有迷人、沒有悟人、沒有濟(渡)人、沒有被濟人、沒有任何人渡岸。最後兩句對治「空」和「有」的對立偏向,以解除人類的「空」和「有」概念的依附。惠生禪師認為:「知空

---

〔註105〕六祖惠能大師:《六祖法寶壇經》,高雄:禪心學苑,2009年,第163～164頁。

〔註106〕〔越〕文學院:《李陳詩文》(第一集),河內:社會科學出版社,1977年,第257～258頁。

〔註107〕《禪苑集英》,第799頁。

空覺有」，意味著，如果認得「空」也是「空」，就才發覺「有」這個實
在是什麼。因為執著於「空」或執著於「有」，其實也都是害處；如果
脫離「空」，認出「空」也是「空」，就「有」也不會繫縛咱們了。如果
能達到這樣，禪定功夫才不會被卡（困）住。「三昧任通周」就是這個
意思。「三昧」（梵語 Samadhi）一般是指正定、定意行處等意思，心定
於一處（或一境）而不動，但這裏的指是解脫所有束縛而到彼岸之境
界。這首帶有楞伽山的寧靜月光下的空船靜靜地穿過大海的形象的詩
是一幅奇妙、不可思議的圖像（意境）。〔註108〕

　　阮覺海（ẩ guyễn Giác Hải）的漢詩《不覺女頭白》。這首漢詩的標
題是由文學院編委後來加上的，其詩作內容有多少受到《壇經》的影
響。先讀其詩：

　　　　不〔註109〕覺女頭白，報爾作者識。

　　　　若問佛境界，龍門遭點額。〔註110〕

此詩的開頭使用了一個熟悉而非常特別的形象，那年輕女孩已有了頭
上白髮，通過這一形象是想讓學道者洞曉，如果總是固執追問佛在哪
裡，就會像跳龍門的鯉魚那樣被「點額」（頭額觸撞石壁）。「點額」典
籍出自北魏酈道元（西元 472 年～527 年）《水經注・河水四》：「鱣，
鮪也。出鞏穴，三月則上渡龍門，得渡為龍矣；否則，點額而還。」〔註
111〕後來詩文中常以「點額」比喻應試落第。作者覺海以一位少女白髮
形象，來說明萬事萬物本質上是無常、變化不定的，勸告信眾不要執著
於由人造出的約定，且勸說想要充分領會任何東西，最好用直覺來領
會。如果總是追問「佛境界」（到底是在哪裡）的，那就像鯉魚躍不過

---

〔註108〕參閱〔越〕阮郎：《越南佛教史論》（第一集），河內：文學出版社，
　　　　1992 年，第 136 頁。

〔註109〕這個字在《禪苑集英》抄為「了」字（見《禪苑集英》，第 844 頁）。

〔註110〕〔越〕文學院：《李陳詩文》（第一集），河內：社會科學出版社，1977
　　　　年，第 443 頁。

〔註111〕夏征農主編：《辭海》，上海：上海辭書出版社，1989 年版，第 1769
　　　　頁。

龍門，最終頭額觸破而敗退。這也就是說，若是執著於「有」、「無」概念，人們就更會遠離佛境界或涅槃境界。

如果李佛瑪的《視諸禪老參問禪旨》和惠生的《答李太宗心願之問》二段偈，讓人知道佛與眾生本來皆具「自性清淨」而不需外求，那麼到阮覺海的這段偈就更是拓展一層：

> 教外可別傳，希夷祖佛淵。
>
> 若人欲辯的，陽焰覓求煙。〔註112〕

這裏的「教外」是佛門禪林術語。佛門中有教內和教外二法，以文字、語言傳授教法，則謂「教內」。反之，不施設文字，捨離言語，直傳佛之心印，則謂「教外」。「別傳」是佛門禪林雜語，是對利根的人，以心傳心，謂「別傳」。那麼，不立文字，特別於教外別對其機，以心傳心，謂之「教外別傳」。「希夷」二字在《辭海》這樣解釋：「空虛寂靜，不能感知。《老子》：『視之不見名曰夷，聽之不聞名曰希。』河上公注：『無色曰夷，無聲曰希。』希遷（700～790）唐禪宗僧人。本姓陳，端州高要（今屬廣東人）。先後師事慧能和行思。天寶年間（742～775），居衡山南寺，寺東有石平坦如臺，乃結庵其上，世稱石頭和尚或石頭希遷。自稱其法門『不論禪定精進，達佛之只見，即心即佛；心佛眾生，菩提煩惱，名異體一』。」〔註113〕「希夷祖佛淵」這句詩，越南文學院編委將之譯成越南語是「『希夷』為源於禪境」（Hy dy là bắt nguồn từ cõi Thiền）〔註114〕。實際上，「希夷」原本指「道」的本體無聲無色，佛門借來此語，泛指禪的虛寂玄妙之境界。這個境界，如欲分析、瞭解、辨別之，則如同人們去尋求陽光中的煙氣（「陽焰」）那樣幾無可能。這一觀點亦見於《壇經》中。通過這樣的修行途徑，可以達到「自性清淨」。

---

〔註112〕〔越〕文學院：《李陳詩文》（第一集），河內：社會科學出版社，1977年，第523頁。

〔註113〕夏征農主編：《辭海》，上海：上海辭書出版社，1989年版，第373頁。

〔註114〕見〔越〕文學院：《李陳詩文》（第一集），河內：社會科學出版社，1977年，第523頁。

　　還有強調「見性成佛」的修證方法，主張「教外別傳」傳授教法方法。《壇經》所記載神秀頌偈「身是菩提樹，心如明鏡臺。時時勤拂拭，勿使惹塵埃」。〔註115〕與此不同，惠能則主張用般若智慧以領悟「空」的體性，超越所有我執、妄想、是非等範疇：「菩提本無樹。明鏡亦非臺。本來無一物。何處塵埃。」〔註116〕由此可見，對於覺悟之途徑言，世間上的一切事物，包括語言、文字等的各個方便，皆成為是障礙物。於是惠能的頓悟方法問世，強調直覺，是一種特別感受，可暫稱之為「見性成佛」或「明心見性」。惠能提出的宗旨相對佛教傳統禪學而言並不是全新的，如達摩祖師早就有言：「不立文字，教外別傳，直指人心，見性成佛。」〔註117〕然而，在其承傳的過程中，直至第六祖惠能並通過他的《壇經》，才使得禪宗本土化的特徵完整呈露，且為佛門廣泛接受。《壇經·自序品第一》記載：「昔達摩大師初來此土，人未之信。敬傳此衣，以為信體，代代相承。法則以心傳心，皆令自悟自解。自古佛佛惟傳本體，師師密付本心。」〔註118〕在禪學界中，「以心傳心」的密傳方法為各位禪師普遍使用，亦深刻影響到越南李朝的禪學界。禪宗的修習方法雖有眾多不同，但有一個共同目的，那就是見性成佛。因此對惠能而言，見性才是最關鍵的問題。李陳詩歌中的「見性成佛」表現，在寶鑒／嬌浮（Bảo Giám／Kiều Phù,？～1173 年）的《感懷二首》偈中，尤其在其二中最為明顯：

　　　　其一：得成正覺罕憑修，祇為牢籠智慧優。

　　　　　　　認得摩尼玄妙理，正如天上顯金烏。

〔註115〕六祖惠能大：《六祖法寶壇經》，高雄：禪心學苑，2009 年，第 8～9 頁。

〔註116〕六祖惠能大：《六祖法寶壇經》，高雄：禪心學苑，2009 年，第 14 頁。

〔註117〕「不立文字」、「教外別傳」、「以心傳心」等，接受了佛教經典以外的釋迦牟尼直接的秘密心法的傳授。依據禪宗的承傳歷史，釋迦牟尼所傳心法，在印度經過了二十七代的傳授，到了梁武帝時，又經過菩提達摩傳道中國。達摩以後，又經過惠可、僧璨、道信、弘忍，而後傳道惠能。惠能是中土禪宗的第六代的祖。

〔註118〕六祖惠能大：《六祖法寶壇經》，高雄：禪心學苑，2009 年，第 17 頁。

其二：智者猶如月照天，光含塵剎照無偏。

若人要識無分別，嶺上扶疏鎖暮煙。〔註119〕

在《感懷‧其二》中，是說有智能的人（「智者」），就像月亮在夜空中猶如明亮之燈，其光線籠罩整個塵世間，清輝普照，猶如白晝。作者勸導信眾，佛光普照是不需要去分辨的，因為這是超越人們意志和能力的存在，就像煙嵐籠罩山嶺間繁茂草木那樣混沌一體。而在《感懷‧其一》中，對行者（佛道之修行者）發出更為直接坦率的建言，若想成佛，就應少依賴修行（文字、語言、概念、規定等外表形式），因為對修行的依賴會禁錮優越的內在智慧，即每個人都有的自性清靜。

以上引例、對照、分析，皆足以證明李陳漢文詩中受到《壇經》思想的影響。此外還部分受到密教要素的影響，這些要素起源於印度的大乘佛教思想，而到了越南則體現在毗尼多流支禪派中。《壇經》的影響通過許多不同的方式，有越南禪師閱讀《壇經》之後的直接領會，也有通過接受唐代僧人偈頌及漢詩人交流來實現的。

## 四、小結

李朝時期詩文作品數量保留下來的不多，但有著較多的文體，有五言七言二句、四言、五言八句、七言八句，甚至可以有錯綜雜言。但其中絕大部分是佛教僧侶創作的絕律體偈詩。這些漢文偈詩幾乎皆吸收了唐代詩體，包括唐代僧人的偈頌在內。這種影響接受主要表現在以下幾個方面：

就詩律方面而言，李朝五言絕句體有小部分完全接受唐詩格律（亦稱近體詩），每一聯的上下句平仄是整齊相對的，在絕句體的第一句、第二句和第四句末一字押腳韻。值得注意的是第二句和第四句的腳韻，是符合唐詩格律（相同或相近韻母）的。而七言絕句體，有少量部分依照唐詩格律來寫，而大部分並不遵守唐朝近體詩的平仄規則。有一些

---

〔註119〕〔越〕文學院：《李陳詩文》（第一集），河內：社會科學出版社，1977年，第482頁。

詩篇並不依照嚴格的平仄格式（即出句和對句的平仄、對仗等字字不相對），可以將之歸於古體詩（亦稱為「古風」）。但實際上，這種詩體或多或少均受到近體詩的影響，正如王力先生說：「古風雖是模仿，然而從各個方面看來，唐宋以後的古風畢竟大多數不能和六朝以前的古詩相比，因為詩人們受近體詩的影響即深，做起古風來，總不免潛意識地摻雜著多少近體詩的平仄、對仗，或語法；恰像現在許多文人受語體文的影響即深，勉強做起文言文來，至多也只能得一個形似。」〔註120〕這種較少拘束的詩在李朝漢詩中，是有相當多的，諸如：真空（Chân Không／Vương Hải Thiềm）的「妙本虛無日日誇，和風吹起遍婆婆。人人盡識無為樂，若得無為始是家。」（《感懷》）〔註121〕、喬智玄（Kiều Trí Huyền）的「玉裏秘聲演妙音，個中滿目露禪心。河沙境是菩提道，擬向菩提隔萬尋。」（《答徐道行真心之問》）〔註122〕、徐路／道行（Từ Lộ／Đạo Hạnh）的「秋來不報雁來歸，冷笑人間動發悲。為報門人休戀著，古師幾度作今師。」（《示寂告大眾》）〔註123〕，等等。

就詩歌語言而言，有一些李朝漢詩幾乎就是從唐詩改編而來，有一些詩篇近乎是完全地抄寫，李朝漢詩人只是「潤色」改寫一、二字。這樣的借鑒改編在現存李朝漢文詩中看來是不少的，只不過由於時間及資料收集等諸多因素的限制，筆者不能將李朝漢文詩和唐詩作一首一首地查驗對照，而只能列舉出一些典型例子略加說明。總之李陳漢詩受唐詩影響之深，在東亞乃至世界文學歷史上是極為突出，無與倫比。

就偈詩的內容而言，有一些直接涉及《壇經》的深奧教義，其中有涉及「自性清淨」的思想，指出佛與眾生事實上僅是一體，因而行者欲

〔註120〕王力：《漢語詩律學》（上），北京：中華書局，2015 年（2016 年重印），第 327 頁。

〔註121〕〔越〕文學院：《李陳詩文》（第一集），河內：社會科學出版社，1977 年，第 304 頁。

〔註122〕〔越〕文學院：《李陳詩文》（第一集），河內：社會科學出版社，1977 年，第 341 頁。

〔註123〕〔越〕文學院：《李陳詩文》（第一集），河內：社會科學出版社，1977 年，第 347 頁。

成佛，則無需遠行，亦無需久等，僅要心中有佛，何必外覓？所謂「成佛」，就是在此時與此地，而不是在某某陌生之世界。這正如李玉嬌／妙因（Lý ả gọc Kiều／Diệu ả hân, 1041 年～1113 年）在《生老病死》中寫道：「生老病死，自古常然。欲求出離，解縛添纏。迷之求佛，惑之求禪。禪佛不求，杜口無言。」〔註124〕除此之外，李朝偈詩還體現出對盲目、生硬的修行行為的批判精神。諸如在《參徒顯決》幾句語錄中，梅直／圓照（Mai Trực／Viên Chiếu, 999 年～1091 年）云：「笑他徒抱柱，溺死向中流。」〔註125〕這兩句出處《莊子‧盜跖》中，載：「尾生（有書稱為「微生」——筆者注）與女子期於梁下，女子不來，水至不去，抱梁柱而死。」〔註126〕梅直還說：「可憐刻舟客，到處意匆匆。」〔註127〕這兩句見於出自《呂氏春秋‧察今》，載：「楚人有涉江者，其劍自舟中墜於水，遽契其舟曰：『是吾劍之所從墜。』舟止，從其所契者入水求之。」〔註128〕在《罕知音》中，淨戒／朱海顒（Tịnh giới／Chu Hải ả gung, ？～1207 年）有詩云：「秋來涼氣爽胸襟，八斗才高對月吟。堪笑禪家癡鈍客，為何將語以傳心。」〔註129〕這些皆是批判辦事刻板、拘泥而不會觀察、根據實際情況來處理諸問題的那些執著的人。

## 第三節　李朝漢詩中的特殊性

　　從吳氏至李朝是一個獨立的時期，但此期間在安南地區間或也面

〔註124〕〔越〕文學院：《李陳詩文》（第一集），河內：社會科學出版社，1977年，第 339 頁。

〔註125〕〔越〕文學院：《李陳詩文》（第一集），河內：社會科學出版社，1977年，第 270 頁。

〔註126〕冀昀主編：《莊子》，北京：線裝書局，2007 年，第 328 頁。

〔註127〕〔越〕文學院：《李陳詩文》（第一集），河內：社會科學出版社，1977年，第 273 頁。

〔註128〕呂不韋著，任明、昌明譯注：《呂氏春秋》，上海：書海出版社，2001年，第 141 頁。

〔註129〕〔越〕文學院：《李陳詩文》（第一集），河內：社會科學出版社，1977年，第 535 頁。

對內憂外患，因之從丁朝的丁部領至李朝的李公蘊等帝王，一方面要平定各地的割據勢力、防外來勢力，另一方面還要盡力建立一個統一獨立國家的治理體系。也就是從這裏開始，越南民族才有正式書面詩文——漢文書面文學。在這個歷史階段中，與其他宗教相比，佛教受到特別重視而廣受歡迎。這其中很多原因，其中主要原因就是李朝開國帝王李公蘊曾長期托身佛門、對僧侶多有恩惠，諸如李從小時公蘊曾為萬行禪師所著力教導培養，長大時幫他登基，助維護社會秩序。換言之，佛教在早期復興民族中為國盡心，作出了巨大的貢獻。也正因為這樣，這一時期的漢詩主題有其自身的獨特性，基本上包括民族意識、濃郁的傳奇色彩和宗教哲學意味。雖是分為三個獨立的部分，但在它們之間有交叉在一起，其被呈現在「宗教」的棱鏡下。這就是與唐詩有所不同之處的特殊性。在本節，筆者將分別加以敘述李朝漢詩中的民族意識、李朝漢詩中的傳奇色彩和李朝漢詩中的哲學意味等三大要點。

## 一、李朝漢詩中的民族意識

　　李朝歷史時期的特點是，大越（安南國）民族雖已取得獨立，但外來侵略危機尚在，在近 300 年時間內，大越人面臨了 5 次大規模的戰爭，其中三次抗元鬥爭〔註130〕。因此，誕生在這個初期階段的文學創作，當然會受到反抗外侵的精神影響，其主要內容是讚美和保衛南國江山、發抒忠君愛國、表現民族意識。其實，這種民族意識在李朝之前已經出現，可於定空（730 年～808 年）的行狀和三首頌中看到，對此《禪苑集英》有記載：

〔註130〕關於三次蒙元和安南之戰爭，郭振鐸等人在《越南通史》一書中說：
　　「在蒙古人及元帝國三次入侵安南以及對占城的侵犯過程中，中國人民在人力、物力和軍事方面均受到重大的損失。當時中國人民處於元統治者殘酷壓力下，過著饑寒交迫的苦難生活，還要派遣軍隊，輸送穀物，修築道路並隨軍作為民夫貢獻本身的力量。為此，人民皆捨業挑走，堅壁清野支援交趾人民的抗元鬥爭」（見郭振鐸、張笑梅主編：《越南通史》，北京：中國人民大學出版社，2001 年，第 348 頁）。

天德府驛磅鄉禪眾寺定空禪師，古（法——筆者加添）人也，姓阮氏，世為右族。其為人深明世數，動有軌則，鄉人尊事，咸以長老名。

焉晚歲於龍泉南陽會下，聞說領旨，由是歸心釋教。唐貞元（785 年～804 年）中，師於本鄉建瓊林寺。基構之始，揭地得香題一枚磬子十口。（師）使人臨水洗，一口下水去，至土乃止。師解云：「十口成『古』字，水去成『法』字」，土者我所居立本土也。因改其鄉名古法。又作頌云：

地呈法器，一品精銅。

置佛法之興隆，立鄉名之古法。

又云：

法曇出現，十口銅鐘。

姓李興王，三品成功。

又云：

十口水土去，古法名鄉號。

雞居鷺月後，正是興三寶。

師將歸寂，語弟子通善云：「吾欲興廣鄉里，然中間恐遭禍難，必有異人來壞吾境土地（後唐高駢來鎮，果驗。———《禪苑集英》編者注）。吾沒後，汝善持其法，丁人即傳則吾之願畢矣。」

言迄告別而終，壽七十九。時唐元和三年丙子，通善於六祖寺西起浮屠，且志其囑語葬焉。〔註131〕

因為挖到了這十口磬子，定空寫出了三首頌，其中預言姓李的將登基，並使佛教興盛。這三首是屬讖緯類的一種詩。讖緯是讖和緯的合稱，一種預示吉凶的隱語，中國古代傳統文化的重要組成部分之一，盛行於

---

〔註131〕 《禪苑集英》，第 818～820 頁。

秦漢代。值得注意的是，定空寫這三首頌，是約於 785～805 年間，也就是由馮興成立的越國正逐漸失去控制力的時候。面對家國危機，定空藉此三頌，倡言新理念，確立越國邊界，那就是「地靈主義」。這裏的「姓李興王，三品成功」，意味著姓李的豪傑若能稱帝，則越族將得到復興。在越族復興和李姓稱帝之時，佛教才能興隆。這兩首讖緯詩表露出了對民族命運的深刻關心，是越南時事漢詩寫法的起源。繼而，此種以漢詩寫時事的傳統在法順（Pháp Thuận, 915 年或 925 年～990 年）《國祚》詩中也能見到。《禪苑集英》載：

> 隘郡蛉鄉鼓山寺，法順禪師不知何許人，姓杜氏，博學，
> 工詩，負王佐之才，明當世之務。少出家，師龍樹扶持禪師。
> 既得法，出語必合符讖。當黎朝創業之始，運籌定策，預有
> 力焉。及天下太平，不受封賞，黎大行皇帝愈重之，常不名，
> 呼為杜法師，寄以文翰之任。〔註132〕

由此而見，黎大行帝對法順禪師極為尊重，皇帝常稱他為「杜法師」，而不稱其名。朝廷的漢文書函，亦託付法順負責。史料還記載，大行皇帝「常問師以國祚短長」，有一次，黎大行帝直接問法順國運如何，法順用一首偈作答：

> 國祚如藤絡，南天裏太平。
>
> 無為居殿閣，處處息刀兵。〔註133〕

這首偈作之時，後黎朝正處於內憂外患、國運危急的狀態下。深知朝廷危難，法順堅定地主張：當下最重要的是讓全民團結互助即如藤糾結一體。單獨的個人就像一根藤條那樣脆弱，很容易被折斷；如果全民團結如一卷藤條互相纏繞（「如藤絡」），那必然韌勁十足、不會失敗。在法順看來，如何讓全民團結一體，需要君主決策須以民眾利益為首，即要「無為」而治。「無為」是先秦道家的基本理念，老子《道德經》三十

---

〔註132〕《禪苑集英》，第 816 頁。
〔註133〕《禪苑集英》，第 815 頁；亦見〔越〕文學院：《李陳詩文》（第一集），
　　　　河內：社會科學出版社，1977 年，第 204 頁。

七章云：「道常無為而無不為。侯王若能守之，萬物將自化。化而欲作，吾將鎮之以無名之樸。鎮之以無名之樸。夫將不欲。不欲以靜，天下將自正。」〔註134〕就是說「道永遠無為，但萬物的所需，並沒有匱乏。因此道無為而無不為。換句話說，道永遠不自相矛盾。老子在此再度表示他對道不可動搖的信心。他繼續說，如同志者對道守信心，萬物都會自動依道轉化。萬一物轉化後私欲再抬頭，他會用無名的樸來鎮壓它。無名的樸就是還未定名的天賦善德，包括正常的欲望和類似金言（Golden rule）的善德。金言就是老子遺教的八個字：『己所不欲，不施於人』。另外方面，……，破壞性的欲望，無限制的貪婪，無理由的不滿和不可滿足的要求等，他視為都是人類罪惡的禍首。要得社會安寧和繁榮，那些禍源必須根絕。因此，無名的樸，也可說是無損人利己的欲望，去掉這些私欲，天下寧靜，和平自然降臨。」〔註135〕簡而言之，就是沒有自私自利的激動，用順其自然的「無為」方式來處理政務，國將安穩無殆。「無為」的說法在佛教典籍亦常見，《佛學大詞典》總結道：「無因緣造作，曰無為，又無生住異、滅四相之造作曰無為，即真理之異名也。此無為法有三種六種之別，三無為中之擇滅無為，六無為中之真如無為，是正為聖智所證之真理。曰涅槃，曰法性，曰實相，曰法界，皆無為之異名也。《無量壽經》上曰：『無為泥洹之道。』《清信士度人經》曰：『棄恩入無為，真實報恩者。』《肇論》曰：『無為者，取乎虛無寂寞，妙絕於有為。』《探玄記》四曰：『緣所起法名曰有為，無性真理名曰無為。』《華嚴》大疏十六曰：『以有所作為，故名有為。有為是無常，無所作為，故名無為。無為即是常也。』《大乘義章》二曰：『釋有二：一對法外四相以釋，色心等法為彼法外四相所為，虛空等三不同彼故，名曰無為。二對法體四相以釋，色心等法一切皆有初生次住終異後滅前後集起，評

〔註134〕鄭鴻：《老子思想新釋》，美國：八方文化企業公司，2000年，第140頁。

〔註135〕鄭鴻：《老子思想新釋》，美國：八方文化企業公司，2000年，第141頁。

之曰為，虛空等三無彼為故，名曰無為。』」〔註136〕學者黎孟撻認為這裏的「無為」（asamskrta）的概念乃是：「謹慎不驕傲，是學士之行（德行），放棄恩愛之心，不染六情之塵埃，不讓任何微細愛守覆蓋自己之心，則諸妄念會沉靜及消滅，此曰無為也。」〔註137〕如此，君王要有「無為」之心，實施「無為」之策，方能給群眾帶來信心。如人民對自己的國家有信心、對自己的帝王有信心、對各級官僚有信心、對任何他人均有信心，那麼他們會積極參加建國保家，會快樂於與人為善，以信心化為互信、共信，這就是民眾團結互助的基礎，也是國家強大的根基。全民大團結的理念，以及君主須無為行政、維護民眾利益的說法，雖然是十個世紀前的偈作，但法順的這些觀點迄今仍具有特別重要的意義，它能夠超越時空，對不管哪個社會、哪個時代均有意義，這也是能讓國家太平、人民安樂的秘訣，成為越南的一個珍貴的政治遺產。

在外交方面，法順禪師的貢獻亦不少，在《大越史記全書》中有著記載：

> 丁亥八年，宋雍四年。春，帝初耕籍田於隊山，得金一小甕。又耕蟠海山，得銀一小甕，因名之曰金銀田。宋復遣李覺來。至冊江寺，帝遣法師名順，假為江令迎之。覺甚善文談，時會有兩鵝浮水面中，覺喜吟云：「鵝鵝兩鵝鵝，仰面向天涯。」法順於把棹次韻示之曰：「白毛鋪綠水，紅棹擺青波。」覺益奇之，及歸館，以詩遺之曰：「幸遇明時贊盛猷，一身二度使交州。東都兩別心尤戀，南越千重望未休。馬踏煙雲穿浪石，車辭青嶂泛長流。天外有天應遠照，溪潭波靜見蟾秋。」順以詩獻。帝召僧吳匡越觀之，匡越曰：「此詩尊陛下與其主無異。」帝嘉其意，厚遺之。覺辭歸，詔匡越制

---

〔註136〕《丁福保佛學大詞典》見 http://cidian.foyuan.net/%CE%DE%CE%AA （上網，2018 年 6 月 28 日）。

〔註137〕〔越〕黎孟撻：《越南佛教歷史》（第二集），胡志明：胡志明市出版社，2001 年，第 499 頁。

曲以餞，其辭曰：「祥光風好錦帆張，遙望神仙複帝鄉。萬重
山水涉滄浪，九天歸路長，情慘切，對離觴，攀戀使星郎，
願將深意為邊疆，分明奏我皇。」覺拜而歸。〔註138〕

從這個事件可以看到法順禪師的漢學才華及外交才能，已令宋使李覺
嘆服，進而尊重大瞿越的臣民，乃至敬仰黎大行王之尊。為何李覺會
「益奇之」？是因為他覺得一個大瞿越的普通「江令」而能對中國書籍
瞭若指掌，善於運用對方的詩歌來次韻應答對方，使得宋國使者感佩
大瞿越人。

關於此詩，越南學者黎恭（Lê Cung, 1952～）認為：這是一種宋
方專使李覺的傲視「舞文弄墨」，不僅是表現出李覺個人的高傲，而是
當時北方專使普遍的態度。或許李覺欲將大瞿越的皇帝和臣民比喻是
一群鵝在昂首望北方天朝而臣服。李覺的吟詩，表面看是輕柔、綽約
的，然定睛細看，則不難發現是一句辱罵。在這種外交場合中，法順或
許明瞭李覺表達的深意，但他依舊保持縱容、自在的態度，在江上劃著
船，接著回應：「白毛鋪綠水，紅棹擺青波。」這樣的次韻，或許不是
簡單的吟詩作答，而是外交方面上的政治應對。法順所描寫的「白毛鋪
綠水」，是公開的場合。法順可能是借此向宋國專使表明，大瞿越國已
取得了獨立，且欲將此獨立現況公開；同時，如有某某侵吞意圖的勢
力，那大瞿越人民將萬眾一心，用自己的力量（紅棹）抵抗入侵。「紅
棹」是指紅色木槳，船舶航行靠的是槳。為何此處用「紅棹」的紅色，
而不是用「白棹」或者其他顏色呢？因為在越南古老的文化中，「紅」
一般象徵順利、成功、力量等含義。也就是說，大瞿越國無論遭受任何
危險和困境，都能夠超越障礙、披荊斬棘、堅強地勇往直前。〔註139〕

---

〔註138〕〔越〕吳士連撰：《大越史記全書》，孫曉主編（標點校勘），重慶：
　　　　西南師範大學出版社；北京：人民出版社，2015 年，第 133 頁。
〔註139〕參閱〔越〕釋覺全、陳友佐主編：《文學、佛教與千年升龍──河內》，
　　　　胡志明：文化通訊出版社，2010 年，第 17～23 頁（Thích Giác Toàn,
　　　　Trần Hữu Tá chủ biên (2010), *Văn học, Phật giáo với 1000 năm Thăng
　　　　Long – Hà Nội*, å xb. Văn hóa - Thông tin, tr.17～23）。

此處可以看到，大瞿越民族意識從前黎時代開始即已「安如磐石」了。中國和越南之間關係到此時也有了根本的改變。

　　然而以上所述，客觀而言僅是個別學者的主觀推論而已。最遲到了 1977 年，越南文學院編委在《李陳詩文》（第一集）中發現並指出，宋代使者李覺和法順禪師的聯句詩僅是一種「傳說」，並非實事。而且這四句詩不僅載於《大越史記全書》中，還載於《禪苑集英》古書中，實際上是搬用了唐朝駱賓王「十歲時作」〔註 140〕的《詠鵝》詩。這個傳說，讓後人知道了後黎朝對僧人的尊重態度，並表明安南國君臣當時已出現民族自尊的意識，流露出在當時邦交關係中慾與宋朝平等比肩的渴望。

　　這種民族意識還清晰地表現於《南國山河》詩作中。這首亦稱「神詩」；是越南中代文學的最著名的詩之一，曾被譽為「越南民族的第一個獨立宣言」。相傳，這首詩的作者是李常傑（1019 年～1105 年）。實名吳俊，後改姓李，死後諡廣珠，其籍貫在哪裡，至今說法不一，有說在升龍城太和坊人，亦有說在升龍城西湖南邊境內廣德縣安舍人。常傑通曉韜略，擅長詩文，擔任李朝太宗、聖宗、仁宗三朝輔國，對李朝建國乃至撻宋平占方面，都作出了巨大貢獻，得到李朝三王的信任，並受到人民的欽佩，逝後被追贈為「檢校太尉、平章軍國重事、越國公」。且有銘曰：「粵有李公，古人准式。牧郡既寧，掌師必克。名揚函夏，聲振遐域。宗教皈宗，景福是植。」（Lý Công nước Việt, noi dấu tiền nhân. Cầm quân tất thắng, trị nước yên dân. Danh lừng Trung hạ, tiếng nức xa gần. Vun trồng phúc đức, đạo Phật sùng tin）。〔註 141〕關於這首《南

---

〔註 140〕越南學者大部分都認為這是駱賓王於 10 歲（或 10 歲以上）時作的詩（見〔越〕文學院：《李陳詩文》第一集，河內：社會科學出版社，1977 年，第 202 頁；但《全唐詩》云：「駱賓王……七歲能屬文，尤妙於五言詩。」（《全唐詩》，第 828 頁）。在《詠鵝》題下注：「七歲時作。」（見彭定求等編：《全唐詩》（第三冊），北京：中華書局，1960 年（2015 年重印），第 864 頁）。

〔註 141〕〔越〕文學院：《李陳詩文》（第一集），河內：社會科學出版社，1977 年，第 357～365 頁。

國山河》詩的出處、版本以及作者諸問題，越南學界迄今議論紛紜。此詩本來沒有詩題，現在的詩題由《越南詩文選集》第二冊（Hợp tuyển thơ văn Việt ẩm, Tập II）編纂組所取。學界一般認為這首詩出現於 1076 年，最早記載於《大越史記全書》的《本紀》中：

> 丙辰五年四月以後，英武昭勝元年，宋熙寧九年（1076 年）。春三月，宋令廣南宣撫郭逵為招討使，趙高副之，總九將軍合占城、真臘來侵。帝命李常傑領兵逆擊，至如月江大破之，宋兵死者千餘人。郭逵退，複取我廣源州。世傳常傑沿江築柵固守。一夜，軍士忽於張將軍祠中聞高聲曰：「南國山河南帝居，截然分定在天書。如何逆虜來侵犯，汝等行看取敗虛。」既而果然。〔註142〕

《粵甸幽靈集錄》中這樣記載：

> 至李仁宗朝，宋兵入寇，帝命李常傑沿江築柵固守之，一夜，軍士次於祠所，皆聞天上有吟曰：「南國山河南帝居，截然定分在天書。如何逆虜來侵犯，汝軰行看取敗虛。」既而宋兵果敗。〔註143〕

《粵甸幽靈全編》中這樣記載：

> 李仁宗朝，宋兵南侵，至其境，上命太尉李常傑沿江築柵固守。一夜，軍士於祠中，忽聞高聲有吟曰：「南國山河南帝居，截然分定在天書。如何逆虜來侵犯，汝等行看取敗虛。」固然宋師不戰而潰，神夢昭彰，毫髮不爽。〔註144〕

《粵甸幽靈》中這樣記載：

---

〔註142〕〔越〕吳士連撰：《大越史記全書》，孫曉主編（標點校勘），重慶：西南師範大學出版社；北京：人民出版社，2015 年，第 188 頁。

〔註143〕〔越〕李濟川撰：《粵甸幽靈集錄》，朱鳳玉校點，引自孫遜、鄭克孟、陳益源主編：《越南漢文小說集成》（貳），上海：上海古籍出版社，2010 年，第 22 頁。

〔註144〕〔越〕李濟川等撰：《越甸幽靈集全編》，謝超凡校點，引自孫遜、鄭克孟、陳益源主編：《越南漢文小說集成》（貳），上海：上海古籍出版社，2010 年，第 86 頁。

　　又《世傳》，李仁宗朝，宋兵入寇，至於境邑，上命太尉
李常傑沿江築柵固守，一夜，軍士於祠中，忽聞高聲有吟曰：
「南國山河南帝居，截然分定在天書。如何逆虜來侵犯，汝
等行看取敗虛。」驗而果然。〔註145〕

而在《嶺南摭怪》中則揭示，這首詩出現於黎大行皇帝天福元年（981
年），其各種版本所載亦略有不同之處。《嶺南摭怪》的「龍眼、如月二
神傳」條目中這樣記載：

　　黎大行皇帝天福元年，宋太祖命將軍侯仁寶、孫全興等
將兵南侵，至大灘江，黎大行與將軍范巨倆軍於屠虜江拒之，
對壘相守。大行夢見二神人於江上，拜曰：「臣兄弟一名張呼，
一名張喝。先事趙越王，率眾征討逆賊，以有天下。至後失國，
李南帝召臣兄弟，臣等義不可生，飲鴆而亡。帝憫臣等之功，
嘉其忠義一節，賜臣等名為神部官將，統領鬼兵。今宋兵入境
內，為我國生靈之苦，故神來見，願與帝攻擊此賊，以救生靈。」

　　大王驚寐，喜謂近臣曰：「此神人助我也。」即焚香於
御船前，祝曰：「神人能與我成此功業，則襃封血食，萬世無
窮。」遂宰牲致祭，焚香，衣冠，紙錢，馬、象之物。

　　是夜，大行夢見二神人，共著所賜衣冠前來拜謝。後夜，
復見一人領白衣鬼部自平江南來，一人領赤衣鬼部從如月江
北下，共向賊營而擊。

　　十月三十日夜三更，天氣昏黑，暴風疾雨大作。宋兵驚
惶。神人隱然立於空中，高聲吟曰：「南國山河南帝居，皇天
已定在天書。如何北虜來侵掠，白刃翻成破竹餘。」宋兵聞
之，兵將蹂躪而散，相攻相殺，各盡奔逃。生擒不可勝數。
宋軍大敗而還。

---

〔註145〕〔越〕李濟川等撰：《越甸幽靈》，謝超凡校點，引自孫遜、鄭克孟、
　　　　陳益源主編：《越南漢文小說集成》（貳），上海：上海古籍出版社，
　　　　2010年，第174頁。

　　大王回兵獻捷，封賞功臣，追封二神人，一曰威敵大王，
立廟祠於龍眼三歧江，使龍眼平江之民奉事之；一曰卻敵大
王，立廟祠於如月三歧江，使如月沿江之民奉事之。血食無
窮，今猶為福神也。〔註146〕

眾所周知，《大越史記全書》是由史臣吳士連（âgôSĩLiên）於後黎聖宗洪德年間（1470年～1497年）編纂，而《嶺南摭怪》本古代書籍，相傳是由陳世法（Trần Thế Pháp）所撰，書中的越南古代民間傳說、故事和神話早則在李陳時期早已出現。此詩為吳士連所從「世傳」集錄於《大越史記全書》中，而早期「世傳」可能出自《嶺南摭怪》，故而應將此詩作的背景歸還到981年的黎大行時第一次抗宋戰爭。關於此詩作者，從當時歷史背景來看，在981年戰爭期間的黎大行時指揮機構的參謀者中，沒有人比法順更有接近黎大行皇帝的條件，尤其是《禪苑集英》載的法順傳確認當黎大行皇帝創業之始，他已是參加了「運籌定策」的重要顧問，並且黎大行皇帝時的外交文書皆是由法順一手擬議、處理的（「以文翰之任」），因之研究家黎孟撻推定這首「神詩」有可能是法順禪師創作的。〔註147〕

　　確定《南國山河》詩作的問世時間，可見到這首詩包含了類似獨立宣言的內容和意義，它向宋朝廷宣佈，大瞿越是有領土且行政獨立的王國。這一王國疆域版圖不是由「人」分界的，而是由「天書」分定的，「南國山河」因而成為了大瞿越國的神聖領土。這是一首七言絕句體詩，節奏為四三式，簡潔、含蓄、慷慨激昂而強有力；肯定大瞿越國的領土山河皆由「天書」分定，「逆虜」及任何外族敢來侵犯，將被破「敗虛」，因為這是天意，不可違抗，無需爭論。

　　此外，大越民族意識還表現在感恩輔王助國的功臣方面，典型的

---

〔註146〕戴可來、楊寶筠校注：《嶺南摭怪等史料三種》，鄭州：中州古籍出版社，1991年，第37～38頁。

〔註147〕參閱〔越〕黎孟撻：《越南佛教歷史》（第二集），胡志明：胡志明市出版社，2001年，第473～485頁。

有萬行禪師。仁宗皇帝曾為這位禪師作詩追贊，後人取詩題為《追贊萬行禪師》。詩曰：「萬行融三際，真符古讖詩。鄉關名古法，拄錫鎮王畿。」〔註148〕大越民族意識還表現在對明君的尊敬態度方面，如缺名《大德》之詩云：「帝德乾坤大，威聲靜八挺。幽陰蒙惠澤，優渥拜沖天。」〔註149〕

## 二、李朝漢詩中的傳奇色彩

提到「傳奇」二字，人們通常想起幻想、虛構小說——一種在中華唐朝盛行的短篇小說，抑或中華宋明清三朝興起的長篇戲曲。關於傳奇，《文學詞典》詳細解義如下：「唐代文言短篇小說。由唐代作家裴的小說集《傳奇》而得名。始於唐初，由六朝志怪小說發展演變而來。內容廣泛，多以歷史、愛情、俠義、神怪故事等為題材。故事情節比較複雜，結構比較完善，語言運用工麗，具備了相當完整的短篇小說形式，是中國小說發展日趨成熟的重要標誌。但『傳奇』一詞隨社會和文學的發展而有不同的含義，如宋以諸宮調為傳奇，元以雜劇為傳奇，明代單指區別於北方雜劇的南戲，故一般不孤立使用，通常稱『唐傳奇』、『宋傳奇』、『明傳奇』等，以示區別。」〔註150〕這樣，「傳奇」這個詞在文學中一般用於小說戲曲，很少人提到詩歌的傳奇性。但是，李朝漢文詩創作中出現類似「傳奇」的神奇現象，那就是大批帶有神秘性的「讖詩」和「神詩」。值得注意的是，它的出現往往與充滿奧秘的傳說故事、神話故事有密切聯繫，其內容主要圍繞著李朝接替前黎朝的預言故事。

在前黎朝末期，黎龍挺「恣行篡弒，逞其淫虐，欲無亡得乎」，「耽

---

〔註148〕〔越〕文學院：《李陳詩文》（第一集），河內：社會科學出版社，1977年，第432頁。

〔註149〕〔越〕文學院：《李陳詩文》（第一集），河內：社會科學出版社，1977年，第220頁。

〔註150〕孫家富、張光明主編：《文學詞典》，武漢：湖北人民出版社，1983年，第39頁。

淫酒色，發成痔疾」，令官府和百姓不滿懷恨在心。這時候的官吏人心渙散，不再為前黎朝廷盡心賣力，而是盼望出現一位德行、才能俱佳的豪強，能夠取代腐朽的前黎朝。在這樣的民心嚮往的背景下，衛殿前指揮使李公蘊便應運而生且脫穎而出。朝野民間的這種不堪重壓、盼望改朝換代的心情，也在當時漢詩文創作中出現，這便是漢詩中「傳奇」特性出現的背景原因。傳奇詩作以神秘超然力量的名義，鼓動具有歷史命運轉換的朝廷更替。這種創作傾向，早在八世紀開始就能看到，具體表現在《禪苑集英》的定空傳（行狀）中。定空（730 年～808 年），毗尼多流支禪派的第八世。當挖得十口磬子時，定空寫出了三首帶有神秘傳奇性的偈頌，預斷姓李的古法人，將登上王位，並使佛教全盛。據《禪苑集英》所載的定空傳，定空是一位「深明世數，動有軌則」的人，擅長易經、陰陽、五行等預測術。預測術早在中華的光武帝劉秀時代（西元前 6 年～西元 57 年）就已存在，漢光武帝就以圖識而改朝立國〔註151〕。前兩首中，空定預言「李氏興王」——即姓李的當皇帝，則佛教必有繁榮的機會。最後一首內容更具體，但此詩第三句第三字有可能是刻錯字，即應是「鼠」字，而被錯刻成「鸞」字。因為在《禪苑集英》抄錄的羅貴傳中，亦有類似的內容（將敘於下）。如果這是真確的話，那麼「鼠月」就是老鼠的月份，即十一月、冬月，而這裏的「雞」是指酉年即 1009 年。這個預言就是指李公蘊「自立為帝」的事件。

　　斷言某一位將代替前黎朝當王，在九世紀還有關於「種木綿樹」的偈作（文學院編輯本取題為《大山》），作者羅貴（852 年～936 年），清楚預測一個姓李的將軍將在一個確定的時間點改朝換代而登上大位。此偈曰：

---

〔註151〕「莽末，天下連歲災蝗，寇盜蜂起。地皇三年，南陽荒饑，諸家賓客多為小盜。光武避吏新野，因賣穀於宛。宛人李通等以圖識說光武雲：『劉氏復起，李氏為輔。』光武初不敢當，然獨念兄伯升素結輕客，必舉大事，且王莽敗亡之兆，天下方亂，遂與定謀，於是乃市兵弩。十月，與李通從弟軼等起於宛，時年二十八。」（見曾德雄：《讖緯與東漢學術》（人文雜誌），2010 年第 6 期，第 112 頁）。

大山龍頭起，虯尾隱朱明。

十八子定成，綿樹現龍形。

兔雞鼠月內，定見日出清。〔註152〕

圍繞著《大山》這首偈詩有著一段神奇的傳說，《禪苑集英》記載：「將示寂謂弟子禪翁曰：『初，高駢既於蘇曆築城，知我古法之地，有王者氣，乃鑿於甜江及扶軫池等十九處，以厭之。吾今已勸曲覽填復如故。又於珠明字種木綿一樹，以鎮斷處，知後世必有興王者，出以扶植吾正法也。吾沒後，汝善為築土磚浮圖，以法厭藏其中，勿令人見。』」〔註153〕繼而吟誦了上面這首偈。羅貴這首偈推測李氏一定登基成功，因為「十八子定成」句中的「十八子」三個字，事實上是「李」姓的拆字，這就是說接下來統治大越國的將是姓李的，會「定見日出清」。那具體又是指哪一個時間點呢？那就是「兔雞鼠月」。這裏的「雞」指乙酉年，「鼠月」指十一月份；而這裏的「兔」應該是指某一日吧。這首偈預言李公蘊的登基是於「兔雞鼠月內」，而依照《大越史記全書》記載，李公蘊登基於景瑞二年乙酉（1009年）十月癸丑，月日有所不同。但無論如何，此偈透露出當時官吏民眾皆急切地盼望李氏登基，鼎革腐敗的前黎朝。

到了十一世紀初，又出現了一首依照拆字式寫成的漢詩。這首詩是在古法州李公蘊家鄉木棉樹上被發現了的，一場暴風驟雨後，當地人見到樹上雷打後的「震跡」，其詩曰：

樹根杳杳，木表青青。

禾刀木落，十八子成。

東阿入地，木異再生。〔註154〕

---

〔註152〕〔越〕文學院：《李陳詩文》（第一集），河內：社會科學出版社，1977年，第219頁。

〔註153〕《禪苑集英》，第817頁。

〔註154〕「東阿入地，木異再生。」這兩句見載於孫曉主編標點校勘《大越史記全書》版本，而《大越史略》則未載，越南文學院編纂者據此版本來抄錄，但在考訂部分他們附加說明此兩句；第二句的前兩個字次序見越南文學院編纂者據《大越史記全書》載為「異木」（見〔越〕文學院：《李陳詩文》（第一集），河內：社會科學出版社，1977年，第223

震宮見日，兌宮隱星。

六七年間，天下太平。〔註155〕

關於這首詩的作者，《大越史記全書》未見記載，筆者推測是由萬行所作。此詩在《大越史記全書》載僧人萬行的拆字詩，其自評曰：

樹根杳杳，根者本也，本猶君也。杳天音同，當作天。木表青青，表者末也，末猶臣也。青菁聲相近，青當作菁，盛也。禾刀衕，黎字也。十八子，李字也。東阿者，陳氏也。入地者，北人寇也。木異再生者，黎氏再生也。震宮見日者，震東方也，見出也，日猶天子也。兌宮隱星者，兌西方也，隱猶沒也，星猶庶人也。此言君天臣盛，黎落李成，東方出天子，西方沒庶人，經六七年間，而天下平矣。〔註156〕

在關於萬行的諸多傳記中，可以見到不少涉及靈異、鬼怪的傳奇故事。比如《禪苑集英》記載，萬行於寂夜坐禪之時，聽到發自顯慶大王（李公蘊父親）墳墓四周的吟詩聲響。他「令人記取，並志其墓界分來視」。其墳墓四方皆有聲，這些被記錄下來的詩篇，預言此墳墓的所在地（李公蘊故鄉）將誕新的君王。分別如下：

其東方詩曰：慶萬詳岩與桂峰，羊腸龍勢翼相從。

東列朝宗勢三百，六戌（此處缺二字）對天蓬。

其南方詩曰：正南扶寧護宅神，榮世男女出多人。

天德富貴滿屋盛，八方會女常出君。

其西方詩曰：西望遠望看天柱，高世男女上將首。

天德富貴與遠勢，君王壽命九十九。

---

頁；然而，在孫曉主編標點校勘《大越史記全書》中，則載為「木異」（見〔越〕吳士連撰：《大越史記全書》，孫曉主編（標點校勘），重慶：西南師範大學出版社；北京：人民出版社，2015年，第144頁）。

〔註155〕〔越〕吳士連撰：《大越史記全書》，孫曉主編（標點校勘），重慶：西南師範大學出版社；北京：人民出版社，2015年，第144頁。

〔註156〕〔越〕吳士連撰：《大越史記全書》，孫曉主編（標點校勘），重慶：西南師範大學出版社；北京：人民出版社，2015年，第144頁。

其北方詩曰：正北扶琴當白虎，安樂男女常無苦。

代代天德長壽樂，世世君王祈六祖。

〔註157〕

第一首描寫與山脈有關的東方土地和墳墓，這裏的「慶萬」、「詳岩」、「桂峰」是指三座山不同之名，這幾座山位於舊時古法地區的東邊。而「東列」、「朝宗」亦有可能是地名。「羊腸龍勢翼相從」是暗指山脈的險阻難以出行；第二首談到（今河內城郊的嘉林縣）扶寧之地。此地位於舊時古法地區的南邊，那裏的土地是有保護房、屋的神靈，因而群眾人民溫飽、富貴；第三首涉及「天柱」，暗指的是古法土地上的某個地區，那裏有一位「明君壽命九十九」歲，並亦在那裏民眾有一個殷實富裕的生活。此外，對於「天柱」這個詞，文學院編集本引自《神異經》——中華六朝神話志怪小說的一部書籍，認為在昆侖山上有一根頭頂著天的銅柱，稱為「天柱」（支撐天之柱子）。這裏或許指一座位於古法鄉西邊的山〔註158〕；第四首提及（今越南北寧省安風縣）扶琴鄉的北邊。這個方向正是「白虎」方向，而具有白虎穴之地脈，則人們會得到許多富貴。此白虎地脈若按照《三鋪黃黃圖》來解釋，則是「四靈」之一。「四靈」亦稱「四象」，包括蒼龍、白虎、朱雀和玄武。「四象」分別代表鎮守東、西、南、北等四個方向。還有，這首詩亦提到一座「六祖」寺，該寺萬行禪師曾住，並在此教導培養李公蘊，因之在這裏的男女，尤其是女孩都會得到「安樂」和「常無苦」。「世世君王祈六祖」這最後一句中的「六祖」二字，《李陳詩文》第一集改為「太祖」〔註159〕，筆者認為《李陳詩文》編委會集體編纂者改錯了字。

---

〔註157〕《禪苑集英》，第808頁。

〔註158〕〔越〕文學院：《李陳詩文》（第一集），河內：社會科學出版社，1977年，第226頁。

〔註159〕〔越〕文學院：《李陳詩文》（第一集），河內：社會科學出版社，1977年，第226頁。

　　以上首詩篇中的第三首，收編於《李陳詩文》第一集中，但將之列入無名氏所作。〔註160〕如依《禪苑集英》所載萬行傳的描述，則這四首詩的作者都是萬行禪師。因為在深夜，萬行悄然靜坐，傾聽從墳墓四方發出的這四首詩，然後當即令人記下來。欲讓別人記錄，當然必須要萬行親口誦讀才有可能。因此，可以判斷萬行禪師就是這四首詩的作者。

　　另有一首讖詩提到與李公蘊即位有關的事件，那就是萬行《國字》之詩作。其詩云：

　　　　蓋三月之內，親衛登住社稷。

　　　　落茶印國字，十口水土去，遇聖號天德。〔註161〕

此詩描述了「雙林寺榕木皮蟲蝕文成『國』字」的神奇事件。雙林是長老羅貴、安真人曾住過的一座寺廟，位於嘉林縣（舊時）古法州扶寧鄉，今屬河內城郊。第四句「十口水土去」，意味著大瞿越國有十個人將去世。因為當年定空禪師修建瓊林寺時，現場發生了「揭地得香題一枚，磬子十口，使人臨水洗，一口下水去」的神奇事件。因此定空禪師建議「改其鄉（定空鄉——筆者注）名古法」。「古」字是由「十」並加「口」字而成，而這兩個字就是「十口」的意思；「法」字是由「水」（氵）並加「去」字而成，有「下水去」（侵入水中）的意思。改李公蘊所在鄉名為「古法」，則暗指李公蘊將登基稱帝。然而，「十口」必走之人又是哪些人呢？那就是黎大行／黎桓（Lê Đại Hành／Lê Hoàn, 941年～1005年）及其兒子們。黎大行曾派遣諸子鎮守全國各地，不料黎大行崩殂後，諸子爭權奪位，自相殘殺，兒子們大都死於非命，包括二子黎銀錫（封為東城王）、三子黎龍鉞（封為南封王）、四子黎龍釘（封為禦蠻王）、五子黎龍鋌（封為開明王）、六子黎龍釿（封為禦北王）、

〔註160〕見〔越〕文學院：《李陳詩文》（第一集），河內：社會科學出版社，1977年，第224～226頁。

〔註161〕〔越〕文學院：《李陳詩文》（第一集），河內：社會科學出版社，1977年，第217頁。

七子黎龍鏦（封為定藩王）、八子黎龍鏘（封為副王）、九子黎龍鏡（封為中國王）、十子黎龍鋌（封為南國王）、十一子黎明提（鋆亦作提也，封為行軍王）。〔註162〕除了長子（封為擎天大王，死於1000年）和養子義兒（封為扶帶王）之外，加起來果然是十個人。

關於李公蘊的誕生，太平五年有讖文，亦可看作讖詩。此詩現存於《大越史記全書》中，其詩云：

　　　　杜釋弒丁丁，黎家出聖明。

　　　　競頭多宏兒，道路絕人行。

　　　　十二稱大王，十惡無一善。

　　　　十八子登仙，計都二十天。〔註163〕

此首詩亦見於《李陳詩文》第一集中，其詩本來沒有標題，被編委會取題為《懺詩》〔註164〕，但這個標題的「懺」一字抄錯，應改為「讖」字才正確。這首詩作者不詳，只知其出現於974年十月。史載，「夜臥橋上，忽流星入口，釋以為休徵，遂萌弒心」，於是於「己卯十年宋太平興國四年十月」，「乘帝夜宴，醉臥庭中，遂殺之，害及南越王璉。」〔註165〕即是丁先皇和長子丁璉二人皆被杜釋，祗候內人、桐關吏殺害於宮廷裏。第二詩句表彰「黎家」即黎大行是一位「聖明」，但他的十二位兒子（包括一名養子），則其中有十個兒子皆品行不好。詩中說「十惡無一善」，正是此意思。這首讖詩同時亦預言「十八子」（即李姓）將「登仙」（即指登基當皇帝）。

關於姓杜的圖謀暗害，在僧人萬行《寄杜銀》之詩作中，我們見

---

〔註162〕參閱〔越〕吳士連撰：《大越史記全書》，孫曉主編（標點校勘），重慶：西南師範大學出版社；北京：人民出版社，2015年，第132～135頁。

〔註163〕〔越〕吳士連撰：《大越史記全書》，孫曉主編（標點校勘），重慶：西南師範大學出版社；北京：人民出版社，2015年，第121頁。

〔註164〕〔越〕文學院：《李陳詩文》（第一集），河內：社會科學出版社，1977年，第200頁。

〔註165〕〔越〕吳士連撰：《大越史記全書》，孫曉主編（標點校勘），重慶：西南師範大學出版社；北京：人民出版社，2015年，第122～123頁。

到作者也有涉及，這是使用曲折拆字方式寫成的詩篇，想要理解清楚頗為不易。《禪苑集英》大致記載這件事，有奸人杜銀欲謀害萬行，萬行預知其事，作此偈責問杜銀。其偈後來被《李陳詩文》第一集收入，並加詩題為《寄杜銀》。詩曰：

> 土木相生艮畔金，為何謀我蘊靈襟。
>
> 當時五口秋心絕，真至未來不恨心。〔註166〕

據傳，杜銀一讀此讖詩，就害怕得放棄了謀害意圖。這首詩的第一句是依拆字方式來寫出「杜銀」名字，即是萬行欲寄該詩的人：「土」字加「木」字成「杜」字；「艮」字加「金」字成「銀」字。第二句，萬行質問杜銀何故抱著仇恨之心而欲謀害我；第三句也用拆字方式來寫成。「五」字加「口」字成「吾」字，「秋」字加「心」字成「愁」。此偈在第四句的第一字《禪苑集英》寫為「真」，但文學院《李陳詩文》第一集改寫為「直」字，即「直至」〔註167〕。然而，詩中的杜銀人物究竟是誰？為何欲加害萬行？迄今存留的書籍中未見記錄。從這首偈，僅知萬行預知其陰謀，便作一偈送至杜氏。若是將以上《讖詩》和這首《寄杜銀》聯繫起來看，則杜銀和杜釋可能是一個家族的親戚，因為他們同姓杜。這二個杜姓人都想暗算別人，所以「杜釋弒丁丁」，杜銀又欲「謀我」，充滿著神秘而可怕的色彩。

　　李朝漢文詩中的神秘、傳奇性，不僅表現於李公蘊登基之前，而且登基之後，為彰顯自己的威力和能力，有時亦借用神秘的超自然力量來表達：

> 天下遭蒙昧，忠臣匿姓名。
>
> 中天揭日月，熟不現其形。〔註168〕

文學院《李陳詩文》第一集取題為《出處》，其作者不詳。相傳，李公

---

〔註166〕《禪苑集英》，第810頁。

〔註167〕〔越〕文學院：《李陳詩文》（第一集）河內：社會科學出版社，1977年，第215頁。

〔註168〕〔越〕文學院：《李陳詩文》（第一集），河內：社會科學出版社，1977年，第221頁。

蘊即位後，赴古所埠頭望拜，夜晚夢見李服蠻來拜謁吟此四句詩。《大越史記全書》中有詳細記載：

> 至古所步頭，望江山秀氣，心動神感，作酒灑之曰：「朕觀此方，山奇水秀，苟有人傑地靈，受吾明享。」是夜。夢異人稽首再拜曰：「臣本鄉人，姓李，名服蠻，佐南帝為將，以忠烈知名，授杜洞、唐林二條江山，夷獠不敢犯邊，一方按堵。及卒，上帝嘉忠直，敕守職如故，是故凡夷虜入寇，皆捍禦焉，幸遇陛下矜憐，臣守職久矣。」既而從容曰：「天下遭蒙昧，忠臣匿姓名。中天揭日月，孰不現其形。」帝寤，以語御史大夫梁任文曰：「此神意要欲顯立形象之言。」命置環玦，果然，乃督州人立祠設像，一如夢時所見，歲時祀焉。〔註169〕

這個神秘的故事，亦見載於《越甸幽靈·證安明應祐國王》條〔註170〕。

此外，李朝漢文詩中的這種傳奇色彩，還見於上述《南國山河》詩作。這類讖記詩歌幾乎皆與李公蘊登基的宣傳內容相關，其表現出獨立自主、確立版圖和太平盛世的渴望。這些詩一方面喚起並播種了明天美好的希望。這些「神」、「讖」詩的出現，各首皆有各自的離奇故事──「土神」、「地靈」、奧秘等。在每一首漢詩中的傳奇性及其有關的傳說，皆造成了這一時期漢詩文發展階段中的特殊性質。

## 三、李朝漢詩中的哲學意味

李朝漢詩的第三個特殊性是帶有濃厚的宗教色彩，其中主要是佛教。因為這個時代的知識份子絕大部分皆是僧人。不僅如此，許多君臣也深信佛教，遵循佛家教義。李朝作家在這樣背景下創作出的詩文，其

〔註169〕〔越〕吳士連撰：《大越史記全書》，孫曉主編（標點校勘），重慶：西南師範大學出版社；北京：人民出版社，2015年，第153頁。
〔註170〕參閱〔越〕李濟川等撰：《越甸幽靈》，謝超凡校點，引自孫遜、鄭克孟、陳益源主編：《越南漢文小說集成》（貳），上海：上海古籍出版社，2010年，第175頁。

主流必然是體現出佛教的人生哲理及淵奧教義。除有少數詩偈表達民族自主、忠君愛國意識之外，大量的詩偈是屬於佛門僧侶們的頌偈之作，表現出濃厚的東方哲學意味。

　　常見於李朝漢文詩中的主題是色空——諸法（萬象）之存在本質；生死——生存和死亡（生命的兩個層面）；無常——萬象之變化不定規律，但在無常中有常住。這些主題以不同的層面和樣式呈現出來：時而直接用佛教術語；時而間接用自然風光、萬物運動規律來抒發，寄託佛家的期望及要旨。所有這些是為了幫助自己和他人超出執著糾纏，早登覺悟彼岸，脫離生涯之生死輪回。這裏的佛教哲學意味，大體上有四點，以下依次闡發大略。

　　第一點是涉及萬象和人的合成及本質的若干詩偈。可以歐道惠（Âu Đạo Huê，? ～1172 年）《色身與妙體二首》詩為代表。歐道惠，生年不詳，如月真護（今越南北寧省安風縣）人，「相貌端正、音清毫」，是李朝知名禪師。二十五歲時，跟隨普寧寺吳法華受業，領會玄門，深得吳氏奧旨。後住仙遊天福山光明寺，守持戒律，修習禪定；是一位熟諳佛教義理，通曉「三觀」（三種觀法，即空觀、假觀和中觀，簡稱「空假中三觀」，乃天台宗之重要法門）。道惠曾辦學講道，「門徒一千餘人」。於隆寶應十年乙亥（1172）八月一日，師示疾說偈：

>　　地水火風識，元來一切空。
>
>　　如雲還聚散，佛日照無窮。
>
>　又曰：色身與妙體，不合不分離。
>
>　　若人要甄別，爐中花一枝。〔註171〕

這兩首偈後來經過越南文學院學者考訂，收錄於《李陳詩文》第一集中，並將此二首取題為《色身與妙體》，並第一首詩第二句中的「元來」改為「原來」。〔註172〕這首詩的第一句作者從佛家的觀點談起，認為人

---

〔註171〕《禪苑集英》，第 866 頁。

〔註172〕〔越〕文學院：《李陳詩文》（第一集），河內：社會科學出版社，1977
　　　　年，第 486 頁。

之所以現有，是因為由眾多要素組成的，說具體一點的話，就是人是由地、水、火、風四大和識造成，如將之分開，那人這個身體就沒了，故而人身體或任何事物之本質本來是「空」——沒有自身的實體，沒有固定的實體。其如同天上的那些浮雲忽散忽聚，變幻莫測，離合無常，但「佛日」卻常照不盡。第二首詩的第一句，作者再提到人之本質，就是說人在總體上具有「色身」和「妙體」。「色身」為指有色有形之身相，即泛指肉身。反之，「妙體」為指無色無形之（殊妙）體性。兩者並存，一而二，二而一，即「不合不分離」，因此作者勸導信眾不要固執將之分別看待，否則快樂人生就變得像「爐中花一枝」一樣，活得很困憊、很辛苦。

　　蘇明智（Tô Minh Trí, ? ～1196 年）的《尋響》之偈作，也有闡發這樣的觀點。蘇明智，原名禪智，生年不詳，扶琴鄉（今越南北寧省安風縣）人，夙稟聰惠，讀書甚多。二十歲時遇見道惠上士，便捨俗出家，「扣得玄捷，明於《圓覺》、《仁王》、《法華》（佛教諸經——筆者注）、《傳燈》（佛教書籍——筆者注）之旨，講授不倦，賜號『明智』」。十一年丙辰（1196）一日，於天資嘉瑞行將示寂之前，留有偈曰：

　　　　松風水月明，無影亦無形。

　　　　色身這個是，空空尋響聲。〔註173〕

此偈原無標題，後來文學院編委會將之收錄於《李陳詩文》第一集中，並取題為《尋響》〔註174〕。這首詩用了借喻法，風在松樹枝上，月影在水裏，未有行跡，亦未見蹤影，其猶如人的身體一樣，有而無、無而有，現而空、空而現。但若欲抓住身體、固守身體，則宛如想去握持浩渺天地間的「響聲」那樣，無從下手。因為這個「色身」、乃至這個世界萬象的存在，原本就是「無影亦無形」的，萬象載夢載實、載有載空。這樣解讀，該偈的內涵並不是簡單去完全否定萬事萬物之

---

〔註173〕《禪苑集英》，第 860 頁。
〔註174〕〔越〕文學院：《李陳詩文》（第一集），河內：社會科學出版社，1977
　　　　年，第 524 頁。

存在，如越南學者阮范雄（Nguyễn Phạm Hùng）所說「其觀點打破事物的存在之客觀性，導致對人之描述非常極端」〔註175〕那樣，而其最後目的，實質上正是引導修行者不要糾纏於有無、是非等二元世界的概念。

　　以上的深刻佛理，在徐路／道行（Từ Lộ／Đạo Hạnh,？～1117年）《有空》詩作中有著更清晰地體現。徐路生年、本籍皆不詳，寄籍安朗鄉，即今越南河內城郊慈廉縣。《嶺南摭怪・徐道行、阮明空傳》條載：「佛跡山天福寺禪師，姓徐名路，字道行。父榮仕李朝，為僧官都察。常遊安朗鄉，娶曾氏名鸞，因家焉。路，曾氏所生也。少事遊俠，倜儻有大志，舉動雲為，人莫能測。常與儒者賣（《禪苑集英》載為「費」字——筆者注）生、道士黎全義、伶人潘（《禪苑集英》載為「微」字——筆者注）乙相友善。夜則刻（《禪苑集英》載為「攻」字——筆者注）苦讀書，日則弄笛、擊球、搏（《禪苑集英》載為「博」字——筆者注）戲為樂。父常責其荒怠。一夕，竊窺房內，見燈火闌殘，簡書堆積，路方據案而睡，手未釋卷。由是不復為慮。後應僧鄉試，中白蓮科。」〔註176〕在結友方面，徐路尚與阮覺海、阮明空二師交友，三人亦曾往天竺遊學。一日，有一位僧人問：「行住坐臥，盡是佛心，如何是佛心？」徐路示偈云：

　　　　作有塵沙有，為空一切空。

　　　　有空如水月，勿著有空空。〔註177〕

此偈本無題，《李陳詩文》（第一集）取題為《有空》。此偈中，作者認為如是「有」，則連一粒塵埃、粒子也「有」；如是「空」，則一切皆是

---

〔註175〕〔越〕阮范雄：《中代文學之行程上》，河內：河內國家大學出版社，2001年，第118頁。

〔註176〕戴可來、楊寶筠校注：《嶺南摭怪等史料三種》，鄭州：中州古籍出版社，1991年，第37～38頁。

〔註177〕《禪苑集英》，第804頁；戴可來、楊寶筠校注：《嶺南摭怪等史料三種》，鄭州：中州古籍出版社，1991年，第39頁；〔越〕文學院：《李陳詩文》（第一集），河內：社會科學出版社，1977年，第345頁。

「空」。這一佛理，出自《大方廣佛華嚴經・夜摩宮中偈讚品》（第二十），此品曰：

> 心如工畫師，能畫諸世間，五蘊悉從生，無法而不造。
> 如心佛亦爾，如佛眾生然，應知佛與心，體性皆無盡。若人
> 知心行，普造諸世間，是人則見佛，了佛真實性。心不住於
> 身，身亦不住心，而能作佛事，自在未曾有。若人欲了知，
> 三世一切佛，應觀法界性，一切唯心造。」〔註178〕

從外表看來，其「有空」似乎是相對（相反）的，但實質上，兩者是相互依存，不即不離，不常不斷、不一不異的，正如「水中月影」也。有關「有空」問題，徐路在偈中表述較多，然而最後一句作者不忘向信眾告誡「勿著有空空」，即勸導大眾不要執著於這個「有」，這裏的「空」並非「無」或「虛無」，因之，毋以為那個「空」是完全沒有什麼，只是否定存在之實體或自體。因為，在佛門緣生說的原理下，一切事物所以存在於世間，是因為由眾多要素和合而成的；而如將其分開，則不再是它自己了。這就像生活中所常見的「桌子」，可以稱為桌子，但這張桌子其實是沒有實體存在的，也就是說桌子並沒有自身的規定性，它只是由木、釘、膠以及眾多要素因緣等構成的，如捨開每一部件，就無「桌子」的存在。桌子是如此，萬事萬物亦是如此。偈中的「有」和「空」，亦正如阮公理（Nguyễn Công Lý, 1954～）所說：「『空』與『有』宛如姮娥影子倒印在江底下。的確是有啊，但若誰欲……跳下以捉住之，則真是危險。徹底地領悟事物的真相，就是在『空』中見到『有』；反之，在『有』中見到『空』，即已經達到無分別之心、平等之心，看眾生與佛皆是一樣的。」〔註179〕這樣的表達意味著「心佛及眾生，是三無差別」，兩者「體性皆無盡」。這才是徐路欲提醒大眾的最終要旨。

---

〔註178〕 CBETA 電子佛典 2016 年──《大方廣佛華嚴經〔卷19〕》──T10, No.0279.

〔註179〕 〔越〕阮公理：《李陳禪宗文學中的民族本色》，胡志明：文化通訊出版社，1997 年，第 66 頁（Nguyễn Công Lý (1997), *Bản sắc dân tộc trong văn học Thiền tông thời Lý Trần*, Nxb. Văn hóa Thông tin, tr.66）。

　　第二點是直接提起生死主題的若干詩偈。可以萬持缽（1049 年～1117 年）《有死必有生》偈作為代表。萬持缽贏婁，今越南河北省順城縣人，「弄土之年慕佛」，二十歲時削髮出家（披剃），從法雲寺崇范禪師受具足戒，因見其德性克勤，作事謹慎，崇范「印許，且賜號焉」。當崇范歸寂之時，萬持缽周遊各方，講解禪學，並請問諸尊宿。後住新寨（今越南山西省國歪縣境內）大蚓鄉祖風寺，專心講學。當時，相國太尉阮公常傑（又稱李常傑，1019 年～1105 年）為壇主，所得信施，悉以資給佛事，持缽同時亦重構法雲、禪居、棲心、廣安等諸寺，以答法乳之恩。於會祥大慶八年（1117 年）二月十八日，即將示寂之前，師集合信眾有偈云：

> 有死必有生，有生必有死。
>
> 死為世所悲，生為世所喜。
>
> 悲喜兩無窮，互然成彼此。
>
> 於諸生死不關懷，唵蘇嚧蘇嚧悉哩。〔註 180〕

此偈最早見於《禪苑集英》，後來被收錄於《李陳詩文》（第一集）並取題為《有死必有生》〔註 181〕。此偈闡述了人類和萬物不可避免的必然規律，說明若有「死」，則必定有「生」；反之，若有「生」，則一定有「死」。世人當臨死之時，則覺得悲哀，而當生之時，卻感到歡樂。「悲」和「喜」這兩極情感，離離合合，無窮旋轉，與人們相伴終生。如果人們能夠超過或不執著於其喜、怒、哀、樂、愛、惡、欲等七情，以及色欲、形貌欲、威儀欲、言語音聲欲、細滑欲和人相欲等六欲，就將達到真正幸福的彼岸（解脫涅槃／nirvana）。這首偈的前六句是依照五言古詩體來寫的，作者表達了人生過得飛快而人的生命又太短暫。值得注意的是，當體現出宇宙人生的運行規律之時，人們通常先提到「生」或「樂」，後才提到「死」或「哀」。而在這裏，作者卻先提到「死」或

---

〔註 180〕　《禪苑集英》，第 800 頁。

〔註 181〕　〔越〕文學院：《李陳詩文》（第一集），河內：社會科學出版社，1977
　　　　　　年，第 350 頁。

「哀」，後提及「生」或「樂」。接著，在偈中的最後兩句，作者突然轉用了七言古詩體，這些話仿佛是在對眾生——正沉溺在這個桑滄中的那些人慢慢開導，規勸他們達到「生死不關懷」之境界，也就是達到真正永恆、解脫自由之境界，一種超越語言文字、超越理論和概念的境界，這正是「唵蘇嚕蘇嚕悉哩」的梵語神咒。

　　不要在乎於生死之問題（「生死不關懷」），以達到「心無心」、無心而用心、不執著於心這樣的境界，也正是阮珣／戒空（Nguyễn Tuân／Giới Không,？～？）之《生死》偈作中的本義。阮珣，生卒不詳，滿斗郡塔缽鄉（今越南宣光省）人。幼時，深慕佛教，長大出家，從真磨山元和寺廣福禪師，受具足戒，歷數年得禪旨，搭建一座庵於曆山。五年間在此庵專心打坐，後「振錫下山，隨方化導」。後抵達南柵，「入聖主岩，棲焉禁足六年，修頭陀行，至使鬼神奔命，惡獸來馴。」李神宗徵召多次，皆被戒空推辭。大順八年大疫，戒空禪師接受國王敕旨，於嘉林寺咒水治之，病者立愈。「日以千數，帝深嘉獎」。晚年歸故鄉，重修九十所寺。一日，無疾說偈表眾曰：

> 我有一事奇特，非青黃赤白黑。
>
> 天下在家出家，親生惡死為賊。
>
> 不知生死異路，生死祇是失得。
>
> 若言生死異塗，賺卻釋迦彌勒。
>
> 若知生死生死，方會老僧處匿。
>
> 汝等後學門人，莫認盤星軌則。

偈畢，大笑一聲，合掌而逝。〔註182〕此偈被《李陳詩文》第一集取題為《生死》，並將第七句中的「塗」改為「途」（其實「塗」是個多義詞，其中亦有「途」之義）；將第九句中之「生死生死」組詞改為「生死死生」〔註183〕。這首偈告誡門徒，不論是在家還是出家的行者，皆要明

---

〔註182〕《禪苑集英》，第788～789頁。

〔註183〕〔越〕文學院：《李陳詩文》（第一集），河內：社會科學出版社，1977年，第446頁。

瞭，「生」與「死」僅是「不一亦不異」罷了，因為這個「釋迦、彌勒」故事告訴人們，這個宇宙一直在不斷地旋轉，先後相續，輪迴不停，累劫不休。這宛如在每個劫世，每個時代皆有一位佛出現，去度世（救世）。依佛教之觀念，認為過去則有阿彌陀佛（Amita），現在則有釋迦牟尼佛（Sakyamuni）——阿彌陀佛的「現身」，未來將有彌勒菩薩（Maitreya，亦稱「彌勒佛」）——釋迦牟尼佛的「化身」。因此，欲真正想領會「老僧」（作者）深意（「處匿」），則要了悟「生死生死」之本質，即「生」中有「死」，而「死」中有「生」，亦不要被卡住於「盤星」中。「盤星」即指在托盤中的星光。古時，人們常將水盤置於庭院中間，來看日食月食。這亦意味著，世界上的萬事萬物皆是像水盤中之星光一樣的虛幻不實，不應以之作為真實。〔註184〕

直接涉及到生死問題的李朝詩偈還有不少，佳者如陶純真（Đào Thuần Chân,？～1101 年或 1127 年）的《示弟子本寂》偈作。純真，生年不詳，細江久翁（今越南興安省文江縣）人。少年「明經史，所至之處」，長大則深信佛教。現存一首偈云：「真性常無性，何曾有生滅。身是生滅法，法性未曾滅。」〔註185〕；李玉嬌／妙因（Lý Ngọc Kiều／Diệu Nhân, 1041 年或 1142 年～1113 年）的《生老病死》之詩作。李玉嬌，仙遊扶董鄉人，奉軋王（奉乾王，號李日忠，李太宗兒子）長女，「天資淑靚，言行有則。李聖宗鞠於中宮。及笄適真登州牧黎氏。黎卒自誓孀居義不再嫁。一日歎云：『我觀世間，一切諸法猶如夢幻，況浮榮之輩其可恃乎？』」於是將飾品捨施，「落髮出家，就扶董真空受菩薩戒，究問心要」，空為賜號妙因，成為尼眾中的傑出的一位尼師。李玉嬌是李朝著名的女詩人之一。現留一首四言八句偈云：「生老病死，自古常然。欲求出離，解縛添纏。迷之求佛，惑之求禪。禪佛不求，杜口

〔註184〕 參閱〔越〕文學院：《李陳詩文》（第一集），河內：社會科學出版社，1977 年，第 447 頁。

〔註185〕 〔越〕文學院：《李陳詩文》（第一集），河內：社會科學出版社，1977 年，第 316 頁。

無言。」〔註186〕這些偈作皆依佛教之思想來勸導信眾。

　　最後是直接涉及無常主題的一首偈，那就是李長／滿覺（Lý Trường／Mãn Giác, 1052 年～1096 年）的《告疾示眾》。李長，安格鄉 壟廛（今河南省惟仙縣）人。《禪苑集英》稱之為「滿覺大師」，此書載： 李長「父懷素，任至中書員外郎。李仁宗潛龍儲邸，詔名家子弟入侍左 右，師以博聞強，記學通儒釋，得預其選。公退，常以禪那為念。及帝 即位，因其素尚，賜名懷信。後呈表請出家，既得觀頂（寺）廣智（禪 師）之印，乃（持）瓶錫遊遍求道契，所至學者鑾集，閱大藏經，得無 師智，為一時法門領袖。帝與感零仁皇太后，方留心禪學，乃於景興宮 側開辦起其寺，延請居之，以便顧問。與吾不名，常曰長老。」後來， 李仁宗下詔「授教源禪院懷信大師傳祖無修無證心印奉詔入內道場賜 紫大沙門同三司公事。時屬戶五十人。於會豐五年（1096）十一月三十 日，師告疾示眾」，有偈云：

　　　　春去百花落，春到百花開。

　　　　事逐眼前過，老從頭上來。

　　　　莫謂春殘花落盡，庭前昨夜一支梅。

當夕，師結跏趺坐而長逝，皇帝敕謚滿覺。〔註187〕這首偈後被《李陳 詩文》第一集收錄並取題為《告疾示眾》（ Cáo tật thị chúng ）〔註188〕。 修行了一輩子，滿覺大師僅留下一首偈，但它被視為李朝文學中的獨 到佳作〔註189〕。這首偈的前四句，表現出世界萬物迴圈運動的變化規 律。春天過去，百花落下；春天到來，百花齊放。萬物，包括人在內， 皆是如是。物有生、住、異和滅等四相；人有生、老、病和死等四苦。

---

〔註186〕〔越〕文學院：《李陳詩文》（第一集），河內：社會科學出版社，1977 年，第 339 頁。

〔註187〕《禪苑集英》，第 869～871 頁。

〔註188〕〔越〕文學院：《李陳詩文》（第一集），河內：社會科學出版社，1977 年，第 298～299 頁。

〔註189〕見阮慧芝：《滿覺與著名禪詩》，引自〔越〕阮慧芝：《越南古近代文 學——從文化視角到藝術代碼》，河內：越南教育出版社，2013 年， 第 52 頁。

這是人生的無常相續生化之理。然而，筆者覺得作者表達這一規律的
方式是獨一無二的。描述宇宙運行規律，詩人通常以一種固定的方式
來表達，即先有開始，後才有結束，以為「到」和「開」總比「去」（去
過）和「落」更早出現。在詩人的內心，往往先有「有」（開）的概念，
後才有「無」（落）的概念。因為，如果先表達「落」，後表達「開」，
就猶如違反宇宙運動規律。可是，對於滿覺大師而言，卻並不是如此。
大師先談到「落」，後才談到「開」。是否大師了悟了「落」中，已固有
這個「開」。亦如，死並不是生命的終結，而是新生命的開始，生命的
好壞取決於現在的生活。春秋時代，有一次，孔子（亦稱「孔丘」，字
仲尼，西元前 551 年～西元前 479 年）站在川上（黃河邊），看著波瀾
壯闊、洶湧澎湃奔騰向前的河水而突然感歎，云：「逝者如斯夫！不舍
晝夜。」這句名言，意味著「消逝的時光，就像這河川水一樣吧！日夜
不停地流去。」〔註 190〕陳國慶先生和王翼成先生在《論語》一書中對
此句評析：「時光似箭，日月如梭，世間一去不復返，彌足珍惜。」〔註
191〕可以說，那是心靈與萬有現象之間的同感。這種同感似乎只可能發
生在某某特殊的剎那（kṣaṇa，瞬間）中罷了，而不是普遍地、廣泛地
發生。換句話說，那是一種實證或感悟，頓悟剎那間正是一種同感，一
種甚為特別、奧妙和稀有之同感。

　　若回顧此偈言，從「春去百花落」第一句到「莫謂春殘花落盡」
第五句，不難發現每一詩句皆有兩個「轉動」（其實是動詞），諸如第
一句有「去」、「落」；第二句有「到」、「開」；第三句有「逐」、「過」；
第四句有「從」（介詞亦為動詞）、「來」；第五句有「謂」、「落」。所有
的一切「轉動」如同激烈波浪，浩浩蕩蕩，連接不斷地奔騰踴躍，捲
入無窮無盡，闖進顛倒、妄想的這個世界。〔註 192〕這樣，當站在翻

---

〔註190〕　徐芹庭：《細說四書》（上），臺北：聖環圖書，2011 年，第 228 頁。
〔註191〕　陳國慶、王翼成注評：《論語》，西安：陝西人民出版社，2006 年，第
　　　　　172 頁。
〔註192〕　王肅：《孔子家語》，蘭州：蘭州大學出版社，2004 年，第 51 頁。這
　　　　　句也見於《韓詩外傳》中，云：「樹欲靜而風不止，子欲養而親不待」

雲覆雨、反復無測的生活風暴面前之時，有多麼令人毛骨悚然呀！然而，在結束這首偈的最後一句時，又令人煥然一新，並給人生帶來一線明天不滅希望：「庭前昨夜一支梅。」這句偈有多麼安瀾啊！一個動詞也未現有，不受任何外力的支配。其在這個浮游、夢幻、旖旎的塵世中的存在宛然未嘗存在，其之出現亦然。妙哉！一顆安然之心，僅有真正的安然，才能體會到不可思議、神乎其神的那個真理。能體會到其之頃刻，雖是短促、剎那、眨眼，但有時需要付出一生的時間（而仍不得）。

雖然都知道，凡是有合則有離，有聚則有散，有生則有死，既有笑容亦必有慟哭、等等，但應知道，在「有始有終」那個規律中，卻存在著一個「不變」、「綿遠」的東西，這正是在潛藏著於每一個人中的妙有真如、或一顆奇妙「明珠」。請相信自己，相信正不停地遷流的這個生活！萬物乃至人生，無論有多麼變化無常，最後也將回歸「原始」：本來面目──自性清淨。這也正是真空／王海蟾〔註193〕（Chân Không／Vương Hải Thiềm, 1046 年～1100 年）的感觀上的具有濃厚的哲學意味的燦爛之美：

　　春來春去疑春盡，

　　花落花開只是春。〔註194〕

---

　　　　（賴炎元注譯：《韓詩外傳今注今譯》，臺北：臺灣商務印書館，1972年，第 367 頁）。

〔註193〕仙遊縣扶董人，母懷孕時，父夢明僧，授以錫杖，因得師焉。少孤攻苦讀書，不親細務，年十五博通史籍。及冠，遍踏禪林，尋所印契。因至東究山靜慮寺，草一會下聞講《法華經》，豁然有省（醒悟）。由是機緣吻合，龜木相投。入室六年，究問日益，尋受心印，就遷慈山棲止，以律自防，不下山門，再二十載。聲譽遠播。李太宗聞之，詔延入大內講《法華經》，聽者風靡。時，大尉阮公常傑，諒州刺史相國申公尤加禮敬，常舍信財供給，師悉以所得修寺建塔，及鑄洪鐘，以留鎮焉。晚年，歸本郡，重構作寶感寺，逝寂於豐九年十一月初一日（見《禪苑集英》，第 783～784 頁）。

〔註194〕〔越〕文學院：《李陳詩文》（第一集），河內：社會科學出版社，1977年，第 301 頁。

## 四、小結

作為越南詩文最早產生的漢文書面詩文（發端於 10 世紀初期），這一階段的漢詩文必不可避免地帶來了或多或少自己的特殊性，似乎僅是純粹的宗教，但它已超出這個範疇。經由上述可以總結出以下的兩個要點：

第一，一部分漢詩深刻關注民族的命運、人民的生活，其題材圍繞著國家主權、民族團結、人民和平等諸問題。李朝文人站在不同的角度以及以不同的方式來創作，其中包括傳奇色彩在內。這些離奇故事與若干「讖」詩、「神」詩之問世密切相關。這種傳奇性質的漢詩從定空開始，然後到法順、李常傑，最後是萬行禪師，其為當時社會的各階層人民準備了思想和意識之前提，同時也測報在將來將出現一個興盛的大越國。這是一個佛教的盛行時期，而這一時期的詩文主要是僧人的詩偈。其中值得注意的是，依常識而知，僧人一般僅僅為信眾談佛理、說法、辦佛事。但從上述李朝詩作看，不僅看到詩人對人生的各種感悟，而且還關注朝政局勢的重大問題，這形成李朝後期詩文創作的特徵之一。這一時期產生出了帶有濃郁時事政治性質，為建立和建設新王朝呼喊服務的詩文。可以說，這部分詩文對於越南的疆域與人情帶來一個發端感興。

第二，這一時期的寫作隊伍多為佛教僧侶，因此詩文創作內容主要吸收了佛教哲學意味，其中深受《壇經》思想以及佛教的其他哲學思想體系之影響。許多詩偈傳達佛教哲學思想，表達圍繞著佛教的宇宙人生觀念，談到色空、有無、生死、因緣、無常等對立範疇。其最後要旨欲助人們能夠超越或克服彼此之間的障礙，規勸人們當身處變化無常處境中時，不要害怕，坦然面對。因為佛門禪師認為，在無常中有「常」（常住）、在痛苦中有幸福，該道理宛如老子所言：「禍兮福之所倚」，就是說災禍裏藏著幸福，壞事可變為好事，〔註195〕這正是滿覺大

---

〔註195〕 參閱鄭鴻：《老子思想新釋》，美國：八方文化企業公司，2000 年，第

師的「一枝梅」；千萬不要執著於「有」，也千萬不要牽累於「空」，應
超出其二元世界，這正是黎氏倚蘭〔註196〕（Lê Thị Ỷ Lan,？～1117年）
的「色空」觀法。倚蘭云：「色是空空即色，空是色色即空。色空俱不
管，方得契真宗。」〔註197〕從此明顯地表示，「色」、「空」的這兩個範
疇能夠互相轉化，並此不是彼，但此同時不能在彼外存，彼此終於僅是
相對的。人生之所以痛苦，是因為人們執著於這類轉變，而迷惑已久；
能看破此處之人，皆常告誡人們應超過這些相對範疇，因為只有超越，
才能達到絕對的自由自在。

---

　　　　73～74 頁。

〔註196〕生年不詳，北江路土磊鄉（今越南河北省）人。她農民出生，後李聖
　　　　宗（1054年～1072年）令人雇請入宮，賜名倚蘭，不久被贈封靈仁
　　　　元妃。她常做好事，被世稱「觀音」。倚蘭亦為慕佛教之人，曾建寺，
　　　　立塔。於會祥大慶八年丁酉九月二十五日（即1117年10月22日）
　　　　（見〔越〕文學院：《李陳詩文》（第一集），河內：社會科學出版社，
　　　　1977年，第353頁）。

〔註197〕《禪苑集英》，第871頁。